AF364223

VIENTO DE LEVANTE

VIENTO DE LEVANTE

Miguel Pardo de Donlebún

A mi mujer, Marian, y mis hijos, Miguelón y Yoana, que me alentaron y me dieron el tiempo que necesité.

A mi padre, de quien aprendí, entre miles de cosas, a describir el Levante.

A mi madre.

Cabo Roche, agosto de 1997.
Madrid, Ávila.
Cabo Roche, agosto de 1998.

Nota 1 del autor

Querido lector:

Esta novela tiene como excusa el llamado "efecto 2000", problema informático, creado por los propios informáticos, según el cual los programas de ordenador que trataran el año en los "campos" fecha considerando solo dos dígitos (por ejemplo, 49, 74, 99, en lugar de 1949, 1974, 1999, respectivamente) iban a dejar de funcionar correctamente a partir del año 2000, al poder confundir los años del siglo XXI y el 2000 con los correspondientes del siglo XX y 1900 (como, por ejemplo, interpretar 02 como 1902 cuando se quiere expresar 2002).

El efecto 2000 se explica con profusión, quizá demasiada, a lo largo de la novela y sobre él está montada la trama. Es un problema ya superado y nada actual. Pero tuvo su importancia durante los últimos años del pasado siglo, que fue cuando esta obra se escribió.

Mi protagonista inventa algo que ya hubieran querido inventar las empresas líderes del sector. Y sobre este invento gira la trama.

Si te "cansa" la lectura de los aspectos más técnicos, te los puedes saltar, aunque debes tener presente que el problema fue real y, a fin de cuentas, forma parte de la "cultura" de los años que nos ha tocado vivir, cuando casi todo está informatizado y dependemos tanto de esas cajas a las que llamamos ordenadores. Haz lo que quieras.

Nota 2 del autor

*En esta segunda reimpresión revisada, al cumplirse el vigésimo aniversario del efecto 2000, copio el artículo **"El año en el que el*** *mundo no se acabó"* que David Bonilla (*https://bonillaware.com/*) publicó en *La Voz de Galicia el 8 de enero de 2020 (efectivamente, el efecto 2000 no fue una broma):*

Hace exactamente 20 años, el mundo acababa de superar «el Efecto 2000» también conocido como Y2K o Millennium Bug, para muchos **el mayor reto al que jamás ha tenido que enfrentarse la industria informática en toda su Historia** y, para otros, un camelo -que desató una histeria injustificada- alimentado por los medios.

Para encontrar el origen del Efecto 2000 debemos remontarnos a los principios de la computación, cuando los dispositivos de almacenamiento de datos eran extremadamente caros. No existían discos duros, la información se grababa en tarjetas perforadas donde cada columna representaba un único carácter. El software y los datos guardados en estas tarjetas se cargaban en la memoria de los ordenadores cada vez que se ejecutaban. Una memoria que costaba cerca de 1 dólar de la época por bit -la unidad mínima de información- capaz de representar solo un 0 o un 1. Un avión como el IBM 1401, por el que se pagaba a partir de 20.000 dólares al mes en concepto de alquiler, contaba con apenas 2.000 bytes (8 bits) de memoria y cada carácter ocupaba un byte.

En este contexto era normal que los programadores emplearan todo tipo de triquiñuelas para usar el menor número de caracteres posible. Como, por ejemplo, representar las fechas con formato dd/mm/aa, dando por hecho que los dos primeros números del año siempre serían 19. En el último año del siglo, esa premisa dejaba de cumplirse y -al representar una fecha con formato dd/mm/00- **los ordenadores no interpretaban que nos estábamos refiriendo al año 2000 sino a 1900**, con todos los problemas que eso podía ocasionar en programas cuya lógica estuviera basada en el cálculo de fechas: cálculo de intereses bancarios, tratamientos médicos, gestión de rutas de transporte aéreo o ferroviario... o los sistemas de alimentación y refrigeración de las centrales nucleares. *El mundo se iba a acabar.*

Y llegó el Día del Juicio Final, el 31 de diciembre de 1999. Decenas de miles de informáticos pasaron aquella noche de guardia en todo el mundo para hacer frente a cualquier contingencia y, **cuando por fin dejaron de sonar las campanadas... no pasó nada**, más allá de algún incidente aislado. Un videoclub de Nueva York facturó más de 90.000 dólares a uno de sus clientes por haber alquilado una película durante más de un siglo. Un trabajador de Murcia fue requerido por el Juzgado de lo Social a un acto de conciliación el 3 de febrero de 1900. Después de haber temido un Apocalipsis informático, las pintorescas anécdotas que iban surgiendo por todo el mundo no provocaban alivio, solo sonrisas.

Precisamente esa ausencia de incidencias graves ha reafirmado la opinión *de los que sostienen que el Efecto 2000 no fue más que un mito,* un caso de histeria colectiva impulsada por la industria informática -para vender más software, hardware y servicios-y amplificada por Gobiernos y medios de comunicación. No es cierto.

En realidad, **el Y2K supuso un punto de inflexión en la Historia de la informática y cambió la misma para siempre**. Si no pasó nada el 31 de diciembre de 1999 fue porque empresas y administraciones públicas invirtieron más de 450.000 millones de dólares -dinero suficiente para comprar Telefónica, doce veces- en prepararse para el Efecto 2000 con suficiente antelación. Sólo la Bolsa de Nueva York gastó 30 millones en un proyecto de 7 años que concluyó hasta 1995.

Sin embargo, **la inmensa mayoría de los programadores que parchearon el software que gestionaba servicios críticos no recibió reconocimiento alguno**. Las grandes corporaciones no tenían todas consigo sobre lo que pasaría, así que ninguna dio demasiado bombo a sus esfuerzos para paliar el Y2K, optando por disfrutar de un éxito anónimo en vez de arriesgarse a tener que reconocer un fracaso públicamente.

El público general nunca fue consciente del inmenso esfuerzo realizado ni de los potenciales riesgos y por eso se tendió a minusvalorarlo y a ridiculizar a aquellos que advirtieron sobre los mismos, pero un simple análisis de lo que sí pasó el 31 de diciembre de 1999 deja entrever lo que pudo pasar. 15 centrales nucleares se pararon preventivamente en todo el mundo. En España, el Gobierno reconoció «incidentes» en Zorita y Garoña, que ya estaban operando a un 60% de su capacidad. El oleoducto de Yumurtalik dejó de funcionar, dejando a Estambul sin suministros. La red de satélites de inteligencia y defensa del Pentágono no respondió durante 3 días. En una zona del Reino Unido se registró un inusual incremento de nacimientos de niños con síndrome de Down, una investigación posterior demostró que el programa que debía determinar si los embarazos eran de riesgo calculó mal la fecha de nacimiento de las madres a partir del 1 de enero de 2000, lo que evitó que se iniciaran las pruebas y protocolos recomendados. Ninguno de estos casos «aislados y anecdóticos» provoca sonrisa alguna.

Pero **el Y2K no fue solo un enorme problema sino también una gigantesca oportunidad que la industria informática supo aprovechar.** Por primera vez, la opinión pública y los Gobiernos de todo el mundo entendieron hasta qué punto las infraestructuras y servicios públicos más importantes dependen del software que los gestiona. También por primera vez, entidades públicas y privadas se coordinaron para hacer frente a un riesgo tecnológico, creando el Centro Internacional de Cooperación ante el Y2K (IY2KCC) con el auspicio de la ONU y la financiación del Banco Mundial. Pero lo más importante de todo es que, **por primera vez, la Comunidad técnica tomó conciencia del potencial alcance e impacto del software** y la responsabilidad inherente al desarrollo del mismo.

Puede que el 2000 no fuera el año en el que mundo se acabó, pero sí en el que este cambió para siempre.

Miércoles, 11 de diciembre de 1996

LA puerta que daba al porche estaba mal cerrada. Por la rendija, el sol del atardecer dejaba pasar sus débiles rayos en aquel otoño que finalizaba. Clara, terminadas las tareas del día, se sentó en el sofá junto a la chimenea. El fuego la distraía y la relajaba, pero le daba pereza preparar la leña y retrasar, aun por un rato, el descanso deseado. Lo dejó para más tarde y cerró los ojos, reposando la cabeza en el respaldo del sofá. Kái se tumbó a su lado apoyando el hocico sobre su regazo, como solía hacer.

Cuando un agradable sopor sumía sus pensamientos en una nube de vagos recuerdos, la puerta crujió empujada por la brisa de poniente, que la hizo girar sobre sus goznes. El perro saltó como una exhalación y Clara se levantó a cerrarla. Ya de pie, decidió encender la chimenea. De la leñera que tenía al lado seleccionó madera de pino que, aunque se quemaba mucho más rápido que la otra, de acebuche u olivo silvestre, y generaba menos calor, producía llamas más altas y vistosas. Añadió unas piñas y pastillas de queroseno para que el fuego prendiera rápido y se sentó a contemplarlo, escuchando atentamente el chisporroteo que provocaban. Pronto las llamas inundaron toda la cavidad, iluminando el salón. Era relajante. Le recordaba aquellos días ya lejanos de su juventud cuando, al llegar a casa, encontraba a sus padres junto al fuego, imprescindible en los crudos días del invierno castellano. "¡Qué tiempos tan distintos!", se decía. La panda de amigos, la libertad de la que disfrutaba, las ganas de vivir, la ilusión por su carrera, la universidad. Allí había conocido a Lex.

Fue durante un seminario sobre "El castellano y su evolución en el siglo XX", en el verano de 1981. Al terminar la sesión del segundo día, Clara había preguntado a la ponente por qué, en su opinión, el castellano era tan lento en aceptar nuevas acepciones y tan rígido para autorizar nuevos vocablos. Ana Mariarte, catedrática de Lengua Española, explicó que su afirmación no era del todo correcta, pues las últimas ediciones del Diccionario de la Real Academia incorporaban muchas nuevas palabras y acepciones. "Lo que ocurre –dijo– es que, en los días que corren, tendemos a utilizar barbarismos en lugar de palabras que ya tenemos y que tienen el mismo significado. La Academia no puede aceptar que se ignoren y se usen en su lugar palabras de otros idiomas. Nuestra lengua es muy rica en vocabulario, aunque, lamentablemente, buena parte va cayendo en desuso". Entonces intervino Lex: "Alejandro Voltoya –se presentó–. Comparada con la lengua inglesa, estoy de acuerdo con la joven en que el castellano es muy lento en su evolución. El inglés es ágil en la construcción de nuevas palabras y, sobre todo, en aceptar nuevos significados a palabras que ya existen. Vean, si no, el léxico aplicado a las nuevas tecnologías". Su pronunciación parecía tener un cierto deje extranjero, aunque no había duda de que el castellano era su lengua materna. De tez morena y ojos castaños, era de complexión media, sobre un metro ochenta de estatura –calculó Clara– y muy atractivo. Un bigote negro bien recortado le daba un aspecto serio y formal, solo traicionado por una leve sonrisa que cautivó a Clara desde el primer instante.

Clara dejó correr el tiempo en su memoria, saltando un año y medio hacia atrás, cuando iniciaron la reconciliación, después de unos meses de crisis. Había vuelto a recuperar la esperanza y casi olvidado los malos tragos que Lex le había hecho pasar, confiando –más deseando que confiando, se dijo– que los hechos no volvieran a repetirse. Había sido un tiempo de infidelidades y menosprecios, pero parecía que la vuelta había sido sincera y lo había recuperado nuevamente.

Lex interrumpió sus recuerdos con un rotundo "¡lo conseguí!", que gritó al entrar en casa. Sonriendo, mientras acariciaba a Kái que saltaba sobre él, explicó a su mujer que, por fin, habían terminado el prototipo del chip que él había denominado PANDORA y que las primeras pruebas confirmaban sus expectativas. En poco tiempo comenzarían la fabricación en serie y podrían atender la gran demanda que esperaban se iba a producir.

Aquella noche, Lex se mostró especialmente contento y Clara le correspondió complaciente, materializando su cariño con generosidad entre besos y caricias. Decidieron cenar en el jardín y disfrutar de su ambiente único. La casa estaba orientada de forma que el porche daba al Oeste, protegiéndose así del viento de levante, tan frecuente en aquella zona. Disponían de una parcela de dos mil metros cuadrados que ella había llenado de árboles de todo tipo: acebos, mimosas, un ciprés, acacias, y prunos, además de los muchos pinos que ya tenía la parcela cuando la compraron; también frutales, desde granados a ciruelos, azufaifos y nísperos, albaricoques y melocotoneros, olivos, limoneros y naranjos. Las paredes exteriores del chalé estaban cuajadas de jazmín, telomaría, buganvilla, y dama de noche. Alrededor de algunos árboles crecían albahacas, vincas y tajetes, que destacaban sobre el verde de la enredadera que cubría el tronco de los pinos más viejos. A Clara le encantaba la jardinería y dedicaba horas a plantar aquí y allá, podando las ramas secas y cuidando con mimo a cada una de las plantas.

Los pinos de la urbanización de Cabo Zabra son peciosos: esbeltos, de copa redonda si se les poda con frecuencia, de troncos fuertes y ramas hacia el cielo que buscan el sol. Muchos pinos protegen la casa de los vientos, dan frescor en verano y evitan los fríos extremos en invierno.

La temperatura era ideal para aquellas fechas, alrededor de los 18 grados, superior a la media de diciembre, con una ligera brisa de poniente que penetraba en la piel, produciendo una agradable sensación de frescor, casi de frío, por todo el cuerpo. El sonido de la mar, al romper las olas en la orilla, llegaba hasta ellos sobre el silencio de la noche. El Atlántico abierto se encontraba a no más de dos kilómetros de la casa, bañando con sus aguas las extensas playas de arena rubia. Como Lex solía decir, en Cabo Zambra existía un microclima propio, extraordinario, que producía unas noches incomparables, con una combinación de temperatura y humedad única en el mundo. La claridad permitía contemplar miríadas de estrellas titilando en la cúpula celeste que mostraba, orgullosa, la Vía Láctea en todo su esplendor.

Tras la cena, se acercaron paseando a la playa, como les gustaba hacer, sintiendo en sus rostros la brisa marina que arrastraba aquel olor característico a mar y sal. Lex pasaba su brazo por la cintura de Clara, deslizando la mano por su costado hasta rozar uno de sus senos bajo la blusa de seda. A Clara esa caricia suave e insinuante le producía un placer sereno que le anunciaba un estallido de pasión. Charlaron animadamente de los acontecimientos del día, especialmente del éxito de Lex con su invento que, por fin, veía la luz. Había sido un trabajo duro y había tenido que recorrer un largo camino lleno de dificultades, pero finalmente el éxito tan ansiado parecía llegar.

–Ha costado mucho esfuerzo y soy consciente de que puso en peligro nuestro matrimonio. Sabes que lo siento.

–No estoy segura de que la culpa de tu lío haya sido del PANDORA. Más bien creo que se debe a tu...

–Muy bien, quizás tengas razón, pero tienes que entender que la presión que sufría tenía que liberarse de alguna forma y...

–Que yo sepa, cuando comenzó ese asunto aún no habías tenido ningún problema, así que no me vengas con historias...

–Bueno, precisamente cuando empezó no, pero...

–No inventes más excusas –le interrumpió Clara–. Lo hiciste y punto. Estuvo mal y punto. Da gracias a que te acepté de nuevo y he sido capaz de superarlo. Aunque no pretendas que te perdone algún día ni que lo olvide. Eso no será posible.

–¿Y si cambiamos de tema?

–Sí, podemos hablar... ¡de tu aventura! –respondió Clara con una sonrisa, demostrando que, en el fondo, lo había perdonado.

–¿De verdad quieres que...?

–¡No! Sólo pretendía que sufrieras un poco. ¡Así me demuestras que estás arrepentido...! –le dio un golpe en la espalda con la palma de la mano y se alejó de él corriendo unos pasos hacia adelante, seguida por *Kái*.

–¡Ven aquí! –gritó Lex comenzando a perseguirla.

Clara imprimió más velocidad a su carrera y obligó a Lex a correr para poder alcanzarla. Kái ladraba yendo de uno a otro, sin saber con quién quedarse. Calló cuando comprobó que volvían a estar juntos.

Continuaron hacia la costa, comentando las construcciones que encontraban a ambos lados de la calle. Aunque las tenían vistas de sobra, siempre descubrían algún detalle que les llamaba la atención. A veces lo criticaban, otras pensaban en reproducirlo en su chalé, aunque terminaban concluyendo que no merecía la pena.

–Mi casa está perfecta. No necesita esos adornos ni añadidos. Quizás una planta de ese tipo o como aquella –zanjaba Clara casi siempre.

–Cuéntame, ¿qué tal el día? –dijo Lex.

–No estuvo mal. Ya empiezo a sentirme integrada con el resto del equipo y me encuentro más cómoda. Por cierto, hoy me han presentado un nuevo compañero, de mi especialidad, que estuvo haciendo un curso fuera y acaba de reincorporarse. Me ha estado mirando fijamente toda la mañana..., pero no me importa, no está nada mal...

–Conque esas tenemos, ¿eh? –dijo Lex, forzando un tono serio, y la agarró por la cintura para besarla, pero Clara se escapó.

Ya en la playa, Lex la atrajo hacia sí, rodeándola con sus brazos. Acarició su espalda bajo la camisa, recorriendo con sus dedos su piel fresca y suave. Clara agradeció el calor de sus manos y lo abrazó fuertemente. No tenía duda de que quería disfrutar de su marido, pero lo haría a su manera. Le encantaba hacerle rabiar un poco. De pronto se separó bruscamente y echó a correr hacia las rocas, riendo, mientras se desabrochaba torpemente los botones de la blusa. Lex la siguió a paso lento, observando con deleite cómo sus firmes senos se perfilaban sobre la espuma en que se deshacían las olas al romper. Clara dejaba que se acercara, incluso que comenzara a abrazarla, pero se escapaba de nuevo. Se detuvo por fin en un pequeño hueco entre las rocas, protegido por ellas de la ligera brisa, y se tumbó sobre la arena fresca y ligeramente húmeda que le hizo sentir un escalofrío por todo su cuerpo. Lex se tendió junto a ella, sujetándola por un brazo –"esta vez no te escapas"– y terminando de desnudarla. No tardaron en fundirse en un abrazo profundo.

Exhaustos sobre la arena, disfrutando del contacto de sus cuerpos, contemplaron en silencio, durante largo rato, un firmamento cuajado de estrellas.

Fue en 1983 cuando Lex y Clara conocieron la costa atlántica de Cádiz. Tras recorrerla durante unos días, se quedaron prendados de un trozo de pinar bordeado por el Río Zambra, que se extendía desde su desembocadura, próxima al cabo del mismo nombre, hasta la playa de la Torre. Unos años más tarde construyeron allí la casa que ahora tenían y donde les gustaba pasar todo el tiempo que les era posible.

Desde que se había incorporado a su actual empresa, en 1989, Lex no cejó hasta convencer a la dirección de construir el nuevo centro de I+D[1] en una zona próxima a su casa de Zambra, donde se había creado un parque empresarial que acogía a un buen número de empresas, la mayoría de ellas dedicadas a nuevas tecnologías. Allí estaban, entre otras, las españolas EDI, SoftDin e Inetsa y las norteamericanas Lancards, Key Processors -en la que trabajaba su amigo Robert-, CompuLang y Teleactions.

En enero de 1995, inmediatamente después de su inauguración, Lex se trasladó allí, si bien Clara hubo de esperar casi dos años hasta que pudo ir a vivir a Cádiz. Para su especialidad de medicina digestiva no era fácil encontrar un hospital cercano donde su plaza no estuviera cubierta. A principios de noviembre de 1996 fue contratada en un hospital privado, de nueva construcción, en la capital de la provincia.

Hasta esa separación forzada por las circunstancias, y desde que se habían conocido en Salamanca, habían formado una pareja unida y feliz. Coincidían en gustos y preferencias. Apenas surgían motivos de discusión entre ellos y ambos disfrutaban de las mismas aficiones y estilo de vida durante los ratos que sus respectivos trabajos les dejaban libres. Sólo había existido una diferencia seria entre ellos. Clara ansiaba tener hijos, pero Lex siempre le decía que aún no era el momento oportuno. En el fondo, a Lex no le encajaban los hijos en su esquema de vida, pero, conociendo los deseos de su mujer, nunca se había atrevido a confesárselo.

Los casi dos años que vivieron separados habían transcurrido de forma muy diferente para cada uno de ellos. Al principio, el ansia de estar juntos era compartida por ambos y todos los fines de semana, con rara excepción, uno viajaba al encuentro del otro. Habitualmente era Clara la que se desplazaba a Cabo Zambra, para disfrutar con Lex de unas horas maravillosas en aquel espléndido paraje. El deseo acumulado durante toda la semana estallaba

---

[1] Investigación y Desarrollo

en horas de placer por todos los rincones de la casa. Excepto en los meses de verano, Cabo Zambra era un reducto de paz. Eran muy pocas las familias que vivían allí de forma permanente y, salvo el servicio de seguridad, era raro encontrarse con alguien en los largos paseos que daban por la zona. Les gustaba bordear el río hasta su desembocadura y volver recorriendo por el borde del acantilado cada una de las calas que la mar fue horadando en la roca a lo largo de miles de años.

A Lex le encantaban los nombres que se les habían dado a las calas y playas de aquella costa: la Cala Mansa, por la quietud de sus aguas, protegidas de las olas por las rocas que le daban forma de herradura muy cerrada; la Cala Dulce, porque en ella desemboca el río Zambra; la Cala de la Zubia, por la profundidad del agua y las corrientes; la Cala del Zéjel, cuyo nombre hace mención a una composición poética hispanoárabe; la Cala de Mi Abuelo de Zahara, que, sin duda, habría sido algún personaje entrañable; la Cala de la Zarca, palabra árabe que significa "mujer de ojos azules"; la Cala de La Gaviota, ave muy frecuente por allí; la Cala de la Roca, por el gran peñasco situado justo en su centro; y, por último, la Cala Sinnombre, la mayor y más abierta de todas ellas, que linda con la amplia playa de Zambra, formando el cabo del mismo nombre y que ha prestado su denominación a la zona residencial. A continuación, se encuentra la playa de la Torre, llamada así por el torreón en ruinas que la vigila desde el borde del acantilado. Más allá aparece la playa de la Gavia, que se extiende a lo largo de varios kilómetros y está llena de dunas móviles que los vientos desplazan lentamente.

Muchos de los accidentes geográficos de esta zona, al igual que la terminación "de la Frontera", que aparece en los nombres de muchos de los pueblos de Cádiz, tienen su origen ligado a la invasión de la Península por los musulmanes.

Esa combinación de pequeñas calas y playas extensas, todas ellas de fina arena rubia, bañadas por las limpias y frescas aguas del Océano Atlántico, con grandes olas que rompen contra las rocas o lamen la arena, en un ir y venir constantes, hacen de aquella zona un lugar privilegiado de la costa española. Es así desde la ciudad milenaria de Cádiz hasta Tarifa, con playas cuya fisonomía es cambiante. En invierno, los temporales y las mareas vivas lanzan las olas contra el acantilado y, cuando arrecia el viento de poniente, la arena es arrastrada hacia la mar, dejando al descubierto rocas que, de otra manera, permanecerían ocultas a la vista. Si predomina el viento de levante, el nivel de arena puede subir dos o tres metros de un año a otro, variando por completo el aspecto de las calitas.

Sábado, 1 de abril de 1995

EL primer fin de semana de abril, Clara tuvo que quedarse en Madrid al tener guardia en el hospital. Lex decidió permanecer en Cabo Zambra y aprovechar que estaba solo esos dos días para acabar el informe que había de presentar sobre el proyecto en el que estaba trabajando. Se levantó temprano y se fue a la Cala de la Gaviota, su preferida, a correr un rato sobre la arena que quedaba entre la mar y el acantilado cuando la marea no subía mucho. Salvo que el tiempo fuera excepcionalmente malo, lo hacía todos los días. Las calas, a esas horas, estaban siempre solitarias, incluso en verano, y a él le gustaba correr desnudo disfrutando de la libertad de movimiento que la ausencia de ropa le producía y sintiendo la brisa fresca de la mañana en todo su cuerpo.

Tras media hora de carrera, a buen ritmo, hizo algunos ejercicios de respiración y estiramiento y, saltando sobre las olas, se introdujo en el agua, todavía fría en los días iniciales de la primavera. Estuvo dentro no más de diez minutos, lo que su cuerpo le permitió antes de sentir dolor en los pies por la temperatura del agua. Bebió un par de sorbos de agua salada y salió como una exhalación a secarse y vestirse con el chándal que le proporcionó el calor perdido.

Después de desayunar, colocó una mesa en el hueco que formaban cuatro de los grandes pinos de la parcela y que el sol comenzaba a calentar. Encendió su ordenador portátil y revisó lo que había escrito. Le quedaban diez días para presentar a la dirección este nuevo proyecto en el que llevaba trabajando más de seis meses, robando tiempo del resto de los trabajos que dirigía y dedicándole todos sus ratos libres.

Estaba excitado con la idea que había tenido y el progreso que había hecho. Si conseguía demostrar su viabilidad, el invento podría significar un auténtico "bombazo" y producir enormes ingresos en los últimos años del siglo XX.

Decidió titular la introducción al proyecto "El efecto *fin de milenio*" y comenzó a escribir:

"De todos es conocido que, en los próximos años, todas las empresas han de hacer frente a un evento aparentemente sin consecuencias: la llegada del año 2000, acontecimiento natural conforme a nuestra medida del tiempo, e inevitable. Se produce, claro, el 01/01/2000 (¿o el 01/01/00?).

Si cada fin de siglo ha sido anunciado con un fin del mundo o, al menos, con tremendos terremotos, la caída de·meteoritos gigantescos, la visita de legiones satánicas o la llegada de criaturas celestiales, ¿qué no pasará en el fin del segundo milenio de nuestra era? Seguro que no tendremos otro Diluvio Universal, ni caerá un meteorito gigante, ni la tierra se estrellará contra el astro rey, ni siquiera nos invadirán desde otros mundos, pero ¿nos espera algún otro cataclismo? Puede que sí.

Todos los analistas coinciden en que tenemos un problema en los sistemas informáticos y es necesario reaccionar a tiempo en evitación de consecuencias catastróficas. En este final de siglo, fin de milenio también (realmente ambos acabarán a final del año 2000, pero permítidme la licencia), parecen justificados los malos augurios, pero esta vez provocados por una tecnología joven, aunque de uso generalizado y, para la mayoría de las empresas, de vital importancia. No nos enfrentamos a desastres naturales, imaginados por miedos ancestrales, ni a acontecimientos prodigiosos, predichos por religiones milenaristas. Nos enfrentamos a la bomba 2000, el efecto 2000, el problema del año dos mil. Llamémosle como queramos, pero tenemos un problema. Un problema que puede representar una catástrofe tecnológica de alcance inimaginable.

Los sistemas informáticos, en general, utilizan en la notación de la fecha solo dos posiciones para representar el año, tantas como para el día o el mes: día/mes/año; por ejemplo, 10/06/72. Cuando una fecha se almacena, se suele utilizar el formato aam-mdd, es decir, 720610 en la fecha del ejemplo (la razón es que, de esa manera, el ordenador puede clasificar los datos en orden cronológico, ascendente o descendente, considerando un único ítem de información).

El uno de enero del año dos mil, con esta notación, será 01/01/00 y se almacenará como 000101. Ya no valdrá, por ejemplo, la clasificación en orden cronológico utilizada sobre campos fecha con ese formato, pues el año 00 será interpretado como 1900 y no como 2000. Ni valdrán todas las rutinas que calculan los días transcurridos o por transcurrir entre dos fechas. Una persona nacida el 20/01/83 cumpliría en el año 2001 ¡-82 años!, si mantuviéramos las rutinas actuales de cálculo. (Para cálculos de edad se suele contemplar la particularidad de aquellos nacidos en el siglo pasado: si los años resultantes –tomando solo los dos últimos dígitos del año– fueran negativos o cero, se suma 100 al resultado. Si el algoritmo es éste, ¿qué edad resultará en 2001 para una persona nacida en 1897?) Imaginemos las consecuencias si estamos calculando intereses a pagar o a cobrar. Si la rutina utilizada no contemplara el signo, podemos obtener los intereses a pagar en 82 años en lugar de en 18.

Las consecuencias, pues, serán importantes y, en general, negativas. Los programas de ordenador tomarán el año 2000 como si fuera el de 1900; los ordenadores personales más antiguos pueden retroceder a su año base, 1980; algunos sistemas pueden tomar el año 99 o el 00 como marca especial o ausencia de fecha; otros pueden borrar, el 31 de diciembre de 1999, todos los ficheros cuya fecha de caducidad se indicó como 31/12/99 ó 99/365, en notación juliana, queriendo indicar con ello "sin fecha de caducidad"; los cálculos de fechas darán resultado erróneo; los sistemas de control de procesos pueden parar, o producir información incorrecta; hasta la programación de los vídeos caseros podría dejar de funcionar (¿habéis intentado programar una grabación más allá del primer día de año 2000?). Y, lo que es más grave, podremos sufrir errores que, en un análisis inicial, nos pasen inadvertidos.

Es claro que el problema ha sido originado por los sistemas informáticos. No hay acuerdo sobre las causas y muchos intentan buscar culpables. Los sistemas no hicieron más que adoptar lo que era práctica común, representar la fecha con solo dos dígitos para el año: dd/mm/aa en notación gregoriana; mm/dd/aa en la variación norteamericana; aa/ddd en notación juliana. De hecho, el ordenador respondía a la función fecha devolviendo los formatos indicados, y todavía responde así en la mayoría de los casos. Pero pudo haber otras razones: acortar en dos dígitos –2 bytes u octetos– cada campo fecha significó un ahorro importante en el almacenamiento de datos, al coste, entonces, del soporte magnético, y en el proceso de los datos en la memoria del ordenador, especialmente escasa y cara en las primeras máquinas; o pensando que "estos programas no durarán hasta el 2000, para qué cambiar el formato de fecha"; o el comentario "en cualquier caso yo no estaré... que lo solucionen otros" de algún profesional optimista... o negligente.

Ni siquiera en las aplicaciones de nuevo desarrollo aún hoy, a menos de mil ochocientos días vista del año fatídico, se utilizan las fechas correctamente, porque: "debo contemplar ya los cuatro dígitos para el año, pero eso supone cambiar el formato de los ficheros y bases de datos, lo que implica modificar probablemente todas las aplicaciones existentes, y el cambio supone muchas jornadas de trabajo. Además, habré de ponerme en contacto con las empresas con las que intercambio información y sincronizar con ellas a partir de qué momento adoptamos la fecha con ocho dígitos... los recursos son escasos, tengo otras prioridades...".

El problema lo tenemos ahí. Se prevén serios perjuicios económicos a las empresas que no aborden el cambio y cuyos sistemas informáticos dejen de funcionar, o funcionen mal, en enero de 2000. En casos extremos, alguna empresa se puede jugar su propia continuidad. Dependiendo de su actividad, algunas compañías ya han sufrido el problema y, por tanto, adaptado sus aplicaciones informáticas. Al menos aquellas en las que la fecha es un dato vital y utilizan fechas futuras con antelación. Aun así, es muy probable que les queden muchas por modificar.

Además del análisis y modificación de los sistemas desarrollados por cada empresa, hemos de considerar varios aspectos más: uno de ellos es la modificación de aplicaciones -paquetes- compradas a terceros. Se deberá pedir a los proveedores, cuanto antes, su adaptación al año 2000 y así se podrá planificar todo el conjunto. Pero ¿y si alguno de esos proveedores ya no existe o no mantiene esa versión del paquete? Otro aspecto a tener en cuenta es el acuerdo con aquellas instituciones con las que intercambiamos información. ¿En qué formato irá la fecha y desde cuándo? Probablemente, ante la dificultad de un pacto global, nos veremos obligados a prever periodos transitorios en los que tendremos que hacer conversiones de datos hasta que, paulatinamente, todos los intercambios se ajusten a una norma. Y un tercero que pasa casi desapercibido: ¿cómo combinar los cambios provocados por la fecha con las modificaciones que suponen el mantenimiento habitual de mis aplicaciones? ¿He de parar las peticiones de los usuarios mientras realizo el cambio de fecha? ¿He de realizarlas simultáneamente? No todos los departamentos de informática tienen implementado un sistema de gestión de cambios y sin él la combinación de modificaciones se hace complicada, costosa e insegura. En sistemas con millones de líneas de código puede ser rentable considerar la opción de implantar esa gestión.

Es un problema a solucionar en los sistemas de información de cada compañía, pero que implica al usuario y a la dirección. Al primero, porque son sus aplicaciones las que no van a funcionar, o funcionar mal, a partir de una fecha. A la dirección porque, quiera o no, habrá de aprobar y asignar presupuesto para la operación de cambio. Es un problema de la empresa, que afecta a toda la empresa. Pero ocurre que el usuario y la dirección se preguntan: "¿hay que asignar todo este gasto, este tiempo y estos recursos solo para que los sistemas funcionen como ahora, pero en el año 2000?". Habrá muchas reticencias, pero, lamentablemente, la respuesta es sí. Las empresas tendrán que invertir y dedicar muchas o muchísimas horas de trabajo para... que sus aplicaciones informáticas sigan simplemente funcionando de la misma manera. Es más, probablemente haya que posponer otros cambios previstos para mejorar su funcionamiento o ampliar sus funciones. Con lo que estaremos no ya igual, sino peor, pues las aplicaciones no evolucionarán.

Nos enfrentamos a un problema único en la breve historia de las Tecnologías de la Información. Probablemente es éste el primer proyecto informático que tiene una fecha fija y absolutamente inaplazable. Claro que siempre podemos recurrir a aquello de que "si el fin del mundo llega antes, ¿para qué preocuparnos?".

Empresas de estudios como Donovan Consulting, una de las más prestigiosas, estiman que el coste de adaptación de todos los sistemas al año 2000 estará entre 350.000 y 500.000 millones de dólares. Una empresa tipo de tamaño medio-grande puede tener del orden de 6.000 programas escritos. Estos programas pueden contener hasta 9.000.000 de líneas de código, de las cuales Donovan estima que un 4% contiene referencias a fechas, aunque en entidades financieras este porcentaje puede subir al 8% como mínimo. El coste de modificación de una línea de código está precisado hoy en 0,35 dólares por línea analizada, no solo convertida, lo que supone, para la instalación tipo citada, un coste total de 3.150.000 dólares. Y el precio de la línea se irá incrementando según se aproxime el fin de siglo.

Habremos de considerar, al menos, las siguientes fases en todo proyecto 'Año 2000': inventario de aplicaciones o sistemas (programas, ficheros de datos y objetos de carácter más técnico); análisis del impacto de campos fecha y operación con ellos; conversión y pruebas. Pensar en realizar todas las fases de manera manual significa contar con una cantidad ingente de técnicos especialistas, que quizás no estén disponibles. Supongo que comenzarán a aparecer herramientas que ayuden a automatizar parte de las fases que he citado. Aun así, los costes serán altísimos, pues siempre existirán modificaciones que afecten a la lógica de los programas que tendrán que ser realizadas manualmente. Y las pruebas, de la misma forma, habrán de hacerse contando con intervención humana. Hay, pues, que "tocar" los programas en un montón de "sitios", y asegurar manualmente que las modificaciones no afectan al funcionamiento.

Salvo que... inventemos algo que solucione el problema automáticamente."

CONCENTRADO en su trabajo, había ignorado la hora del día hasta que, repentinamente, sintió un tremendo vacío en su estómago. Eran casi las cuatro de la tarde y se levantó a prepararse algo. Lex no era aficionado a la cocina, aunque le gustaba comer de forma exquisita, así que, como de costumbre, abrió un par de latas de conserva, espárragos y *foie* de alta calidad, que acompañó de un buen vino de Rioja.

Decidió relajarse un rato antes de continuar, tumbándose en el coy que colgaba de dos de los grandes pinos. El viento estaba en calma y el sol, filtrado por las ramas de los árboles, calentaba lo justo para sumirle en un placentero sopor.

Cuando despertó, y tras tomar una buena ducha, continuó escribiendo:

"He analizado un gran número de programas escritos en diferentes lenguajes y he llegado a una conclusión que sustenta mi propuesta. El problema de la fecha debe ser resuelto de manera automática y sin necesidad de modificar ningún programa. Dada la tremenda diversidad de ordenadores y lenguajes, la solución, para que sea válida, ha de ser universal y compatible con todos los sistemas. La única manera de que esto sea posible es mediante un chip que intercepte cada instrucción que el procesador vaya a ejecutar, determine cuáles se refieren a tratamiento de fechas y trate automáticamente el año como si tuviera cuatro dígitos, sumando al año 1900 o 2000. Para ello, se utilizará un año base, que se incrementará en una unidad cada año que pase, por encima del cual se asumirá que el año comienza por 19 y por 20 en el resto de los casos. El algoritmo que describo más adelante tiene en cuenta el tipo de campo utilizado para contener la fecha y saber detectarla automáticamente, distinguiendo su significado. Es complejo, porque la casuística sobre el tratamiento de fechas es amplísima y cada programa puede definirlas y tratarlas de forma muy diferente.

Adjunto también un estudio del consumo de procesador que supondrá para un sistema la incorporación del chip PANDORA, que así le llamo. En general, el consumo estimado es muy bajo y su incorporación a la máquina no tiene que penalizar apenas su rendimiento."

Lex releyó el informe y corrigió algunas frases. Se disponía a anotar los puntos que iban a constituir el "análisis de consecuencias" cuando sonó el teléfono. Era Celia, compañera de trabajo, que lo invitaba a una fiesta improvisada en su casa. Lex aceptó, no sin antes pensar si a Clara le parecería bien. "Bueno -se dijo-, tampoco es necesario que se lo cuente. Si acaso, ya le diré algo mañana".

-¿La doctora Santillana, por favor? -preguntó cuando el telefonista del hospital respondió a su llamada.

-Hola Lex, ¿cómo estás? -preguntó Clara, pasados unos minutos.

-Hola. Todo bien. He estado durante todo el día revisando el informe que te comenté. Ahora saldré a dar un paseo. Y tú, ¿qué tal?, ¿mucho trabajo?

-No distinto a otras guardias -respondió Clara-. Ahora está todo tranquilo y con un poco de suerte dormiré algunas horas. Si me dejan, quiero irme a la cama corriendo. En las guardias, ya sabes, hay que aprovechar los ratos libres...

Hablaron unos minutos y, tras manifestarse cuánto se echaban de menos, se despidieron.

Antes de salir, Lex anotó en su agenda lo siguiente:

"Consecuencias. Perjuicio económico a las empresas de consultoría del sector. Expectativas de negocio para los años 97 a 99, probablemente muy afectadas. Las constructoras de ordenadores se opondrán. No debe haber fugas porque se producirían grandes presiones. El proyecto debe ser absolutamente confidencial, alto secreto."

ERAN casi las diez de la noche cuando llegó a casa de Celia. El chalé, construido en el centro de una parcela que debía ocupar casi una hectárea, según sus cálculos, tenía un diseño modernista y era de forma irregular. A la puerta de entrada se llegaba por un camino de piedra pulida que serpenteaba entre arriates llenos de dalias, vincas, rosas y hortensias. Sobre el pequeño tejado que sobresalía sobre la puerta, destacaba un ojo de buey de cristal verdoso que rompía el blanco de la torreta construida en la fachada principal. La planta tenía forma de uve abierta. Sobre el vértice estaba situado el salón, que se abría al porche a través de unos grandes ventanales. Vigas de madera antigua, que bisecaban el ángulo principal y se extendían hasta el porche, producían una sensación de mayor amplitud aún. Enfrente, a unos diez metros, se encontraba una piscina pentagonal cuya agua azulada, iluminada desde el fondo, destacaba sobre el verde oscuro del bien cuidado césped que la rodeaba. A un lado del porche estaba la parrilla de hierro fundido sobre soporte de ladrillo oscuro y, cerca, un amplio cenador en forma de hexágono irregular y bancos de piedra cubiertos por cómodos almohadones.

Tras saludar cariñosamente a Celia y agradecerle la invitación, Lex se unió a uno de los grupos donde se encontraban compañeros del centro. Entre ellos estaban varios de sus colaboradores: Andrés Luján, su mano derecha; Victoria Armengol, brillante ingeniera a la que dejaba siempre los diseños más complejos y que colaboraba con él desde hacía algún tiempo en el nuevo proyecto; Pilar García Herrero, analista de sistemas; Juan Reverte, jefe de proyectos; María Teresa Pérez Gómez, Maite, especialista en seguridad; y Emilio Uriarte, "el profeta". El sobrenombre se lo debía a Victoria, que se lo adjudicó porque era el responsable de la planificación y seguimiento de los proyectos que el equipo de Lex desarrollaba. Y siempre estaba hablando de control y de retrasos, augurando desviaciones que harían ruinoso el proyecto...

Aunque jefe de todos ellos, Lex era apreciado sinceramente como persona y respetado en el terreno profesional. Riguroso con su trabajo, imponía su ritmo frenético en todo lo que hacía y a todos los que trabajaban con él. Sin embargo, era afable y correcto en el trato, nada distante, y comunicaba un entusiasmo especial que le hacía, sin duda, líder natural del equipo. Si acaso, algunos colaboradores le acusaban de adjudicarse más mérito del que le correspondía, apropiándose de algunas ideas que no eran suyas y manifestando, a veces, un egoísmo que era difícil de aceptar.

La reunión fue divertida. Cenaron informalmente un bufé muy variado, que Celia preparó con premura, aunque con esmero. El marisco de la zona destacaba sobre lo demás: langostinos de Sanlúcar, bocas de La Isla, gamba blanca, cañaíllas, ostiones; los lenguados y las lisas de estero se hacían a la brasa, bien en su punto, y de ello se encargaba Juan, el marido de Celia. Para beber, vino fino, manzanilla y cerveza.

–Dicen –comentaba Juan– que, para el marisco, el buen vino es el gallego. Yo disiento. Como el fino o la manzanilla no hay nada. Será por la tierra...

Lex había observado a Julia durante un buen rato. Delgada, aunque de barriga ligeramente pronunciada, alta –un metro setenta, calculó–, melena larga de color castaño muy oscuro, casi negro, piernas esbeltas y muy bien formadas, no más de treinta años o treinta y pocos –supuso– y, a juzgar por lo que veía, muy alegre. Estaba con otros en un ángulo del cenador, charlando animadamente, riendo a carcajadas a cada rato y siendo el centro de atención de sus acompañantes. Lex se apoyó en una de las columnas a pocos metros de distancia y mantuvo su mirada fija en ella. Julia se percató, manteniéndole la mirada apenas un par de segundos en varias ocasiones, pensando al principio que el cruce de miradas era solo fruto de la casualidad. Pero la insistencia de aquellos ojos que no apartaban su vista de ella le obligó a desviar su atención del resto del grupo, comenzando a sentir un deseo irracional de mirar a aquel desconocido. Cualquier movimiento que hacía terminaba en dirección a él y lo miraba de nuevo. Si se giraba, Lex se movía a su vez para no perderla. Se esforzaba en hablar y reír, pero sus palabras carecían de sentido y su risa se volvía por momentos más nerviosa, sintiéndose observada. Así transcurrieron unos minutos que a Julia le parecieron horas. Lex disfrutaba viendo el efecto que había conseguido y mantuvo el juego hasta que decidió actuar. "No me rechazará", pensó, y se las ingenió para que alguien los presentara.

Casi de inmediato logró apartarla del grupo e interesarla con su conversación. Lex era hábil sonsacando a sus interlocutores justo lo que quería saber. Y pronto se enteró de que Julia tenía 32 años, estaba divorciada, era psicóloga y ejercía su profesión en un gabinete que había abierto en Cádiz con otros dos colegas. La mirada de cada uno se mantuvo fija en los ojos del otro, esta vez sin estorbos de por medio ni intentos de evitarlo. Él le contó parte de su vida.

–Cuando tenía doce años –empezó– mi padre fue destinado a Boston, a la sede central de la empresa donde trabajaba, y nos trasladamos con él toda la familia: mi madre, mi hermana mayor, Alicia, y mi hermano pequeño, Fernando. No tuve más remedio que aprender inglés, que llegó a convertirse casi en mi primera lengua durante los 14 años que estuve allí. Estudié Ciencias de la Computación en el MIT –*Massachussets Institute of Technology*, le aclaró– y comencé a trabajar como ingeniero informático en la empresa Devnet. Más tarde me incorporé a Graham Associates, compañía con la que me trasladé a Madrid en 1979 cuando abrieron la subsidiaria en España. Allí permanecí diez años, hasta que me ofrecieron la dirección de Investigación y Desarrollo en Grandtel, empresa en la que trabajo en la actualidad y que se dedica a la fabricación de procesadores y dispositivos muy específicos. Pero, bueno –terminó Lex–, no quiero aburrirte con mi historia...

–Si me lo cuentas ahora no me aburrirás más tarde –respondió Julia, sonriendo en son de burla–. Por cierto ¿y ese nombre de Lex?

–Mi nombre es Alejandro. Lex se lo debo a mi hermano, quien, al llegar a Estados Unidos, decidió que era más fácil de pronunciar y además "pegaba más con el ambiente", como él decía.

Siguieron de charla largo rato hasta que alguien propuso salir a bailar. Era casi la una de la mañana cuando decidieron ir a una de las discotecas próximas al Puerto de Santa María que los viernes y sábados solían estar muy animadas. La urbanización donde Celia tenía la casa estaba cerca y no tardaron en llegar.

Mientras bailaban, Julia y Lex se fueron alejando de los demás sin que ella se diera mucha cuenta, absorta como estaba en Lex e intentando oír lo que decía bajo aquella máusica a un volumen tan alto. Cuando se convencieron de que era inútil entablar una conversación, se abandonaron al ritmo de la música. El abrazo fue tímido al principio, cuando cada uno parecía tantear las intenciones del otro. Julia dudaba entre mantener las distancias o entregarse a aquel hombre recién conocido. Lex le atraía. Aquella noche se había sorprendido a sí misma en más de una ocasión con una mirada embelesada fija en los ojos de él. Un escalofrío recorría su cuerpo cuando Lex pasaba suavemente la mano por su espalda. Lex, en cambio, lo tenía claro. Al principio, Clara se le aparecía a cada instante en su mente. Pero, según pasaban las horas, su figura se fue difuminando hasta que desapareció por completo en el momento en que decidió que Clara no iba a condicionar lo que sucediera. Quería disfrutar sin ataduras. Estrechó aún más a Julia. El contacto de su cuerpo le hizo sentir un calor agradable y dejó que su imaginación y su deseo le mostraran el camino. Cuando la música cambió de ritmo, Lex le propuso salir de allí, cosa que ella aceptó de inmediato. Ella nunca supo si la decisión la tomó antes de aceptar o el hecho de aceptar instintivamente la indujo a decidirlo. Pero lo cierto es que, para entonces, estaba dispuesta a todo lo que pudiera ocurrir. Lex le propuso ir hasta su casa de Cabo Zambra, aunque ella prefirió que fueran a la suya, "que está más cerca", dijo.

Domingo, 2 de abril de 1995

LEX miró el reloj y se sobresaltó al comprobar que eran casi las dos de la tarde. Julia yacía a su lado, profundamente dormida. Repasó mentalmente lo que tenía planificado hacer ese domingo, sintiéndose culpable por haber perdido toda la mañana. Se levantó, se dio una ducha de agua fría y entró decidido a despedirse y aprovechar la tarde trabajando.

La espalda desnuda de Julia, de un bronceado suave, destacaba sobre las sábanas que le cubrían el resto del cuerpo. Lex no se resistió a la tentación de pasar sus manos por ella, rozándole apenas con las yemas de los dedos. Julia sintió un escalofrío placentero e, instintivamente, cerró los brazos sobre sus costados. Lex continuó con las caricias, disfrutando del contacto de su piel y notando cómo ella emitía ligeros suspiros que le incitaban a continuar. Julia levantó los pies, desplazando la sábana y dejando al descubierto sus largas piernas. Giró sobre su costado y dejó todo su cuerpo a la vista.

Él la miró. Era guapa, de boca grande y nariz algo chata. Los ojos ligeramente achinados, que le daban un cierto aire exótico, eran de color castaño claro, tan claro que la luz los hacía parecer casi verdes.

–Te llamaré "*greeneyes*" –le dijo.

Ella lo abrazó y le besó con ansia el cuello y las mejillas, deteniéndose en sus labios con un beso largo y profundo. Lex le correspondió abrazándola tiernamente y deslizando su lengua por todos los rincones de su boca. Fue un estallido de placer. La mordió en los hombros y el cuello mientras ella clavaba las uñas en su espalda. Se mantuvo jugueteando con sus pezones, al tiempo que con una mano le acariciaba el pubis con suavidad y destreza. Julia, jadeando, le dejó continuar durante minutos pidiéndole frenar o acelerar sus caricias hasta que deseó salvajemente sentirlo dentro de sí. Tumbó a Lex de espaldas y le ayudó con sus manos a que la penetrara una vez más.

CLARA había tenido una guardia tranquila. A las once y cuarto de la noche anterior, tras la cena en el comedor de médicos, había llamado a Lex por teléfono. Repitió la llamada a las doce y media y a las dos. Le pareció raro que Lex no estuviera en casa. Si alguna vez salía se lo solía comentar y esa tarde solo le dijo que iba a dar un paseo. No hubo ninguna urgencia aquella noche en la que tuviera que intervenir, aunque no durmió bien. Estuvo tentada de llamar de nuevo a las cuatro de la mañana, pero pensó que, si estaba ya en casa, iba a alarmarlo, y si aún no había llegado la alarmada iba a ser ella.

Salió del hospital a eso de las ocho. La mañana era de un sol radiante, aunque fresca. Paró a tomar café en un bar del paseo del Pintor Rosales. El parque del Oeste estaba espléndido a esas horas, con el sol del amanecer iluminando las copas de los árboles. Decidió adentrarse por él y rememorar aquellos tiempos de estudiante cuando, en lugar de asistir a algunas de las clases en la Facultad, daba largos paseos por ese parque, universitario por excelencia. Recordó el Colegio Mayor, en la Avenida de Séneca, en el que había pasado tantos momentos entrañables. Clara había terminado Medicina en la Complutense en 1984. La especialidad de Digestivo la hizo en la clínica Puerta de Hierro y, desde entonces, apenas había vuelto a pasear bajo los olmos del parque del Oeste.

Siempre fue buena estudiante, lo que no le impidió disfrutar de todo lo que el ambiente universitario le proporcionaba. Únicamente recordaba como una pesadilla el calor sofocante de los últimos días de junio y primeros de julio de cada curso, en plenos exámenes. En su habitación del Colegio Mayor daba el sol durante toda la mañana, suficiente para calentarla para el resto del día... y la noche. El termómetro que tenía sobre la mesa no bajaba, ni siquiera de madrugada, de los 30º y, aun desnuda, su cuerpo se llenaba de sudor, teniendo que hacer, recordaba, auténticos esfuerzos para concentrarse. En ocasiones, después de cenar, bajaba con un grupo de compañeras por Séneca hasta la "casita" del Manzanares donde tomaban un café bien cargado que les despejara durante la larga noche de estudio. Allí se encontraban con amigos de otros colegios y terminaban muchas veces jugando una partida de dados hasta altas horas de la madrugada. En aquellos tiempos, la hora de entrada al Colegio Mayor estaba limitada y tenían que entrar por la ventana de alguna habitación del primer piso que habían dejado convenientemente abierta.

La habitación individual de que disfrutaba la tenía decorada muy a su estilo. Las cortinas originales eran de un amarillo horrible y Clara había colgado de ellas multitud de pequeños muñecos que animaban aquel color insulso. No pudo hacer lo mismo con la colcha o la tapicería del sillón, del mismo color, pero llenó las paredes de *posters* de paisajes de toda España, que daban alegría a la habitación.

Sobre la mesa, bajo la ventana y empotrada entre la pared y la pequeña terraza, tenía una foto de su perro -un espléndido pastor alemán de pelo negro-, una radio, su agenda y su colección de plumas estilográficas con las que le gustaba escribir. En la estantería estaban colocados todos los libros de la carrera y los apuntes de clase que, por su interés, había ido guardando de año en año. Una edición de Don Quijote -que le encantaba-, con el ensayo de Unamuno sobre el Hidalgo y Sancho Panza y algunas novelas de acción de autores actuales componían su colección de libros. Había sido un tiempo feliz su estancia en el Colegio. Aún recordaba el número de su habitación: la 118, en el primer piso y de cara al parque del Oeste.

Mientras bajaba una de las cuestas del parque, hacia el Puente de los Franceses, recordaba su participación en el equipo de ping-pong del Colegio. No se le daba nada mal. Quedaron campeonas en la competición anual femenina por tres años consecutivos y ocuparon el tercer puesto en dos ocasiones en el campeonato mixto. Solía practicar casi todos los días una hora antes de la cena y, exceptuando los fines de semana, era el único ocio que se permitía.

Su otra afición era la montaña. Siempre que podía organizaba excursiones a zonas próximas a Madrid, como Gredos, La Pedriza y Somosierra, donde pasaban la noche del sábado en refugios –si había nieve o la temperatura era muy baja– o en tiendas de campaña. Intentó el esquí en varias ocasiones, pero su progreso era mínimo y terminó por aburrirse. Prefería andar y disfrutar de la naturaleza en su estado más primitivo. Le encantaba descubrir nuevos parajes y aventurarse por sitios desconocidos y solitarios. Aún tenía vívidos los recuerdos de aquel fin de semana, en pleno invierno, cuando se perdieron en la Pinilla. El sábado después de comer habían decidido instalar el campamento base en las faldas de una de las montañas a la que nunca se habían acercado. La temperatura no era muy baja y el sol aparecía entre las nubes de vez en cuando. Nada hacía presagiar un empeoramiento del tiempo y, mucho menos, una tormenta como la que más tarde se presentó. Fue casi una hora antes de la puesta de sol y cuando creían que estaban próximos a su objetivo. En cuestión de minutos, negros nubarrones oscurecieron el cielo y descargaron una tremenda nevada, acompañada de un viento casi huracanado que les impedía ver más allá de sus propias narices. La sorpresa y la poca visibilidad los desorientaron y el grupo discutió sobre el camino a seguir. Cada uno, prácticamente, proponía una dirección y no hubo forma humana de ponerse de acuerdo. A gritos y tiritando de frío acordaron dividirse en dos grupos, a pesar de los intentos desesperados de Clara por ir todos juntos. Recordaba que su desorientación era total y, si bien se empeñó en ir hacia lo que ella suponía era el sur, de donde venían, pronto tuvo que ceder ante su propia inseguridad. Siguió a Santi y otra compañera, mientras los demás iban en dirección opuesta. "Me equivoqué", evocaba, "y a punto estuvimos de no contarlo". Aparecieron en el refugio más próximo a la estación de esquí mediada la mañana siguiente, después de andar toda la noche prácticamente en círculo. La tormenta cedió al amanecer y la luz les permitió orientarse de nuevo. "No creo que jamás me haya encontrado tan cansada... y tan asustada. Creí que aquello no acababa nunca. Apenas si recuerdo qué pasó cuando aparecimos, salvo el abrazo que nos dimos todos y la alegría de los otros, que habían llegado la noche anterior."

Aunque era, en general, apreciada por sus compañeros, Clara tenía un carácter fuerte que a veces le había creado serios problemas de convivencia con sus amigos. Tenía fama de arisca (ella se consideraba cariñosa, "pero no con cualquiera", se decía), aunque siempre emprendedora y activa. Tenía muy definida su vocación y daba a los estudios la prioridad necesaria, aunque sin renunciar a las oportunidades de diversión que se le presentaban.

Repasando mentalmente aquellos tiempos, dieron las once de la mañana. Volvió a su coche y se dirigió a casa. Echaba de menos a Lex. Si bien a diario el trabajo de ambos les impedía pasar mucho tiempo juntos, sí coincidían unas horas casi todas las noches y los fines de semana que ella no tenía guardia, excepto durante los viajes de Lex a EE.UU., adonde iba con cierta frecuencia y que siempre, no entendía por qué, empezaban en sábado o terminaban en domingo.

El teléfono sonó durante un rato sin que Lex lo descolgara. "Estará en el jardín", pensó, y volvió a intentarlo. Lo hizo otra vez al mediodía y después de comer. Se preocupó. No era normal que Lex no estuviera en casa y no la hubiera llamado.

Lex y Julia bajaron a comer algo a última hora de la tarde. Tras despedirse cariñosamente y prometerse verse de nuevo, Lex la dejó en su casa y partió hacia Cabo Zambra. Mientras conducía pensaba en una excusa que dar a Clara. Era consciente de que no la había llamado en todo el día y ella debía estar preocupada.

Cuando finalmente la llamó por teléfono, le dijo que había estado en la oficina escribiendo el informe. Decidió ir allí porque le faltaban unos datos, y no había querido llamarla pensando que estaría durmiendo después de terminar la guardia.

–Después de hablar contigo anoche me llamó Celia, invitándome a una fiesta improvisada en su casa. Pero a eso de la una y media ya estaba en la cama –mintió–. Fue agradable, estaban allí varios compañeros del centro y la cena fue exquisita.

Clara se mostró fría, pero no quiso discutir por teléfono.

–El informe lo quiero presentar al comité del martes 11. Si lo termino con tiempo iré para allá el próximo viernes y pasaremos juntos unos días.

Lex intentó retomar el trabajo, pero estaba cansado y la experiencia con Julia le invadía todo su ser. Creía estar flotando en una nube en la que no era capaz de distinguir el recuerdo de lo irreal, dudando si realmente lo ocurrido con Julia le hubiera pasado a él. Había tenido alguna que otra aventura hasta conocer a Clara, pero no recordaba nada igual a la excitación que Julia le producía ni a la pasión que ella demostraba. La llamó. Quedaron en encontrarse al día siguiente para cenar juntos. Iría a recogerla.

Lunes, 3 de abril de 1995

A la mañana siguiente, a primera hora, Lex reunió a Victoria, Emilio y Andrés en su despacho.

–Victoria conoce ya el proyecto con todo detalle. De hecho, ha estado trabajando conmigo los últimos meses –le guiñó un ojo– y vosotros tenéis idea de qué va, aunque todavía no habéis trabajado en ello.

–Eso te crees tú –dijo Andrés.

–¿Habéis hecho algo ya? –miró a Victoria–. Pues mejor. Leed este informe –dijo, entregándoles una copia a cada uno de ellos– y dadme vuestra opinión. Victoria, quiero que tú te centres en depurar el algoritmo. Lo necesito listo a principios de la semana próxima.

–¡Eh...! –intentó protestar Victoria.

–Me refiero al algoritmo básico, ya me entiendes. Quiero saber, con toda seguridad, si es viable. Vosotros –ordenó, dirigiéndose a los dos hombres– desarrollad las notas bajo el epígrafe "Análisis de consecuencias", una vez que os hayáis enterado bien de qué va esto. Quiero cifras detalladas y, Emilio, intenta también una planificación estimada. Ejerce de profeta, pero de profeta que acierte de una puñetera vez.

Todos se echaron a reír. Tanto Victoria como Andrés compartían con Lex el entusiasmo por el chip PANDORA.

–Tenéis apenas diez días para un primer borrador.

POR la tarde, Emilio, tras estudiar el informe, se reunió con Victoria para discutir los recursos que habría de asignar y tener una primera estimación de tiempos.

–El jefe manda, pero preveo muchas dificultades. En primer lugar, el chip debería estar listo a finales del 97, como muy tarde. Retrasarlo puede dar al traste con el proyecto, pues, para esas fechas, la mayoría de las grandes instalaciones habrán comenzado ya sus proyectos de adaptación al año 2000.

Andrés se incorporó a la reunión cuando Emilio terminaba su frase, e intervino:

–No lo creo. Estoy convencido de que serán pocas las empresas que empiecen antes del 98. Y a la mayoría les pillará el 99 comenzando el proyecto. Podemos apostar.

–Eso significa –continuó Emilio sin prestar atención al comentario de Andrés– que el prototipo deberemos tenerlo para la Navidad del 96, más o menos. Habrá que trabajar rápido.

–Hay que tener en cuenta –intervino Victoria– que existen del orden de 60 procesadores diferentes que suponen el 95% del parque de ordenadores instalados a la fecha de hoy. Habrá unos 100 tipos más, pero, por su número, podemos despreciarlos de cara a este proyecto. Aunque el principio de funcionamiento del procesador –continuó– sea el mismo, será necesario desarrollar 60 interfaces diferentes para el chip PANDORA. Por cierto, Emilio, ¿puedes preparar una lista con los procesadores más vendidos? Nos servirá para dar prioridad a los diseños.

–¿Habéis leído –preguntó Andrés– las notas sobre "Análisis de consecuencias"? Esta me parece la parte más delicada. ¿Cuál será la reacción del mercado? Si funciona, está claro que los clientes nos lo quitarán de las manos, pero ¿qué pasará con las empresas del sector? Según Donovan Consulting se prevé un gasto de varias decenas de miles de millones de pesetas para que los sistemas informáticos soporten la fecha en los años 2000 y siguientes. PANDORA puede producir un daño enorme, pues ese dinero está destinado en gran parte a las empresas de servicios que tendrán que ser contratadas para adaptar las aplicaciones, y a las constructoras que venderán nuevas versiones de sistemas operativos y nuevos paquetes de aplicación.

–Sí, el tema es delicado –corroboró Emilio–. Puede ser un éxito para Grandtel y una fuente extraordinaria de ingresos, por lo que hemos de ser muy cuidadosos. El proyecto debe ser clasificado de "alto secreto". Supongo que Lex está en ello, pero le propondré que, a partir de ahora, todas las reuniones tengan lugar en la cámara y todos nos comprometamos explícitamente a mantener la máxima confidencialidad.

–Incluso –abundó Victoria– deberíamos trasladar nuestro lugar de trabajo allí. Por lo menos, el tiempo que dediquemos al PANDORA.

–Que será mucho, intuyo –concluyó Andrés.

La cámara, como ellos lo llamaban, era el recinto del centro dotado de las máximas medidas de seguridad. Constaba de una amplia sala de reuniones y de siete amplios despachos. Estaba situada en el centro de la planta baja, rodeada de un muro ignífugo y puerta blindada. No tenía ventanas –el aire acondicionado funcionaba aceptablemente bien– y disponía de una amplia caja fuerte donde se guardaba toda la documentación. El sistema informático, dotado con todo lo necesario, era interno a la cámara, aunque desde él se podía acceder al resto de los sistemas de la empresa. Como norma, todo lo que se consideraba "alto secreto" se volcaba al final de cada sesión a unidades magneto-ópticas que se guardaban en la caja fuerte. El contenido se salvaba por duplicado –por triplicado, a veces– y se borraba del sistema.

Victoria y Emilio continuaron durante un rato, centrándose en estimar los recursos necesarios. Andrés se dirigió al despacho de Lex para comentar algunos temas. Lo encontró hablando por teléfono, pero le hizo señas de que entrara.

–... a recogerte a eso de las 9 –terminaba Lex–. ¿De acuerdo?

Andrés le expuso las preocupaciones de Emilio sobre la seguridad, con las que coincidía plenamente. Le dieron vueltas al tema durante un rato y pidieron a los otros dos que subieran al despacho. Cuando estuvieron los cuatro, Lex dijo:

–Estoy de acuerdo, claro, en que debemos cuidar extremadamente las medidas de seguridad en torno al PANDORA –Emilio miró con recelo a Andrés–. Así que he decidido nombrar un jefe de seguridad. ¿Quién os parece?

Repasaron todos los nombres del equipo, decidiéndose finalmente por Maite Pérez Gómez. Lex la llamó para comunicarle el nombramiento y darle información sobre el PANDORA. Tras discutir los detalles, le pidió un borrador del plan de seguridad para el jueves siguiente.

El resto del día lo pasó Lex diseñando el plan de trabajo que pondría en marcha una vez aprobado el proyecto. Repasó también la lista de técnicos a su cargo para decidir quiénes podían formar parte del equipo. Tenía que revisar también el informe, pero el grado de concentración que consiguió era mínimo. Su mente le traía la figura de Julia a cada instante y su cuerpo, inquieto, deseaba sentir de nuevo su calor. "Mañana –se dijo– lo repasaré y realizaré el estudio económico".

A las ocho y media llegó a casa de Julia. Ella le abrió la puerta envuelta en albornoz.

–Iba a ducharme, pasa –le dijo mientras le besaba los labios.

Lex se excusó por haberse adelantado.

–No podía esperar más.

El apartamento era amplio. A la entrada tenía un pequeño distribuidor que daba a la cocina por una de las puertas. Por la otra se pasaba a un salón de forma cuadrada desde cuya ventana, que cubría todo el frente, se contemplaba la Bahía. Un dormitorio espléndido, el cuarto de baño y un pequeño despacho completaban el piso.

Julia le pidió que esperara mientras se duchaba y vestía. Pero Lex decidió que la ducha podían disfrutarla juntos y la siguió.

—¿Me... permites? —preguntó mientras le desabrochaba el albornoz desde atrás y lo dejaba caer al suelo. Julia se giró y no supo negarse a tan tentadora proposición.

ERAN casi las once cuando bajaron a cenar. Comieron con apetito, sin parar de hablar.

—Probablemente el viernes salgo para Madrid. He de presentar un informe a principios de semana y le prometí a Clara que pasaría con ella el sábado y el domingo.

Lex le había hablado ya de su mujer, pero dando pocos detalles ante la indiferencia de ella. En la mente de Julia no entraba, por el momento, ninguna relación estable y el hecho de que él estuviera casado podía ser una ventaja. Se sentía a gusto con Lex, era amable, animado y atractivo y sabía hacer el amor contando con ella, haciéndola gozar sin límite. Pero no podía pensar en un futuro juntos. Julia había estado casada cerca de diez años y hacía solo uno que se había divorciado, aunque siempre pensó que debió haberlo hecho varios años antes. Le había pesado mucho la familia, porque su marido había encajado muy bien en ella. Su madre lo adoraba y con su padre había intimado mucho, uniéndolos sus aficiones comunes, la pesca y la navegación a vela, que los apartaban de casa casi todos los fines de semana. Sin embargo, la relación entre ellos nunca había funcionado. Discutían por casi todo. Desde el principio él se mostró egoísta y Julia tenía la sensación de ocupar el último lugar en su escala de intereses.

Desde que se divorció, Julia había recuperado el buen humor y la alegría que siempre le habían caracterizado. Se sentía libre y le gustaba acudir a cuanta fiesta tenía ocasión. Antes de Lex había estado saliendo con Joan, un catalán afincado en Jerez, con quien había roto ante el riesgo de enamorarse de nuevo.

Viernes, 7 de abril de 1995

JULIA y Lex continuaron viéndose todos los días, dando rienda suelta a su pasión. A Lex le fue difícil concentrarse en su informe, aunque consiguió, por fin, terminarlo el viernes por la mañana, excepto en el estudio económico. Su equipo había trabajado bien, supliendo su falta de dedicación. Sus cuatro colaboradores habían comentado su aparente desinterés durante esa semana y sospecharon que algo ocurría. No era normal que Lex dejara el trabajo antes de las nueve de la noche, teniendo un tema tan importante entre manos, ni que llegara tarde al centro. No obstante, todos se volcaron en preparar el informe según sus directrices. Realmente, el proyecto les entusiasmaba y le dedicaron muy a gusto todo el tiempo necesario, incluyendo parte de las noches esa semana.

Lex había mantenido a Clara al corriente de la marcha del informe, si bien siempre le decía que iban algo retrasados. El viernes, después de comer, la llamó al hospital para decirle que no podría ir hasta el lunes. Le quedaba por abordar el aspecto económico –lo que era cierto– y revisar con profundidad el algoritmo que habían desarrollado Victoria y él, lo que era solo verdad en parte, ya que fue Victoria quien prácticamente lo había diseñado. Calculaba que le bastaría el par de horas que le iba a dedicar esa misma tarde con la ingeniera.

Trabajó casi toda la noche esbozando los costes del proyecto y generando la última versión del informe. Emilio se quedó con él para ayudarlo con los datos de la planificación que había elaborado. A las cuatro de la mañana tiraron la toalla. El análisis económico no terminaba de estar completo y a Lex no le gustaban las cifras que salían. Si quería que la dirección de la empresa aprobara el proyecto, tendría que dedicarle mucho más tiempo y proponer, además, vías de financiación.

-Haremos lo siguiente -le dijo a Emilio-. Presentaré el informe sin el estudio económico y diré que, si aprueban la idea, lo terminaremos para el siguiente comité de dirección.

Sábado, 8 de abril de 1995

TRAS dormir unas horas llamó a Julia y le propuso que viniera a su casa de Cabo Zambra. Aquella mañana, tras casi dos semanas de viento de poniente, había saltado el levante. La temperatura había subido casi diez grados con relación al día anterior. "El levante aún no está enfadado –pensó Lex– y probablemente hará un día de playa espléndido."

Julia llegó a las doce en punto. Salieron en bicicleta hacia la costa, bordeándola por los carriles. Lex le fue enseñando, desde el acantilado, cada una de las calas. Estaban prácticamente vacías. En la de la Roca había una familia y un grupo de pescadores en la de la Gaviota. La Cala Mansa, la más pequeña de todas, estaba desierta. Bajaron. La arena estaba protegida del viento por el acantilado y por las rocas que la separaban de la siguiente cala hacia el sur. Una mar tendida producía grandes olas, muy espaciadas entre sí, como era habitual en los primeros días de viento de levante tras unos cuantos de fuerte viento de poniente. Allí, no obstante, las olas llegaban muy suaves, pues rompían en una barrera de rocas que protegía la playita. Quizá por haber menos movimiento, el agua tenía un color verdoso que la distinguía de las demás.

La marea estaba bajando. La pleamar había sido un par de horas antes y, al no ser muy vivas las mareas en esa época del año, quedaba una franja de arena seca entre las rocas, pegada al acantilado. Lex se desnudó observando que Julia no se atrevía a hacer lo mismo. Se desprendió del jersey, mostrando la camiseta de tirantes que se ajustaba a su cuerpo. Cuando el sol estuvo más alto y su calor comenzaba a sentirse agradablemente en la piel, Julia se quitó el resto de la ropa y se tumbó sobre la toalla.

Lex nadaba en ese momento, disfrutando del agua clara y fresca –quizás demasiado fresca– mientras pensaba qué táctica utilizar para conseguir de Julia todo lo que deseaba aquella mañana.

Siempre había soñado con gozar de esa manera en la playa, a plena luz del sol –de noche ya lo había experimentado– y muchas veces su imaginación le había proporcionado situaciones tan placenteras como las que ese día deseaba. Cuando salió del agua le pareció que Julia no estaba muy lejos de sus intenciones. Su piel ligeramente tostada, con las marcas del bikini, destacaba sobre la toalla oscura. Lex se situó a su lado, concentrando su mirada en aquellos senos que tanto le atraían. Se deleitó en ellos, observando las pequeñas gotas de sudor que, como rocío, comenzaban a aparecer sobre su piel por efecto de los rayos de sol que la inundaban. Sin levantar la vista de ella, puso las manos sobre su pecho, apenas rozándolo, y fue acariciándolo pausadamente, primero por los costados, luego de lleno, sintiendo sobre sus palmas cómo se endurecían los pezones. Julia se estremeció y entreabrió los ojos, observando su cara mientras la acariciaba sin que él se diera cuenta. Le molestó ligeramente la forma de mirarla cuando sus ojos se encontraron, "demasiado ávidos", pensó. Lex aumentó la presión de sus caricias, desplazando sus manos hacia los muslos, acercando la boca a sus hombros y besándolos con dulzura, hasta que, perdiendo el equilibrio, cayó sobre ella. Se echaron a reír, con una risa nerviosa producida por el cómico incidente y aderezada por el deseo, y que terminó por disipar cualquier duda que Julia pudiera tener.

Rodaron como un solo ser por el plano inclinado que la arena formaba hasta llegar a la orilla, dejando que el agua fría de las olas lamiera sus cuerpos. A Julia se le erizó la piel, en una conjunción de frío y placer, mientras Lex no dejaba de abrazarla.

EL resto del día lo pasaron en casa de Lex, hablando al principio de temas intranscendentes y contando luego cada uno, todavía con cierta reserva, parte de su vida. Al anochecer se acercaron a Nadir para cenar en un restaurante en la playa del mismo nombre.

La conversación giró en torno al trabajo de ella. Explicó, resumidas, las técnicas de psicología que utilizaba con sus clientes o pacientes –nunca sabía cómo llamarlos– que giraban en torno a la modificación de la conducta. Le contó algunos casos reales.

–Uno de los problemas que te encuentras con más frecuencia en personas deprimidas es la evitación como medio de huida. Dejar todo para más tarde, o para un mañana indefinido, es una forma de no enfrentarse con la realidad y de sentir un alivio momentáneo, pero que, con el tiempo, comienza a representar una carga muy pesada. Se sufren entonces los miedos irracionales provocados por un número cada vez mayor de temas o tareas pendientes. Si el paciente está debilitado es incapaz de hacer frente a ello y la bola de nieve crece y crece. La terapia que aplicamos consiste en hacer ver al enfermo, que enfermos son, al fin y al cabo, que de esa forma no solo no soluciona nada, sino que su situación empeora día tras día. Hay que ayudarles a analizar lo que ellos sienten como un episodio de miedo incontrolable, desbrozando cada una de sus causas. Cuando el paciente hace el primer esfuerzo y aborda alguna actividad que ha pospuesto en múltiples ocasiones, experimenta un gran alivio, esta vez permanente. La tarea terminada no volverá a inquietarlo.

Lex siguió con atención las explicaciones de Julia. No era en absoluto experto en psicología y lo que ella le contaba le parecía muy interesante. Le hizo muchas preguntas y quiso profundizar en algunos temas.

–Por cierto –dijo Julia–, a lo mejor tú puedes ayudarme. Trabajas con ordenadores, ¿verdad?

–Sí, ¿por qué?

–Estoy realizando un estudio estadístico sobre la depresión con una muestra de 90 pacientes míos y de otros colegas. Los datos los he metido en una hoja de cálculo, pero me cuesta mucho obtener lo que quiero. Me encantaría aprender a utilizar mejor ese horrible artefacto para sacarle mayor partido.

Lex le hizo algunas preguntas sobre los datos y le sugirió cómo utilizar la hoja electrónica para ahorrarse horas en el análisis de aquellos.

–De todas formas –dijo–, y por lo que me cuentas, te sería de gran utilidad contar con un programa específico para el estudio que estás haciendo. Yo me ofrezco a desarrollártelo, pero tendrás que esperar algún tiempo. Ahora estoy inmerso en un proyecto de gran importancia y no puedo permitirme el lujo de perder un minuto.

–Excepto conmigo –respondió Julia, mostrando una sonrisa que denotaba satisfacción...

–Bueno, si he de serte sincero, me has traído de cabeza desde que te conocí. De hecho –continuó–, he dedicado menos tiempo del necesario al informe que he de presentar el martes. Hice trabajar duro a mis colaboradores, que han cubierto con creces mi falta de atención.

Julia quiso saber algo sobre el proyecto y Lex no pudo evitar contarle la idea de la que, por cierto, se sentía orgulloso. Se explayó largo y tendido con la pasión de quien defiende su mejor obra. Entró en detalles técnicos, más escuchándose a sí mismo que tratando de que Julia lo entendiera, pero ella soportó las explicaciones, absorta en las maneras y el entusiasmo de Lex.

Se quedó esa noche en la casa de Cabo Zambra. Lex, durante un momento, sintió como si le diera una bofetada a Clara... Esta era su casa, en la que tan buenos y deliciosos momentos habían pasado juntos, y ahora la traicionaba invitando a quedarse a otra mujer que iba a ocupar su sitio en la cama... "Sólo son unos días –se dijo–, esto acabará pronto", aunque en el fondo de su ser no se imaginaba sin Julia, sin la pasión de sus besos, sin el estallido de deseo que aceleraba su corazón cada vez que la veía.

Llamó a Clara y hablaron durante un rato. No se contaron gran cosa. Él le dijo que el informe se le estaba complicando y que esperaba llegar el lunes en el primer avión desde Jerez. Ella estuvo bastante seca, pero Lex lo achacó a la jaqueca que dijo sufrir.

Domingo, 9 de abril de 1995

EL domingo amaneció nublado, amenazando lluvia.

–Despejará no más tarde de las doce y media– comentó Lex mientras tomaban café en el porche–. Suele suceder cada vez que el levante rola a viento sur.

Julia alabó lo bonito y cuidado que estaba el jardín. A Lex le asaltó un fuerte remordimiento de conciencia, pensando en Clara, pero lo apartó de su mente con decisión. Quería disfrutar el domingo. Le propuso a Julia el plan para ese día:

–Nos quedamos aquí hasta la una. A esa hora damos un paseo por la playa y comemos en una de las ventas típicas de esta zona. Conozco una, que está escondida en el pinar que lleva hasta Nadir, donde hacen una urta a la roteña deliciosa. Más tarde he de pasar por el centro a revisar por última vez el informe.

LEX llegó al centro a las siete y media de la tarde. Estaba cansado, pero satisfecho. El día con Julia había sido excitante y agotador. No bajaron a la playa ni comieron, como habían previsto, en una venta. Les bastó la tranquilidad de Cabo Zambra, el césped fresco de la mañana, la sombra de la acacia árabe y el sol que caía sobre lo que Lex llamaba la pradera, la única zona del jardín donde no crecía ningún árbol. Efectivamente, el día había abierto a última hora de la mañana y el cielo había quedado absolutamente limpio, con la luminosidad que caracteriza la zona.

Decidió concentrarse en el informe. No tenía más tiempo. Lo releyó lentamente cambiando alguna que otra expresión, corrigiendo tildes y moviendo algunas comas de sitio. Transcurridas las dos primeras horas, parecía que recuperaba su nivel de concentración y el entusiasmo por el proyecto volvía a motivarlo.

El comité de dirección era el martes a las diez de la mañana. Estaba compuesto por el director general, el financiero y los directores técnico, comercial, de operaciones y él como responsable de investigación y desarrollo.

Su idea inicial había sido presentar el proyecto en ese foro. Pero lo pensó mejor. La seguridad era importante y, de momento, no necesitaba la intervención del resto de los directores. Lo discutiría primero con el director general y que él decidiera lo más conveniente. La idea se la había comentado hacía tiempo, sin entrar en detalles, y obtuvo luz verde para trabajar en ella y preparar el informe. Le envió un mensaje por correo electrónico interno, pidiéndole una reunión durante el lunes y explicando el motivo, aunque sin ser muy explícito.

"Como sabes –escribió–, tenía previsto, siguiendo tus instrucciones, presentar el informe en el comité de dirección del martes. Empero, creo que, por motivos de seguridad, te lo debo presentar antes a ti. Tú decidirás qué debemos hacer. Saludos. Lex."

Volvió al informe y se concentró en el "análisis de consecuencias" que su equipo le había preparado. Efectivamente, PANDORA podía ser la verdadera "bomba 2000" que diera solución al "efecto 2000" del que se empezaba a hablar tímidamente. En aquellos momentos, abril del 95, solo algunas empresas de consultoría norteamericanas habían estudiado con cierta profundidad las consecuencias del cambio de fecha sobre los sistemas informáticos. Algunas compañías de software habían comenzado a desarrollar productos para ayudar a sus clientes en el análisis de impacto, y únicamente algunas grandes empresas, con millones de líneas de código en sus programas, habían iniciado la fase de análisis. Sin embargo, las compañías de prestigio, como la norteamericana Donovan o la inglesa Consulting Group, proclamaban la necesidad de comenzar cuanto antes y anunciaban escasez de recursos en los últimos años del siglo y un gasto astronómico para adaptar los sistemas al año 2000.

Grandtel tendría que estudiar cuidadosamente el anuncio y el lanzamiento del chip. El objetivo que le daba como posible su jefe de planificación, Emilio, de tener el PANDORA disponible a final del 97, tenía que ser fecha límite. El anuncio debería realizarse un par de meses antes y la campaña de marketing –que dudaba fuera necesaria– ocuparía desde entonces hasta mitad de 1998. Habría que decidir si proponían alianzas a las grandes compañías del sector o iban en solitario. Había que estimar la demanda para planificar la producción y estudiar la formación de técnicos para que fueran capaces de instalar el chip.

"Bien –pensó–, todo esto vendrá después. Primero he de demostrar la viabilidad del proyecto. Más tarde nos ocuparemos de la planificación, la táctica y la estrategia."

Aunque el viernes había revisado con Victoria el algoritmo de funcionamiento del PANDORA, quiso echarle un vistazo de nuevo. Estaba alcanzando ya su ritmo habitual de trabajo. "Lo de utilizar el principio de funcionamiento del coprocesador matemático me parece una brillante idea de Victoria. Esta chica es muy buena en su trabajo", se dijo. "Queda por resolver –continuó pensando– el problema de tantos procesadores diferentes. Será el siguiente paso. Habrá que agruparlos según la tecnología utilizada e intentar reducir el número de interfaces, desarrollando una por cada grupo y resolviendo luego las particularidades de cada procesador en un segundo nivel."

Volvió a repasar el algoritmo y llamó a Victoria.

–Victoria, soy Lex. Perdona que te despierte a estas horas.

–¡Son las tres de la mañana, Lex! ¿Qué pasa?

–Ya, ya lo sé. Pero esto es importante. He decidido eliminar del algoritmo la parte que describe la interfaz con el procesador principal. Es... como medida de seguridad... como un seguro para nosotros. Me quedaré con la copia completa y dejaré en la cámara la copia, digamos, oficial.

–Pero, Lex, el diseño sin esa función... es una de las fundamentales. Te pueden decir que no es realizable si no muestras el diseño de la interfaz. Además, es delicado ocultarlo.

–Hablaremos a mi vuelta, Victoria. Confía en mí. ¡Ah! y no menciones esto a nadie del equipo. ¡A nadie!

–De acuerdo, Lex, lo hablaremos..., pero me dejas preocupada.

–Gracias y buenas noches.

–Buenas noches.

Imprimió el informe e hizo una última lectura. Aún corrigió algunas páginas. Realizó las copias de seguridad de rigor y borró el informe del sistema, no sin antes hacer una copia en un CD-Rom que se llevaría. Tras introducirlo en un sobre junto con la copia impresa, lo cerró con lacre y llamó a seguridad para avisar que salía.

Lunes, 10 de abril de 1995

LLEGÓ a Madrid a las 8,45 de la mañana del lunes. Clara habría salido ya de casa y estaría de camino al hospital. La llamaría desde la oficina. Desayunó en el aeropuerto y se dirigió en taxi a la sede de Grandtel.

Él tenía reservado un despacho para cuando iba a Madrid. Encendió su ordenador personal y leyó los mensajes nuevos. No había gran cosa. Su jefe aún no había leído el suyo y, por lo tanto, no sabía a qué hora se reunirían. Salió para saludar al resto de los directores. Se encontró con otros colegas con los que departió un rato mientras tomaban café de máquina. Luego pasó a ver al director técnico, Dave L. Parker, con el que discutió algunos detalles del último proyecto. Con Manuel Casas, el director comercial, revisó informalmente el contenido del comité de dirección del día siguiente.

–Aún no he preparado nada –le dijo–. He tenido una semana bien cargada de trabajo. Espero dedicarle un rato esta mañana. En cuanto al lanzamiento de los CD-Rom ultrarrápidos, mañana presentaré la planificación. Tenemos que buscar un nombre comercial, ahí te pediré ayuda.

–Habrá que encontrar algunos clientes –le interrumpió Manuel– que nos sirvan de conejillos de indias...

–Sí, como siempre. Es necesario probar el producto en real durante un tiempo. Deben ser al menos tres los que instalen la versión beta. Dos meses más tarde obtendremos la versión gamma y la versión final deberá estar en otro mes más. Aproximadamente. Así que ya puedes moverte. En quince días estaremos listos.

Con Inmaculada Gutiérrez, Inma, la espléndida Inma, directora de operaciones, habló sobre todo de temas personales. Se conocían hacía ya tiempo, pues habían coincidido en Graham

Associates durante un par de años. Los dos habían sido consultores, aunque en divisiones distintas. Inma se especializaba en planes de sistemas y estudio de alternativas tecnológicas. Lex era experto en hardware y arquitectura de ordenadores, además de conocer a fondo la técnica de sistemas. Conectaron bien desde el principio y mantuvieron siempre una relación estrecha. De hecho, había sido Inma quien propuso en Grandtel la incorporación de Lex, cosa que nunca olvidaría.

Volvió a su despacho y llamó a Sonia, la secretaria del director general, para saber cuándo lo recibiría Daniel.

–Está ocupado, señor Voltoya, pero terminará en seguida. Le avisaré cuando esté libre.

Se concentró en preparar el comité del día siguiente. Resumió los informes de situación que cada uno de sus jefes de proyecto le había preparado y revisó con detalle la planificación de la etapa final del último proyecto. Llamó por fin a Clara. Ella estaba en consulta y solo pudieron hablar unos minutos. Lex le anunció que saldría tarde. Se verían en casa.

A las cuatro tuvo la reunión con el director. Tras presentarle el informe, Daniel meditó unos segundos y dijo:

–El proyecto es muy interesante. Has tenido una gran idea y, si funciona, puede ser una oportunidad de oro para la empresa. Voy a llamar inmediatamente al presidente y pedir que nos reciba la semana próxima. Para entonces necesito el estudio económico detallado. ¿Quién conoce el proyecto?

–Hasta ahora, además de nosotros dos, solo Andrés, Victoria, Emilio y Maite, de mi equipo en el centro. Nadie más. Todos tienen orden de mantenerlo en absoluto secreto y trabajar en la cámara. Maite está preparando un plan de seguridad cuyo borrador te he incluido en el informe. Tendré la versión definitiva en unos días.

–Bien, Lex. Extrema las medidas. Vuelve cuanto antes a Cádiz. Te diré cuándo salimos para Westwood.

–De acuerdo, me iré tras el comité de mañana. Hay otro tema –dijo Lex, tras dudar unos segundos– que quiero comentar contigo: mi participación, y la de todos, en los beneficios del proyecto.

–Lo pensaré –respondió Daniel–. Tenemos que ver primero los costes de diseño y fabricación, fijar el precio del chip y hacer una previsión de ventas. Y todo eso si creemos que el PANDORA es realizable. Pero creo que esta vez podremos subir la compensación. Seguro que es una mina de oro..., si funciona. Confía en mí.

La empresa tenía un esquema salarial que podría calificarse de generoso en su parte de incentivos. Los directores participaban con un porcentaje nada despreciable sobre las ventas en el territorio, a las que se aplicaba un factor de cero a cinco en función de los beneficios de cada dirección. Lex, además, tenía ingresos por las ventas mundiales de los productos que se desarrollaban en el centro de I+D que dirigía. Por otro lado, todos los directores, los jefes de departamento y los técnicos de nivel uno recibían anualmente opciones para la adquisición de acciones de la compañía, que cotizaba en la Bolsa de Nueva York. Lex poseía ya el 0,2% e iba a plantear la compra de un paquete equivalente. Esperaría a que Daniel respondiera a su petición.

AQUELLA noche, la relación con Clara fue distante. Lex adujo cansancio y Clara se mostró reservada por la sospecha de que le ocultaba algo. Nunca, en los ocho años de matrimonio, Clara había dudado de la fidelidad de Lex. Ni siquiera en sus múltiples viajes por motivos de trabajo había pensado que podría engañarla. Había estado siempre muy segura de su marido, que no cesaba de darle muestras de su pasión por ella. Con frecuencia se decía que Lex tenía su tiempo dividido en dos: ella y su trabajo; o su trabajo y ella, pues lo cierto es que solía dedicar más tiempo al primero. Juntos habían disfrutado siempre de su tiempo libre. Al principio les gustaba ir de vacaciones a sitios diferentes, siempre a la playa, y así habían recorrido gran parte de la costa española hasta que conocieron Zambra. Lex era divertido y apasionado y, por lo general, sabía disfrutar de todo lo que lo rodeaba, contagiándole a ella su buen humor y optimismo. Clara se dejaba llevar y siempre se dijo que merecía la pena. Reconocía que estaba muy enamorada y, salvo su trabajo, todo giraba en torno a él. Pero aquella noche Clara presintió que algo en su relación se rompía y que se avecinaba una etapa distinta. La actitud de Lex le confirmaba que sus sospechas durante la pasada semana eran fundadas, aunque prefirió no mencionarle nada y dejar que fuera él, en su momento, quien sacara las cosas a la luz.

Lex le puso al corriente de la situación del proyecto y los planes para las próximas semanas. Lo hizo sin el ánimo que le caracterizaba, lo que confirmó un poco más a Clara que algo estaba pasando.

Martes, 11 de abril de 1995

EL martes, tras el comité de dirección, Lex partió hacia Cádiz. Nada más llegar reunió a su equipo y comentó las últimas novedades. Durante la semana había que abordar el estudio económico y finalizar el plan de seguridad sobre el trabajo inicial de Maite, además de seguir avanzando en el diseño. Tendrían que trabajar durante las fiestas del jueves y viernes santos.

Con Clara habló desde la oficina y discutieron cuando le pidió que no fuera a Cabo Zambra el fin de semana. Tendría que pasarlo en el centro, preparando la reunión con el presidente en la que tenía de defender el proyecto.

–Son mis vacaciones, Lex. El jueves tengo que estar aquí todo el día, pero el viernes por la mañana salgo para allá, te guste o no. Volveré el domingo.

–Sí, tienes razón. Pero nos veremos poco. El viaje está previsto para la próxima semana y no puedo fallar. Como puedes imaginar, me juego mucho.

Jueves, 13 de abril de 1995

EL jueves por la mañana, Lex recogió a Julia en su casa alrededor de las diez. Había pasado gran parte de la noche ultimando el informe final y dormido apenas unas horas. El tiempo estaba lluvioso y decidieron pasar el día en la Sierra de Cádiz.

–Buena idea. Podríamos alquilar una casa rural y quedarnos hasta mañana –dijo Lex–. Prepara lo que necesites.

–Pero no sé si en esta época es fácil, y solo por una noche...

–Lo intentaremos, pero únicamente si a ti te apetece. No parece que pongas mucho entusiasmo...

–¡Sí! Me encantará –hizo una pausa–. Con una condición.

–¿Cuál?

–Primero tendrás que aceptarla.

–No si antes no me lo dices.

–Pues no iremos... –dijo Julia, haciendo ese gesto que le encogía ligeramente los ojos y le sacaba los labios cerrados un tanto hacia fuera. Sabía que Lex no podría resistirse.

–A pesar de tu carita, te digo que no, que no acepto –Lex comenzó a sonreír.

–Tú te lo pierdes... –y acompañó su respuesta con una ligera caricia por el pecho de Lex.

–Bueno. Acepto. ¿Cuál es la condición?

–¡Ah! Ya te la contaré por el camino.

–Eso es trampa. Me dijiste...

Julia lo calló besándole los labios y abrazándolo con fuerza.

Camino de Grazalema pararon en Arcos de la Frontera, donde pasearon por el barrio alto y recorrieron el conjunto de calles estrechas y angulosas, cruzadas por arcos de blancos paramentos, hasta llegar a la plaza por la que la ciudad se asoma al río Guadalete, que bordea, decenas de metros más abajo, la peña sobre la que está construida.

Pasaron por el Bosque y Benamahoma hasta llegar al Puerto del Boyar, tras atravesar espesos bosques de acebuches y algarrobos, encinas y quejigos. Desde el puerto contemplaron la belleza de la Sierra del Pinar, en cuya vertiente norte se encuentra el bosque de pinsapos, pino típico de aquella tierra, de ramas algo parecidas a las del abeto, con hojas cortas y punzantes, que ha dado fama a esas montañas. El día era gris y no se divisaba la Serranía de Ronda hacia el este, que en días más claros ponía fondo a lo lejos a las sierras más próximas.

En unos minutos llegaron al pintoresco pueblo de Grazalema, encaramado en una gran roca caliza. Recorrieron algunas de sus estrechas calles entre casas encaladas, coronadas de tejados de teja vieja. El blanco de sus fachadas se contraponía al gris oscuro de las nubes, así como la alegría que sentían contrastaba con la tristeza del tiempo. Tras preguntar en varias tascas del pueblo, encontraron por fin dónde alquilar una casa hasta el día siguiente.

Tomando la carretera hacia Zahara de la Sierra, se desviaron hacia el oeste por un camino que los condujo a un caserío bordeado por un muro de piedra, de no más de un metro de alto, que marcaba la extensión de casi una hectárea sobre la que se encontraba, en su centro, la casa que iba a ser su refugio por unas horas. Tenía una amplia sala rectangular con una chimenea de piedra centrada sobre una de las paredes de mayor longitud, enfrente de la cual una ventana enrejada permitía divisar a lo lejos el pueblo de Zahara, con sus casas y calles que parecían haber sido cinceladas en la roca. La vista era hermosa, destacando el paso del río Guadalete y la torre del Homenaje sobre el peñón que dominaba el antiguo poblado nazarí de Zahara de la Sierra.

Tras dejar las pocas cosas que llevaban y recorrer el resto de la casa, encendieron la chimenea y salieron a dar un paseo que los llevó a una pequeña loma desde la que se divisaba parte del pinsapar. Con una tenue luz bajo las espesas y oscuras nubes, pero con un aire límpido, los pinos se veían a lo lejos de color oscuro, esbeltos sobre las rocas verdinegras que conformaban la falda de la sierra. Hacía fresco y las nubes parecían querer estallar de un momento a otro. Disfrutaron en silencio de aquella quietud absoluta que les invitaba a ensimismarse. Sus pensamientos coincidían: en esos instantes, el resto del mundo les sobraba, no lo necesitaban. Y ambos pensaban, abrazados, en las horas que tenían por delante para gozar de sus cuerpos. La sola idea de hacer el amor de nuevo les excitaba y los transportaba a un estado de ensueño tal que trataban de evitar cualquier cosa o comentario que pudiera apartarlos del clima que conjuntamente estaban creando.

Cuando volvían hacia la casa, comenzó a caer una intensa lluvia que en pocos segundos se transformó en una espesa cortina de agua, como si de una catarata se tratase. Sin lugar alguno donde guarecerse, corrieron casi instintivamente hasta que Lex, cogiendo a Julia por un brazo, la hizo parar al tiempo que decía:

–¿Para qué correr? Ya estamos tan mojados que nuestras ropas no pueden absorber más agua... Disfrutemos del chaparrón hasta que escampe o lleguemos a la casa.

Julia, aminorando su paso, lo cogió por la cintura y, mirándolo, sonrió al ver el aspecto de Lex con el pelo pegado a su frente y formando surcos que recogían el agua que luego se deslizaba por su cara, deteniéndose un instante sobre el bigote para volver a caer a chorros. Observando la sonrisa de Julia, Lex se paró y la atrajo hacia sí rodeándola con sus brazos y besándola con pasión. La lluvia no cesaba y pronto se encontraron con el agua casi en los tobillos.

–Sigamos o terminaremos yendo a nado...

Al llegar a la casa se desnudaron entre risas mientras sus manos, ansiosas, recorrían sus cuerpos mojados. No tardaron en satisfacer sus deseos haciendo realidad todo lo que antes, en aquella loma, habían imaginado y deseado.

Tendidos frente al calor de la chimenea, la cabeza de ella sobre el pecho de él y las piernas entrelazadas, se sumieron en un grato sopor, mientras fuera continuaba la intensa lluvia, cuyo fuerte repiqueteo sobre el tejado les arrullaba.

Julia se despertó antes que él y comenzó a morderle suavemente en la oreja al tiempo que le susurraba:

–Más, quiero más... Esa era la condición para venir aquí... Despierta y continúa...

–¡Julia! Estoy agotado...

–¡Vaya birria de hombre estás hecho! Te creí más fuerte...

Al anochecer salieron de la casa. La lluvia había cesado y había dejado paso a un cielo lleno de estrellas que brillaban a través de un aire tan limpio que hacía opaco el que solían disfrutar en Cabo Zambra. Nunca antes había contemplado ninguno de ellos una noche tan estrellada.

Bajaron a cenar al pueblo de Grazalema, dando un largo paseo entre sus calles desiertas, apenas iluminadas por viejos faroles. El aire fresco de la sierra producía una agradable sensación sobre sus rostros y al respirarlo les parecía que sus cuerpos se llenaban de su frescor, sintiendo en su piel escalofríos que sofocaban con el calor de su contacto.

La tasca era pequeña y acogedora. Vigas de madera vieja cruzaban el techo bajo el cual había dispuestas apenas una decena de mesas.

–¿Cómo va tu proyecto? –preguntó Julia tras elegir la cena.

–El próximo miércoles lo presento al gran jefe en las oficinas de Massachussets. Si consigo su aprobación, va a ser el proyecto de mi vida. Sé que va a mantenerme muy ocupado durante los próximos meses, pero va a merecer la pena.

–¿Te beneficiará económicamente? –quiso saber Julia.

–Por supuesto, aunque aún no tengo definidas las condiciones. He preguntado por mi participación en los beneficios y estoy esperando respuesta.

–Por lo que me has contado, ese chip... como se llame...

–PANDORA –dijo Lex–. Pero es absolutamente confidencial, no lo olvides.

–No, claro. Bueno, el PANDORA puede producir unos ingresos descomunales a tu empresa. Lo lógico es que salgas muy beneficiado. Lo contrario no sería justo. Deberías atarlo bien.

–Confío en que será así. Pero tienes razón, debo estudiarlo a fondo y concretar muy bien mi porcentaje antes de comenzar el desarrollo.

–¿Qué pasaría si no aceptan tus condiciones?

–Algo he pensado. Quizá lo venda a otra empresa. Pero hasta ahora no he tenido quejas de la compañía en el aspecto económico. Me han pagado bien. Aunque este caso, sin duda, es distinto. Tendré que definirlo con el máximo cuidado. Por otro lado... –Lex iba a contarle a Julia que había omitido una de las partes fundamentales del diseño, pero cambió de opinión en el último instante.

–Por otro lado... ¿qué? –inquirió Julia ante la frase incompleta de Lex.

–¿Eh? ¡Ah, no nada! Estaba pensando que no creo que respondan mal. Les voy a dar a ganar mucho dinero.

–¿Y qué vas a hacer tú con tanto? –se echó a reír Julia.

Viernes, 14 de abril de 1995

LEX recogió a Clara en la estación de San Fernando, después de dejar a Julia en su casa. En el camino a Cabo Zambra pararon a comer una buena ración de gambas a la plancha y "pescaíto frito", como a Lex le gustaba decir.

–Tienes cara de cansado. ¿Has trabajado mucho? –preguntó Clara.

–Casi toda la noche. Y tengo que volver mañana y probablemente el domingo. Nos hemos atascado –mintió Lex– en una parte del algoritmo del chip que es fundamental y tenemos que terminarlo antes de la reunión que te comenté. Demostrar que el proyecto es viable es el primer paso –eso sí era cierto– y ello pasa porque presentemos algo técnicamente válido.

–Entiendo que tu PANDORA te absorba el seso, Lex, pero te noto raro y seco últimamente. Desde aquella fiesta de Celia no pareces el mismo conmigo.

–No me pasa nada contigo. Únicamente que estoy concentrado en el trabajo. Ya me conoces y sabes que me vuelco en ello aun sacrificándote a ti. Lo siento.

–Sí, pero no me trataste nunca así.

–Tampoco nunca tuve algo entre manos tan importante.

–Sé sincero, Lex. Tengo la impresión de que te molesto. ¿Por qué no querías que viniera? Puedes ir a trabajar si lo necesitas, lo entiendo. Pero no me impidas que yo disfrute de nuestra casa. Me gusta tanto como a ti.

–Tienes razón, perdona. He sido egoísta y desconsiderado contigo.

Martes, 18 de abril de 1995

LLEGARON al aeropuerto de Boston, tras hacer escala en el J. F. Kennedy de Nueva York, a las 17,45 del martes 18 de abril. Normalmente habrían llegado un par de horas antes, pero sufrieron retraso en Madrid por problemas técnicos, según comunicaron por megafonía.

Se alojaron en el Hotel Hyatt, que utilizaban habitualmente cuando iban a las oficinas de Grandtel en Westwood. Cenaron uno de los platos típicos de aquella zona, *steak & lobster* y, mientras lo saboreaban, repasaron los detalles de la reunión del día siguiente.

–Ya sabes –comentó Daniel– que a Bill no le gustan las presentaciones largas. Ve al grano, directamente. Yo haré la introducción contando el objetivo general del PANDORA y tú le explicas técnicamente el proyecto y la planificación que has preparado. Luego yo hablaré del estudio económico.

–¿Y mi participación y la del equipo?

–Ya te dije que lo dejaras de mi cuenta. No creo que sea oportuno comentarlo en esta primera reunión. Veremos cuál es el momento ideal.

–Debe ser rápido, Daniel. Creo que la idea es muy buena y va a proporcionar mucho dinero a la empresa. No me gustaría tener que presionar para salir beneficiado... muy beneficiado. No quisiera verme obligado a...

–No, no te preocupes –le interrumpió Daniel–. En cualquier caso, recuerda que todos los desarrollos, inventos y descubrimientos que lleves a cabo mientras estés en la empresa son propiedad de Grandtel.

–Sí, claro, excepto el derecho de autor, aunque puede que eso no me reporte nada. Pero todo esto es relativo. La idea es original mía, el diseño también, aunque Victoria está colaborando conmigo muy estrechamente, pero siempre bajo mis instrucciones –omitió conscientemente la genial ocurrencia de la ingeniera de aplicar el principio del coprocesador matemático como base para el diseño de la interfaz–. Yo podía haber negociado con vosotros, exponiendo solo el objetivo, antes de comenzar el diseño, y fijado las condiciones. Ahora estoy vendido, pues, efectivamente, he utilizado medios de la empresa y mi tiempo laboral.

–Pero tu contrato incluye una participación en los beneficios que cualquier invención tuya produzca, a cambio de ceder automáticamente la propiedad y los derechos de explotación a Grandtel.

–Sí, pero el porcentaje es ridículo en este caso. Aún no tengo la estimación de mi equipo sobre el número de unidades que podríamos vender, pero seguro que es altísimo. Sólo en ordenadores *mainframe* y los que se conocen como departamentales, que empiezan ya a dejar de serlos y a sustituir a los primeros, podemos estar hablando de cientos de miles. Y si contamos los personales o *pecés*, entonces hay que pensar en millones.

–Pero los ordenadores pequeños no necesitarán probablemente tu chip. ¿Tú crees que tienen problemas con las fechas?

–¡Ya lo creo! Para empezar, los modelos antiguos ni siquiera funcionarán en el año 2000. Para ellos el año 00 equivale a 1980. Probablemente haya que actualizar el software más básico para que funcionen... en los que sobrevivan por esas fechas. Además de eso, hay un montón de aplicaciones de todo tipo que consideran el año con solo dos dígitos. Y un problema añadido: el usuario de esos equipos no es experto en informática, con lo que tendrá que contar con terceros o rehacer los datos uno a uno...

–Lex, dejemos el tema. Te prometo que la próxima semana tendré una propuesta que hacerte y no a vas a tener queja... espero.

–No olvides a mi equipo. Aunque la idea es mía cien por cien, ellos están haciendo un buen trabajo. Se han volcado en el proyecto y creo que ni han dormido avanzando en el diseño y preparando el informe.

–Claro, claro –respondió Daniel zanjando la discusión.

Miércoles, 19 de abril de 1995

LA sede de Grandtel estaba situada en Westwood, a unas doce millas de Boston. Era un edificio singular con cinco plantas y garaje subterráneo, con paredes exteriores de ladrillo oscuro que contrastaban con el blanco de las puertas y contraventanas. Estaba rodeado por un cuidado jardín cubierto de césped, decenas de árboles y multitud de flores que le proporcionaban un espléndido colorido en primavera. Una fuente bordeaba la construcción en todo su perímetro, excepto en las entradas, formando una cortina de agua que caía desde el borde inferior de las ventanas del primer piso.

La entrada al edificio era suntuosa. La recepción, enfrente de la puerta y al fondo del amplio *hall*, era de cristal con tintes azulados, y un gran espejo, situado detrás de las dos señoritas que la ocupaban, reflejaba todo el espacio, haciéndolo parecer aún mayor. En los laterales, varios tresillos de cuero negro alrededor de mesitas de cristal completaban el decorado. Las paredes estaban repletas de grandes paneles sobre los que estaban expuestos cada uno de los desarrollos que la empresa había hecho a lo largo del tiempo. El más reciente era una maqueta en tamaño reducido del robot para soporte CD-Rom que Lex había diseñado en uno de sus últimos proyectos y que era capaz de tratar varios miles de discos compactos.

Tras identificarse, Daniel y Lex subieron a la quinta planta, donde les esperaba el presidente. Mientras tomaban el insípido café americano, servido en grandes vasos de papel, se hicieron las obligadas preguntas sobre el viaje y el tiempo y se comentaron temas generales de la empresa.

Una vez en el despacho, Daniel hizo un resumen del proyecto, destacando en su introducción los gastos previstos por los analistas en la adaptación al año 2000 de los sistemas informáticos. Lex explicó técnicamente el chip PANDORA y defendió, orgulloso, su oportunidad.

–La idea se me ocurrió mientras analizaba uno de los informes de Donovan sobre la envergadura del proceso de cambio que hay que realizar a las aplicaciones actualmente en producción para soportar las fechas a partir del año 2000. Las cifras que se barajan, como sabéis, son astronómicas comparadas con el resultado a obtener: simplemente que las aplicaciones informáticas sigan funcionando, sin añadir absolutamente nada nuevo. La única manera de rebajar los costes, decía el informe, sería automatizando las fases de análisis de impacto y la propia de conversión. Aun así, el gasto previsto es enorme pues, automática o manualmente, hay que revisar todas las líneas de código que componen los programas y modificar un número estimado entre el ocho y el diez por ciento de ellas. Y luego viene la fase de pruebas, para la que todos los analistas prevén que se dedicará del orden del 50% de todo el proyecto. Es así porque, aun contando con procesos automáticos, la seguridad de que todas las modificaciones necesarias se han hecho, y se han hecho bien, es escasa, ya que son muchas las modificaciones a hacer, por un lado, y compleja la interrelación entre programas y datos, por otro. En otras palabras, al tener que tocar tantas líneas de código y tantos datos, es difícil garantizar que la aplicación adaptada funcione, si no es probándola exhaustivamente. Esto me dio la clave: si se "toca" en un solo punto, me dije, todo se simplifica muchísimo. Y el único punto posible es el procesador de la máquina. A partir de ahí nació la idea del chip PANDORA.

Bill había escuchado atentamente y sin interrumpir las presentaciones de Daniel y Lex. Preguntó a continuación por los datos económicos, a lo que Daniel respondió explicando con detalle el análisis de los costes de diseño y fabricación y apuntó diversas posibilidades de financiación.

–Hemos de fijar el precio del chip. En el informe aparecen varias opciones, aunque la idea básica es la misma para todas: según el tipo de ordenador, *mainframe*, sistemas medios y ordenadores personales. En el caso de múltiples procesadores, un descuento escalonado. Y, además, descuentos por número en una misma operación.

–Bien –llegó el turno de Bill–, he de reconocer que la idea es brillante. Como buen español que eres, has descubierto el nuevo huevo de Colón. Enhorabuena. Pero todavía queda mucho por probar y por hacer, así que manos a la obra. En primer lugar, Daniel, tendremos una reunión con la directora financiera, esta misma tarde, para revisar los datos que me has mencionado y tomar las decisiones oportunas. Tú –se dirigió a Lex– te reunirás con el director técnico y la directora de planificación. Quiero que estudien tu informe con detenimiento y me confirmen la viabilidad del proyecto. Ellos ya están advertidos y son los únicos que conocen de qué va, aunque no tienen muchos detalles, como es lógico. Nombraremos a Benjamin Stone director del proyecto. Ben es uno de nuestros mejores ingenieros y tiene amplia experiencia en el diseño de procesadores y también en la dirección de equipos. Se lo comunicaré esta misma mañana.

Lex miró por un instante a Daniel y le pareció que este se encogía suavemente de hombros, como queriéndole decir que la decisión no era suya. Enderezándose sobre la silla que ocupaba, se dirigió a Bill y le dijo:

–No estoy conforme. No necesito ningún director del proyecto, que dirigiré yo mismo, ni la intervención de ningún experto más que los de mi equipo.

–¿Qué? –preguntó Bill mirándole firmemente, mientras Daniel dirigía su vista al gran ventanal del despacho de la quinta planta, desde donde se divisaba toda el área de Westwood, salpicada de edificios singulares.

–Decía que...

–Lo he entendido perfectamente –le interrumpió Bill–, pero en absoluto acepto tu negativa. El director será Benjamin y no hay más que hablar. No voy a embarcar a la empresa en un proyecto de esta magnitud sin las garantías necesarias.

–Pero, Bill, con todos mis respetos, te he demostrado sobradamente cómo trabajo. Mi dedicación y mis éxitos están ahí y tú mismo me los has reconocido. El PANDORA es mío y lo quiero desarrollar con mi gente, a mi manera y en mi tierra. No te voy a fallar, tú lo sabes.

–Eso es lo que he decidido. Ahora debes reunirte con John y Pamela. Te están esperando. Daniel, ¿te quedas unos minutos?

Lex estuvo a punto de intervenir de nuevo, pero consideró que no era el momento. Recogió sus papeles y salió con gesto serio, no sin antes dirigir una dura mirada a su presidente y a su director general.

–Daniel –dijo Bill, una vez que Lex se hubo ido–, veo que este va a crearnos problemas. ¿Qué crees que debemos hacer?

William Attemborough y Daniel Castaños se habían conocido quince años atrás, cuando Grandtel buscaba una empresa en España que distribuyera sus productos. Desde el principio habían congeniado bien y Daniel se ganó la confianza de Bill cuando consiguió, en poco tiempo, situar los productos de Grandtel a la cabeza de sus competidores en España. En 1984, la empresa creó su filial en Madrid comprando la compañía de Daniel y nombrándolo director general de Grandtel, S.A. Con el tiempo le asignaron la responsabilidad del mercado europeo y formó parte del comité de dirección de la empresa matriz. Bill estimaba sinceramente a Daniel y confiaba plenamente en él, pidiéndole habitualmente consejo ante decisiones de importancia.

–Bill –comenzó a decir Daniel–, ya conoces a Lex. Nombrar a un director del proyecto por encima no va a funcionar. Hará la guerra por su cuenta, le pondrá mil trabas y, a la larga, eso nos creará problemas. Sé que es tu decisión, pero debemos meditarlo un poco más. Yo estaré en contacto continuo con él y te mantendré al corriente.

–Sí, Daniel, pero el PANDORA puede convertir a Grandtel en una de las empresas punteras en pocos meses, haciéndonos dar un salto gigantesco. Podemos llegar a ser la número uno. Nos jugamos mucho. Dejar toda la responsabilidad a Voltoya me parece un riesgo muy alto. Ya sé que el centro de Cádiz es el más moderno que tenemos y está nutrido de un grupo de ingenieros que ha demostrado su valía y buen hacer en otros proyectos. Mérito tuyo, por cierto.

–De todos –dijo modestamente Daniel.

–Creo que, en esta ocasión, debemos reforzar el equipo y hacer responsable a alguien de absoluta confianza. Ben es la persona. Sabes que aprecio a Voltoya, pero lo encuentro algo indisciplinado y muy independiente. No me gusta. He de reconocer que su idea, si finalmente funciona, es revolucionaria y digna de todas las alabanzas. Pero las empresas deben ser independientes de las personas y no puedo hacer de Voltoya una pieza absolutamente imprescindible.

–Lo entiendo, Bill. Pero hagámoslo de forma más disimulada. Integra a Ben en el equipo a las órdenes de Lex y con la función específica y confidencial de informarte.

–No sé, Daniel. Es una posibilidad. Ben, como sabes, es miembro del consejo de directores, aunque no tenga ningún cargo directivo. Es la excepción, justificada por su lealtad a la empresa y sus grandes conocimientos técnicos. Me inclino, por tanto, a que sea él el director. Lo que tú me propones sentaría mal a Ben. No creo que quiera depender de Voltoya.

–No sería una dependencia jerárquica. Nómbralo codirector o algo así.

–Lo pensaremos. Si te parece, lo cerramos esta tarde.

LEX se reunió con John F. Quigley y Pamela Turner, directores técnico y de planificación, respectivamente. Les hizo la presentación detallada que Bill le había pedido, explicando el principio de funcionamiento del chip y mostrando su diseño. John se mostró muy crítico durante toda la explicación, incrédulo casi, y rebatió prácticamente todas las fases del algoritmo, aduciendo que no era viable y que iba a suponer un consumo desorbitado del procesador principal.

–Además, se te van a escapar un montón de datos de tipo fecha que ese invento no va a ser capaz de detectar.

–Reconozco que es una de las claves del PANDORA. Desde luego, si se nos escapa una sola fecha, ese invento, como tú dices, no funcionará. Lo que ocurre es que no se le escapará ninguna. Estudia el diseño y estarás de acuerdo conmigo.

–No lo creo. Seguro que interpretas algún campo numérico como fecha, aunque no lo sea. Eso sería tan negativo como lo primero.

–Hazme caso, John –insistió Lex, receloso por la postura tan negativa del norteamericano–, estúdialo detenidamente y luego hablamos.

La discusión técnica continuó subiendo de tono a medida que profundizaban en los detalles. En un determinado momento tuvo que intervenir Pamela para calmar los ánimos, proponiendo salir a comer fuera del edificio. "¿Seré capaz de frenar la discusión?", se preguntaba.

Después de la comida, John hizo la pregunta que Lex esperaba:

–¿Y el diseño de la interfaz con el procesador principal?

–Lo tenemos casi a punto, pero aún quedan unas semanas. Iba a traer el borrador, pero he preferido avanzar más antes de mostrártelo. Es algo complicada, como puedes imaginar –dijo, no sin ironía– y se nos está resistiendo.

–Sin ella el chip no funcionará. Necesito ver su diseño para poder opinar. Así se lo haré saber a Bill. En paralelo, pondré a trabajar a mi gente a partir de lo que me has dado para revisarlo y comenzar a pensar en la interfaz.

–Me parece que no es esa la idea, John. El trabajo lo he empezado yo y yo lo terminaré. No te metas en esto.

–Eso lo decidirá Bill –el enfrentamiento era cada vez más patente–. Yo tengo aquí técnicos de primera línea que seguro son capaces de hacerlo.

–Sí, pero carecéis de imaginación. Y en este caso hay que echarle mucha para ver cuál es el camino más corto y acertado.

–De paso –ignoró las palabras de Lex–, corregiremos algún error que me ha parecido ver en la parte básica. Yo creo que así no funciona.

–La parte básica, como tú la llamas, está perfecta. Si quieres perder tiempo, compruébalo, aunque dudo de que tus ingenieros ni siquiera se enteren de cómo funciona.

–¡Lex, no permito...!

–¡Ni yo que pises mi trabajo!

John se levantó, cogiendo con desprecio el informe y prometiéndole que encontraría errores antes de que se volviera a España.

Pamela y Lex revisaron la planificación que había preparado Emilio y la discutieron, teniendo en cuenta los planes de fabricación actuales y la ocupación de las plantas de producción que tenía la empresa. No hubo discusión alguna entre ellos. Pamela no solo no puso ninguna pega, sino que se mostró absolutamente colaboradora. Hizo críticas veladas a John, de lo que Lex dedujo que la rivalidad estaba presente entre ellos.

Jueves, 20 de abril de 1995

EL jueves por la tarde, Bill convocó a todos los que conocían el proyecto y lanzó las últimas consignas, dándolo por aprobado oficialmente.

–La clave del éxito –dijo– está en la fecha de lanzamiento. Un retraso puede dar al traste con el chip PANDORA (por cierto, me gusta el nombre, Voltoya). El uno de enero del 2000 es inamovible, como es natural. Y, para entonces, habremos tenido que vender toda nuestra fabricación. Después, salvo algún incrédulo que lo deje para el final o aquellos que opten por soluciones alternativas que fracasen o no lleguen a tiempo, no hay más clientes. De acuerdo con Pamela, el lanzamiento se producirá en el último trimestre de 1997 –a Lex le molestó que no se citara a Emilio, autor de la planificación–. El plan económico estará aprobado en un mes. He encargado a nuestro departamento de Marketing que realice un estudio riguroso sobre la demanda que podemos tener, considerando el número de procesadores de cada tipo instalados en la actualidad. Lo tendrán listo en un par de meses. A la vista de uno y otro fijaremos los precios tentativos de salida.

Acordaron clasificarlo como "alto secreto" y discutieron el plan de seguridad de Maite. A pesar de que el plan era impecable, en opiniones de Daniel y Lex, fue duramente criticado por John, quien quiso dejar patente sus discrepancias con Lex. Bill, lógicamente, se alineó con su director técnico y la tensión fue en aumento hasta que intervino Daniel.

–Bien, John, Bill, proponed modificaciones. No discutamos utilizando como único argumento que el plan es malo en sí mismo, sin dar soluciones alternativas. Esto no nos conduce a ninguna parte.

John comenzó a definir un plan bien distinto del que Maite había elaborado y que partía de la premisa de desplazar todo el desarrollo a las oficinas de Westwood.

–¡Imposible! –gritó Lex–. El chip se desarrollará en Cádiz.

–Bueno, eso lo veremos –intervino Bill–. De momento nos falta el diseño de lo que llamáis la interfaz con el procesador principal. ¿Cuándo estará?

–Calculo que en cuatro o cinco semanas –mintió, pues su intención era terminarlo en una o dos como máximo.

–Hasta que no la tenga visada por John, la aprobación del proyecto es solo provisional. La necesito pronto, trabaja rápido.

–No es sencillo, pero lo intentaré –respondió Lex, haciendo un esfuerzo por no saltar de nuevo–. Como ya expliqué, la interfaz es una de las partes del invento más delicadas.

–Bien. En cuanto al plan de seguridad, yo mismo lo definiré. Todos tendréis la información en su momento. Hemos terminado.

Viernes, 21 de abril de 1995

EL viernes, Lex tuvo que defender el diseño del chip frente al equipo de John. Dedicaron todo el día y lo discutieron a fondo de manera acalorada y con momentos de verdadera tensión. Lex no estaba por la labor de explicarlo demasiado ni dar más datos de los estrictamente necesarios. John se empeñó en encontrarle errores y dedicó todo su esfuerzo en esa dirección, sin éxito alguno, hasta casi finalizar la reunión. A última hora de la tarde, uno de sus ingenieros descubrió una fuga en el algoritmo de detección de datos tipo fecha.

–¡Ya te lo dije! Encontraríamos algún error –dijo triunfante el director técnico.

–Estaba así para probaros –respondió Lex con sorna.

Luego, tratando de quitar tensión, dijo:

–Bien, es cierto, ahí se nos escapaba algo. Vuestra contribución –continuó con ironía– hará que el PANDORA sea perfecto, muchas gracias.

–¿Y la interfaz? –preguntó John–, ¿cómo piensas orientarla? Estoy de acuerdo en que el algoritmo del procesador funciona, corrigiendo algún error más que seguramente encontraremos, pero ¿cómo vas a pasarle los datos? Hay decenas de procesadores diferentes, de diversas arquitecturas y con principios de funcionamiento distintos. He estado trabajando con mi equipo tratando de ver una solución y creo que vemos el camino –mintió, haciendo que algunos de sus colaboradores miraran hacia otro lado–, pero se nos antoja complicado. Si hay que desarrollar una interfaz por cada procesador vamos a tener serios problemas de tiempo.

–Intentadlo si queréis, pero ya os he dicho que el invento es mío, que sé cómo hacer la interfaz y que funcionará. Es cuestión de días. Espero sorprenderos con la idea, pero tendréis que esperar.

–El jefe quiere aquí ese diseño cuanto antes. Sabes que la aprobación técnica aún no la tienes, hasta que no veamos y analicemos lo que falta.

–Sí, lo sé. Pero no te preocupes, la verás y la aprobarás. Es más, creo que te descubrirás ante tanto ingenio... –Lex no perdía ocasión de soliviantar a John, que siempre entraba al trapo.

–Ya veremos. Sospecho que tendremos que limitarnos a unos pocos tipos de procesadores, no más de media docena, con lo que el éxito estará limitado. Al final no será tanto...

–Piensa lo que quieras.

LEX había dicho a Clara y a Julia que posponía su viaje de vuelta y cenó esa noche en casa de Robert J. Shaw, a quien conocía de sus tiempos en Graham Associates y con el que había trabado una sólida amistad. Robert era ahora director general de la empresa Key Processors, Inc. (KP), uno de los fabricantes de procesadores de más prestigio y que ocupaba el tercer lugar del ranking mundial. Hacía un par de años que habían creado la filial en Cádiz para la fabricación de un determinado tipo de procesador. KP no era competencia directa de Grandtel, pues su actividad se ceñía exclusivamente al diseño y construcción de procesadores. Grandtel, en cambio, fabricaba múltiples chips y dispositivos periféricos que servían de complemento a los ordenadores. En aquel entonces, la empresa de Robert estaba saliendo de una crisis que había permitido que sus competidores más inmediatos, que multiplicaban sus desarrollos y sus ventas, la superaran ampliamente. Fue nombrado máximo responsable ejecutivo de la compañía y tenía como misión la reestructuración tanto de su línea de productos como de su plantilla y organización.

–En estos momentos, el plan está ya diseñado e implantado parcialmente –comentó, orgulloso, Robert–. Ha sido duro, pero las perspectivas empiezan a ser de nuevo halagüeñas. No cabe duda de que, a la velocidad que avanza la tecnología, las empresas no se pueden dormir en los laureles y hay que estar en una evolución constante. KP, después de sacar al mercado el procesador Adhara II, que fue el más rápido en su momento, bajó la guardia y creció en estructura y en gastos. Ahora lo está pagando. Pero, bueno, para eso me han nombrado jefe absoluto... –terminó riendo.

Tras el café, Mary, la mujer de Robert, los dejó solos con la excusa de acostar a sus dos hijos, aún pequeños. Salieron al jardín de la casa, situada en las afueras de Cambridge, con una copa del brandi español que Lex les había traído. Continuaron su animada charla, recordando los proyectos en los que habían participado juntos y comentando qué había sido de los demás compañeros.

En un momento de la conversación, Lex interrumpió a Robert:

–Estoy diseñando algo que puede revolucionar el mercado.

–¡Vaya, enhorabuena! Siempre quisiste destacar e inventar algo único. ¿Puedo saber de qué se trata?

–No, de momento. Y perdona, no es por desconfianza, sino que solo citar la idea puede darte base a que compitas conmigo. Lo he presentado estos días en Grandtel y el proyecto ha sido aprobado. Pero ha habido cosas que no me han gustado y la negociación económica en lo que a mí y a mi equipo se refiere no está aún cerrada. Yo creo que el proyecto puede producir unos ingresos descomunales a corto plazo y me temo que mi compensación no va a estar a la altura que debiera.

–¿Te has protegido de alguna manera?

–Relativamente. Pero tú sabes que la propiedad es de la empresa y por ahí no tengo gran cosa que hacer. Mañana tengo una reunión con DDD, ¿te acuerdas de él?

–David D. Douglas –respondió Robert–, famoso abogado donde los haya y que bien nos salvó de aquella demanda que nos acusaba de apropiarnos ilegalmente de una idea.

–Efectivamente. Si recuerdas, el invento fue nuestro para un proyecto de nuestro cliente Kinnesspa, y el muy imbécil de su director, tras resolverle el problema, se quiso quedar con los derechos.

–Aquello sentó jurisprudencia, según creo, porque fue uno de los primeros casos en temas relativos al diseño de hardware. La verdad es que DDD lo hizo bien, ¿eh?

–Pues ahora veré si sigue siendo tan brillante. Espero que me aconseje una buena estrategia y me defina mis derechos sobre el diseño.

–¿Y qué puedo hacer yo?

–Nada, por ahora. Pero estaremos en contacto. Si los acontecimientos se vuelven contra mí, tendré que contar contigo –dijo Lex sonriendo–. Espero que no me defraudes.

–No, desde luego. Aunque sabes que soy muy respetuoso con el tema del secreto industrial. Pero no cabe duda de que KP necesitaría un gran invento para salir del bache. Ahora, como te contaba, vemos ya el final del túnel, pero me queda por impulsar el área de investigación que no avanza lo que yo quisiera. La competencia es cada día mayor y el avance en tecnología es espectacular. Hay que correr si no quieres quedarte fuera del mercado.

–¿Cuál es ahora vuestra línea estratégica?

–Nos hemos volcado en procesadores capaces de tratar la multimedia con mayor eficacia, ya sabes, imágenes, sonido y todo ese mundo que parece ser el futuro. Pero vamos retrasados. Mi compromiso es presentar los primeros resultados en el próximo julio y no sé si llegaremos. Desde luego, a final de este año tenemos que vender los primeros, si queremos salir de la crisis.

–¿Tienes previsto ir por Cádiz a corto plazo?

–Ya me gustaría. Sabes que esa tierra me encanta; la gente, el sol, el vino, el "pescaíto frito", las gambas...

–Y el Levante –rió Lex.

–Y el Levante, efectivamente. Pero no de manera inmediata. Tengo aquí bastante tarea. Quizás cuando pase el verano me acerque por allí. Me gusta visitar cada filial un par de veces al año y la de Cádiz es especial para mí. Por cierto, está funcionando espléndidamente. Hemos remozado la planta de producción con lo último en tecnología de fabricación de chips y la gente está trabajando francamente bien.

Lex llegó al hotel temprano, para el horario a que estaba acostumbrado en España. No tenía sueño, pues, si bien llevaba ya tres días largos en EE.UU., aún no se había hecho al cambio de hora. ¡Para él todavía eran las cuatro de la tarde!

Bajó al bar del hotel que aquella noche estaba muy animado. Mientras tomaba un whisky en la barra y observaba, sin interés, a la gente que entraba y salía, repasó mentalmente las reuniones que había tenido en Grandtel. No podía decir que estuviese satisfecho. Esperaba más facilidades, más entusiasmo y mejor colaboración. A cambio, se encontró a un presidente severo y poco flexible, y al responsable técnico de la compañía absolutamente en contra. No entendía la situación y presentía que iba a tener problemas. "¡En lugar de felicitaciones no he recibido más que órdenes y se me han puesto todo tipo de dificultades! –se decía–. ¡Pues van dados!" Sus pensamientos retrocedieron al instante en que se le ocurrió la idea. Se acordaba con detalle. Fue una tarde de domingo en la casa de Cabo Zambra, a principios de enero. Estaba con Clara observando, como muchas veces hacían, las llamas que producía la leña en la chimenea. Había leído un informe sobre el "efecto 2000" y estaba comentando con su mujer lo estúpido de la situación, el gasto en que tendrían que incurrir las empresas por lo que él creía era un error de los informáticos de los años sesenta o principios de los setenta. Recordaba que le dijo: "Salvo que alguien invente algo que lo corrija automáticamente... ¿y por qué no yo?".

LA imagen de Clara de aquella tarde se le fijó en la mente. Echada en el sofá frente a la chimenea, con su media melena rubia cayéndole hacia atrás y dejando su frente descubierta, como a él le gustaba; el color azul oscuro de sus ojos, sus piernas enfundadas en mallas negras que resaltaban su figura, la camisa blanca que traslucía, con la luz rojiza del fuego, el perfil de sus senos. "Tan placenteros al tacto...", pensaba. Estaba preciosa. Recordaba su piel, exquisitamente fina y suave, su espalda de una forma perfecta que tanto le gustaba acariciar... Un mar de confusiones le invadió. Quería a su mujer y le había sido absolutamente fiel durante los seis años y medio que llevaban casados. "Bueno –pensó–, realmente desde que la conocí." Hasta la aparición de Julia, no había previsto ni imaginado que una relación como esa le pudiera seducir tanto. Cierto es que no se resistió en ningún momento, aunque sí le asaltó la duda en varias ocasiones y pensó que no podía hacerle aquello a Clara. Pero Julia le había absorbido el seso, "o el sexo, más bien", dijo casi en voz alta, de tal manera que le parecía flotar en una deliciosa nube de irrealidad cuando estaba con ella, olvidándose por completo de todo lo demás. Su deseo era irracional y parecía estar por encima de cualquier otra cosa, impidiéndole pensar con claridad. La lucha que se abría en su interior era inmediatamente acallada por su pasión, que le impedía analizar racionalmente lo que pasaba, como evitando así tener que tomar decisiones.

De nuevo, como le venía sucediendo casi continuamente, el recuerdo de Julia desnuda, abrazándolo, besándolo y haciéndole el amor inundó su mente y un escalofrío recorrió su cuerpo. Deseó con una fuerza irresistible estar con ella en ese momento y vivir otra vez horas y horas de sexo. No sabía cómo podía acabar aquello, ni quería pensar en el daño que podía estar haciéndole a su mujer. La atracción era tremenda, instintiva, ingobernable... "Probablemente, si hiciera un esfuerzo, si pensara en Clara, si me dominara..." Un ligero codazo en la espalda interrumpió sus pensamientos.

—Perdón —oyó decir.

Al girarse se encontró frente a dos mujeres, morena de rasgos orientales una y la otra rubia de ojos azules, típicamente americana, que pedían una copa en el estrecho hueco que la barra abarrotada les dejaba junto a Lex.

—De nada —respondió—. Si queréis más sitio... —y se desplazó hacia un lado.

—Gracias, muy amable —contestó la de rasgos orientales, en español.

—¡Vaya, hablas mi idioma! —se sorprendió Lex.

—Sí, mi familia lo hablaba en casa, herencia de la época... ¿coronial? ¿Se dice así?

—Colonial.

—Eso, colonial.

Entablaron entonces una conversación intranscendente que derivó, entre *gintonics* ellas y *güisqui* él, hacia las relaciones entre hombre y mujer. Hablaron en inglés para que la otra entendiera, aunque, de vez en cuando, la filipina y Lex lo hacían en castellano.

—Esa es una concepción muy hedonista de la vida —decía Susan, la americana, tras escuchar a Lex, que iba madurando la idea de pasar la noche con ellas.

—Es posible, pero ¿por qué renunciar a un placer para el que estamos preparados? —le vinieron a la mente muchas razones, pero las rechazó todas de inmediato—. ¿No te parece, Bárbara?

—Bueno, en cierta manera sí. A mí me gusta disfrutar a tope y no me importa reconocerlo. No soy como éstos —dijo en español, refiriéndose a los norteamericanos—, que ejercen un falso puritanismo. Pero no con cualquiera ni en cualquier momento, claro.

Lex fue insinuando, entre bromas y veras, la posibilidad de subir a su habitación, para ver cómo reaccionaban. Al principio, recibió una tímida negativa por parte de ambas, aunque a la filipina pareció disgustarle menos. Las invitó entonces a pasar a la discoteca del hotel donde, poco a poco, mientras bailaban a trío, la negativa se fue tornando en aceptación. Mucho contribuyó a ello -creyó Lex- la música, cuyo ritmo seguían las dos mujeres como si bailar fuera su estado natural. Si los movimientos armoniosos de la americana lo excitaban, las contorsiones sensuales de la filipina lo hacían aún más y pronto deseó seguir la fiesta con las dos.

DANIEL tampoco embarcó el viernes rumbo a España como había previsto. Bill quiso que se quedara "para hablar más del chip", le dijo, y lo invitó a pasar el fin de semana en su casa. Le pidió que fuera para allá el sábado por la mañana porque esa noche tenía otros compromisos.

Desde que le hicieron la presentación, Bill no pensaba en otra cosa. El viernes por la noche cenó con sus directores técnicos y de planificación, de quienes quiso saber la opinión que tenían del proyecto y su viabilidad técnica.

-He de reconocer que el invento es grandioso -manifestó John- y el éxito parece asegurado, si es que al final funciona, claro. Es cierto que el problema de las fechas cara al año 2000 tiene que ser solucionado y la propuesta de este hombre es la única que permitiría hacerlo de forma totalmente automática y sin otro gasto que el coste del chip.

-¿Tú crees que funcionará? -preguntó Bill.

-El diseño que nos ha presentado tiene al menos un error, en lo que hemos visto hasta ahora. La próxima semana trabajaremos a fondo en él y seguro que encontramos algunos más. Pero me preocupa la actitud poco transparente de Voltoya. Pamela es testigo de las discusiones que mantuvimos y estará de acuerdo en que no tiene la más mínima intención de colaborar. Insiste en que el diseño es suyo y no acepta ninguna intervención nuestra. En mi opinión, es un peligro.

-¿Y tú qué opinas, Pamela?

-Coincido con John en su primera afirmación. Tenemos entre manos algo grande. Pero no creo que Lex sea tan peligroso como dice. Él defiende su idea y sus intereses y es lógico que lo haga con uñas y dientes, si lo considera necesario. Tú te pasaste con él, John. Aunque creo que, efectivamente, no va a aceptar de buen grado tu colaboración ni la de tus ingenieros... Me parece, por otro lado, que oculta algo. Según os oí, había alguna sección oscura en el algoritmo y prácticamente se negó a explicarla.

-Sí, más de una -dijo John-, y va a ser complejo descifrarlas sin su ayuda. Pero lo intentaremos.

-¿Es estrictamente necesaria su participación? -preguntó Bill, sorprendiendo a sus interlocutores.

-Yo diría que sí -respondió primero Pamela-. Parece que tiene las ideas muy claras y es su autor. Además, aún tiene que darnos la famosa interfaz, ¿no?

-Bueno, vamos por partes -dijo John-. Es cierto que, como su creador, conoce el diseño mejor que nadie y debe tener muy claro el funcionamiento del procesador. Pero no olvidemos que el diseño está desarrollado por Victoria, que es muy buena en esto, y ella debe tener también toda la información. En cuanto a la interfaz, reconozco que necesito al menos un boceto para ver cuál es la idea. No he conseguido imaginar cómo puede trabajar, teniendo en cuenta que el número de procesadores distintos que hay en el mercado es enorme. Pero de nuevo contamos con Victoria, que sí debe estar al tanto.

-¿En resumen? -preguntó Bill, nervioso.

-Pues que su intervención sí es necesaria hasta que nos dé el diseño de la interfaz. Es posible que tardemos más de lo previsto ahora, sobre todo al principio, hasta descifrar todo y corregirlo o terminarlo, si fuera necesario. Pero si con Voltoya el chip iba a funcionar, sin él también. Te lo prometo, Bill.

–¿Qué posibilidades hay de contar con Victoria solamente?

–Hasta donde yo sé, se lleva muy bien con Lex –respondió Pamela–. Si no recuerdo mal, fue él quien la incorporó a Grandtel. No sé cuál podría ser su reacción. Al final, todo es cuestión de dólares, supongo.

Sábado, 22 de abril de 1995

CUANDO sonó el teléfono, Lex tuvo que quitarse suavemente de encima el cuerpo desnudo de Bárbara y saltar sobre Susan para poder responder. Era David, para confirmarle la cita a la una y media en el restaurante L'isplair, en BackBay, uno de los más exquisitos de Boston.

-ESTÁS estupendo -dijo David dándole un abrazo.

-Gracias, tú estás más calvo y más gordo -respondió Lex sonriendo-, como corresponde a un abogado de tu clase; pero te veo bien. ¡Cuánto tiempo! ¿Qué tal te va?

-Ya ves, más gordo y más calvo, pero, como dices, es defecto de la profesión, ¡qué le vamos a hacer! No me puedo quejar.

-¿Y el trabajo?

-Mejor que nunca. Vuestro caso hizo que me especializara en los sistemas de información y, desde entonces, no he parado. Es una mina de oro. La piratería informática, los derechos de propiedad y los de uso, las copias de programas con ligeros cambios, en fin, todo un mundo. Llevo treinta casos ganados y... uno perdido.

-Entonces me debes, por lo menos, un porcentaje de los ingresos -dijo Lex, guiñando un ojo-. Yo te inicié...

-Bueno, bueno, tú me diste el caso, pero el trabajo fue mío...

Rieron.

-Y tú, ¿cómo estás? Cuéntame.

-Me casé, dirijo el centro de I+D de Grandtel en Cádiz y sigo con mis inventos.

-Algo me contó Robert. Comí con él hace unas pocas semanas. Creo que tu empeño de instalar el centro de investigación en España fue todo un triunfo.

-Y no solo en España, sino, además, en el sur, en Cádiz. Tuve que convencer a todos los jefes de que, primero, aquello existía y no era África. Luego, de que la calidad de vida y los costes eran ideales para un centro como el que queríamos. Y, por último, de que teníamos un montón de estupendos profesionales dispuestos a trasladarse allí y otros que encontraríamos por la zona, como así fue. Me costó unos años, pero al final lo conseguí.

-¡Enhorabuena!

-Y a ti por tus casos. ¿Qué pasó con el que perdiste?

-Fue manipulado. Un testigo clave se negó a declarar lo que sabía y solo conseguí que creara algunas dudas, pero no fue suficiente. El testigo había sido comprado por la otra parte, estoy seguro, pero no pude demostrarlo. Lo hicieron muy bien. Recurrimos, pero con igual suerte. A mi cliente lo declararon culpable y le cayeron dos años y una multa de consideración. Mi cliente no era trigo limpio tampoco, pero no se merecía tanto. No pude hacer nada. Es la parte dura de mi profesión..., la parte amable es quedarme cada vez más calvo y más gordo... -terminó David, provocando la risa de Lex.

-¿Era inocente?

-Mi objetivo era demostrar su inocencia.

-Claro, pero no desvíes la respuesta, ¿era o no inocente?

-¿Y eso qué importa? Además, quién sabe. El proceso fue muy largo y complejo. Intervinieron muchos peritos. Y el delito del que acusaban a mi cliente es muy discutible, en cualquier caso.

-¿De qué iba?

-Espionaje industrial -respondió David.

-A lo mejor me puedes ayudar. Tengo un caso de ese estilo.

Lex le contó lo del chip, sin citar sus funciones, y las reacciones de Grandtel.

-La cuestión es esta -dijo Lex al terminar su relato-. El invento es mío, pero he contado con mis colaboradores para estudiar su viabilidad y he utilizado los medios de la empresa para definirlo completamente. El diseño está casi terminado y, claro, está hecho en la empresa. Y presentado, como te decía, a la dirección. Pero no he sido cauto y no negocié mis condiciones con antelación. Ahora estoy a merced de ellos y, de momento, no me gusta la actitud que están tomando.

–Como sabes, todo lo que desarrollas en la empresa es propiedad de ella, salvo pacto explícito, y contra esto nada se puede hacer. Habrás firmado, además, en tu contrato, que es expresamente así.

–Sí, con un mínimo porcentaje sobre las ventas, simbólico más que otra cosa.

–Sólo en casos muy especiales se pacta algo distinto y muy rara vez la empresa acepta que la propiedad sea del empleado. Me temo que poco vas a poder hacer.

–Me he guardado una pieza clave del diseño y mientras no la entregue (he dicho que aún no está terminada) no podrán dar el visto bueno ni empezar el prototipo.

–¿Cuándo conocerás tus condiciones?

–Espero que pronto. Pero no tengo ni idea de lo que me van a conceder. Estamos hablando de millones y millones de dólares, David. ¡Oportunidades como esta se dan en muy contadas ocasiones!

–Bien, déjame estudiarlo, pero lo tienes difícil. No entregues la parte del diseño que te has guardado hasta que hablemos de nuevo. Dame una semana.

–¿Tú crees que puedo utilizarlo para hacer presión?

–¿Lo pueden desarrollar ellos sin tu ayuda?

–Les costará mucho. Lo que aún no tienen es muy ingenioso y no les va a ser fácil descubrir el mejor mecanismo, que es el mío, pero sí es posible. Tardarían bastante más tiempo, pero al final lo conseguirían.

–Pues lo dicho, no lo entregues hasta saber de mí.

–Les dije que estará listo en tres o cuatro semanas, aunque yo espero finalizarlo antes.

–Bien, tenemos más tiempo.

–¿Y...? –comenzó a decir Lex, pero se calló.

–¿Y?

–¿... Si lo paso a otra empresa? –terminó diciendo.

–¡Joder! Lo tienes crudo. Presentarán demanda y lo normal es que la pierdas.

–¿No me lo aconsejas, entonces?

–¡Hombre, si te defiendo yo...! –respondió riéndose–. Pero, fuera de bromas, es difícil, muy difícil, que salgas indemne.

DESDE el hotel, Lex habló con Victoria, a quien encontró trabajando en el centro. Aprovecharon las seis horas de diferencia horaria para avanzar en el diseño de la interfaz. Ahora, más que nunca, le interesaba hacerlo bien y terminar cuanto antes. Se centraron en la parte que les quedaba por desarrollar y discutieron todas las posibilidades, seleccionando la que creyeron de mutuo acuerdo que parecía la mejor, aunque era también la que mayores dificultades entrañaba. Insistió de nuevo a Victoria en la importancia de mantenerlo entre ellos y no dejar rastro. Le avanzó algunos datos de lo que se encontró en Westwood, pero intentó ser positivo.

BILL tenía una espléndida mansión en la zona residencial de Wellesley, a pocos minutos de la *highway* que lo acercaba a las oficinas de Grandtel en no más de media hora. Daniel, que ya conocía la casa, le preguntó mientras desayunaban la mañana del sábado por las reformas que había hecho desde su última visita, haría entonces un año. Orgulloso, el presidente de Grandtel le mostró con todo detalle la ampliación de la planta baja, en la que había construido un nuevo salón orientado al sur, convirtiendo el anterior en un comedor de lujo. En la parte de atrás, un nuevo dormitorio para invitados y otro más en la segunda planta completaban la obra.

Terminado el desayuno, dedicaron la mañana a revisar la situación de la filial española y por la tarde jugaron al golf en un campo cercano. Ganó Bill, aunque con Daniel siempre le pasaba lo mismo: no sabía si se dejaba ganar o era realmente así de malo.

Domingo, 23 de abril de 1995

EL domingo se levantaron temprano y, tras un opíparo desayuno servido a modo de *buffet* en el que no faltaba nada, se adentraron en un pequeño bosque que compartía con su vecino "Franky el dudoso", como Bill lo llamaba. "No sé a qué se dedica –le había comentado a Daniel en más de una ocasión–, pero está forrado. Yo creo que hay algo oscuro de por medio." La realidad era que Bill lo conocía desde antiguo y sabía perfectamente qué tipo de negocios, nada legales, se traía entre manos.

–He estado reflexionando sobre el PANDORA –por fin abordó Bill el tema, pensó Daniel– y, efectivamente, creo que estamos ante una oportunidad única. Pero me preocupa que alguien se vaya de la lengua. ¿Te imaginas la idea en manos de la competencia? Hay que mantenerlo en el más estricto secreto. Revisemos quién tiene datos sobre el proyecto.

–Hasta ahora, además de nosotros dos, John, dos de sus ingenieros y Pamela tienen toda la información. Judith, solo parcialmente. Y luego está el equipo de Cádiz: Lex, Victoria, Uriarte, Luján y Maite. Nadie más. Me consta que lo han mantenido en el más estricto secreto y han seguido las normas de seguridad a rajatabla.

–Con la gente de aquí no tengo el más mínimo problema. Llevan conmigo más de diez años y además son accionistas en un porcentaje de acciones importante. Pero los de allí, ¿son de verdad fiables?

–¡Hombre, yo diría que sí! Han participado ya en proyectos muy confidenciales y no nos consta ninguna fuga. El PANDORA lo han tomado con muchísimo interés. Ya has visto el plan que preparó Maite. A mí me pareció incluso demasiado riguroso. ¿Por qué te opusiste a él?

–Porque estoy decidido a hacer lo que ya comenté en una de las reuniones: traerme aquí a todos. Los controlaremos mejor, les pondremos vigilancia si es necesario. Ya sabes, correo, teléfono, reuniones con gente extraña.

–Bill, suena muy fuerte. Si lo descubren podemos tener serios problemas.

–Por eso los quiero aquí. Estarán lejos de casa, no dominan el ambiente..., se encontrarán indefensos, por lo menos al principio, y no imaginarán por lo más mínimo que los estemos vigilando.

–¿Y Lex? –preguntó Daniel.

–Tendremos problemas. No aceptará el traslado a Boston ni la intervención de más gente que la suya.

Hizo una pausa. Pasearon en silencio saliendo del bosque en dirección a la casa. Al rato, Bill, sin mirar directamente a Daniel, dijo:

–Ese Voltoya es un peligro. Le puse vigilancia.

Daniel se paró sorprendido y le dirigió una mirada interrogadora:

–¿Y?

–Mal. Ha estado con Robert Shaw, ese chico al que hace algún tiempo han dado los poderes de KP para ver si la salva. Y parece que no lo está haciendo mal. ¿Te imaginas lo bien que les vendría una idea como la nuestra?

–Bueno, no pienses mal. Fueron compañeros en una empresa anterior y se hicieron muy amigos.

–Sí, sí, pues razón de más. Pero, escucha, ayer almorzó con David Douglas, el famoso picapleitos experto en temas de secreto industrial y demás.

–¡Vaya! ¿Y sabes de qué hablaron?

–Sí. Supimos con antelación dónde iban a comer y tenemos su conversación grabada. Le ha contado que no le gustó la actitud de la empresa, la mía y la de John, supongo, y lo ha sondeado sobre las posibilidades de acción que tiene si finalmente no acepta las condiciones que le ofrezcamos. Y ha hablado de pasarlo a otra empresa.

–Se confirma entonces que es un peligro.

–Sí. Y, como ves, no pierde el tiempo.

–¿Qué plan tienes?

–Tú has de permanecer al margen de esto, Daniel. Yo sabré cómo resolverlo, confía en mí. Ocúpate de que todo el grupo venga a Westwood en dos o tres semanas, no más tarde. Y mantenme informado del más mínimo detalle. Sería bueno también que hablaras con Victoria directamente. Vete por el centro y la sondeas. A ella la necesitamos. ¿Cuento contigo? Porque no serás tú otro peligro oculto, ¿eh? –terminó Bill, sonriendo entre dientes.

–Quédate tranquilo, presidente –Daniel se lo tomó en serio–. No ambiciono más. Tengo una buena posición profesional, prestigio y unos ingresos importantes que son más que suficientes. Si el chip va adelante, como estoy seguro de que así es, le sacaré algún dinerillo, que para eso lo inventamos nosotros –remarcó la última palabra–. Las acciones se dispararán, ¿no?

–Eso espero. Y, si todo sale bien, se van a multiplicar por diez, o por cincuenta, quién sabe.

–Bien. En cuanto a lo que me dices, va a ser complicado convencer a todos de que se vengan aquí a trabajar. Tendremos la absoluta oposición de Lex y probablemente de su equipo. Tendríamos que utilizar razones de peso para convencerlos...

–Sí, estoy de acuerdo– Piénsalo. Te lo dejo a ti.

Antes de entrar en la casa, Daniel cogió a Bill por el brazo y le preguntó:

–¿Qué participación vamos a darle a Lex?

–¿Tenemos que decidirlo ahora?

–Yo creo que sí. Si lo que le ofrecemos le satisface, podemos disiparle las dudas y mantenerlo tranquilo por un tiempo. Ahora lo necesitamos. Además, será más fácil convencerlo de desplazarse a Boston para continuar el trabajo si la contrapartida es económicamente interesante.

–Está bien. Seremos generosos.

Fijaron la oferta económica para Lex y también las de sus colaboradores. A Daniel le parecieron altas, en general, pero sobre todo la de Lex, que calificó de muy generosa. Bill quedó en redactar un documento con sus abogados y enviárselo a Madrid. Después de comer lo acercó al aeropuerto. Cuando Daniel fue a ocupar su asiento de primera clase en el Boeing 707 de la TWA, que le llevaría directamente a Madrid, se dio de bruces con Lex.

–¡Daniel!

–¡Le...ex! –respondió sorprendido y con un súbito rubor que le enrojeció las mejillas–. Creí que volvías el sábado.

–Y yo que tú lo habías hecho el viernes.

–Era mi idea, pero Bill insistió en que me quedara en su casa hasta hoy.

–Ya. Hablaremos durante el vuelo, esto va a despegar –terminó Lex tras una leve pausa, durante la cual no imaginó nada bueno de las conversaciones, seguramente largas, de sus jefes. Intentaría sonsacarle algo más tarde.

Cuando se apagaron los indicadores de uso del cinturón de seguridad, Lex se acercó a Daniel. No pudo sentarse a su lado –el vuelo iba completo–, pero charlaron un rato. Lo notó esquivo y con pocas ganas de contarle nada. Le hizo preguntas directas sobre lo que le interesaba, pero Daniel respondió de manera vaga y volvió a ruborizarse en más de una ocasión. No le gustaron a Lex sus respuestas, pero entendió que no era el momento de presionarlo. Preocupado y molesto, decidió volver a su sitio e intentar dormir un poco.

Estaba cansado. El viernes no pegó ojo atendiendo a aquellas dos chaladas que resultaron ser fuego puro. El sábado trabajó hasta tarde con Victoria y en su ordenador, avanzando en la interfaz. Y el domingo se había levantado temprano para visitar el acuario de Boston, que le encantaba, antes de coger el vuelo. A pesar de su cansancio, no conseguía dormir. La actitud de su jefe directo le había parecido extraña y nada positiva. Daniel era generalmente comunicativo y la confianza y transparencia entre ellos eran habituales. Estaría también cansado, pero... no, no era eso. Algo le ocultaba. Su reacción al verlo no fue normal y sus evasivas fueron torpes. Estaba seguro de que Daniel no pensaba contarle que había estado con Bill el fin de semana, pero el efecto sorpresa al encontrárselo en el avión hizo que se le escapara. Algo estaban tramando a sus espaldas. "También yo, pero en este caso soy el protagonista y estoy en mi derecho. He de sacar el máximo partido a mi invención y para ello debo estar alerta. Bien alerta."

Caviló hasta que el sueño lo venció, un par de horas antes de aterrizar.

Lunes, 24 de abril de 1995

DESPERTÓ a Clara al llegar a casa.

–¡Vaya! Es muy temprano, ¿no?

–Sí, el vuelo llegó con más de una hora de adelanto. Parece que el viento nos empujó con fuerza.

Charlaron un rato mientras desayunaban. Sin preocuparla en exceso, Lex le resumió su viaje y quedaron en que la recogería esa tarde en el hospital para salir juntos de compras. Luego irían a cenar.

A media tarde, Lex entró en el despacho de su jefe, dispuesto a averiguar lo que estaba pasando. Se encontró a un Daniel muy distinto al que había visto en el avión.

–Bien, Lex. Ayer –se disculpó– me pillaste fuera de juego. No esperaba verte y tampoco era el momento ni el lugar para responder a tus preguntas. ¡Y no porque no fueran directas! –sonrió–. Aún tuve que cerrar unos flecos con Bill, pero nuestra oferta ya está decidida.

Daniel le entregó un fax de cuatro páginas, firmado por William Attemborough, que recogía la participación económica de Lex en el proyecto.

–Léelo.

Conforme leía el documento iba mostrando su sorpresa.

–¡Caramba! Bueno, bien. Sí –dijo, balbuceando–, reconozco que las condiciones son muy buenas. Diría que, incluso, generosas. Gracias, y transmite a Bill mi agradecimiento. Supongo que esto significa, además, que las aguas vuelven a su cauce y me mantengo como director del proyecto.

–Se lo debes a Bill, que fue quien fijó las condiciones. Mi propuesta no era tan buena. Pero Bill es consciente de la tremenda oportunidad que tenemos. Y está preocupado por la seguridad y la garantía de éxito. Quiere... –dudó–, quiere que todo el equipo se traslade a Westwood, como ya te adelantó, y también que Ben Stone se incorpore a tu equipo como codirector del proyecto.

–No.

–Su decisión es definitiva, Lex, y es innegociable.

–No, no es posible –Lex se mostró firme, elevando la voz–. Yo garantizo la confidencialidad absoluta. Mi gente es totalmente fiable y no hay ningún riesgo. El equipo trabajará aquí.

–Tranquilo, Lex. Esas son las órdenes. Te sugiero que las medites. Habla con tus técnicos y piensa que el beneficio a obtener es mucho. Y solo tendréis que estar allí hasta que el prototipo salga del laboratorio y se pruebe. Según tus planes son dieciocho meses, ¿no?

–Algo menos. Pero no, Daniel, no me convences.

–Viviréis a cuerpo de rey. Sabes que en eso no habrá problema.

–Tendré que hablar con todos, pero vaya por delante mi negativa. ¿Cuándo sería?

–Bill quiere que os vayáis ya. Creo que podré conseguir tres o cuatro semanas de aplazamiento. Pero no más.

–De momento, consígueme ese mes. Luego, veremos.

Comprendió que Daniel no podía hacer otra cosa, pero él no estaba dispuesto a ceder. Abordó otros temas:

–¿Y qué es eso de codirector? El proyecto lo dirijo yo.

–Ben es un buen tipo, tú lo conoces. No creo que te cree ningún problema.

–Pero ¿qué papel es ese?

–Están por definir las responsabilidades concretas. Pero la idea es que el proyecto lo dirijáis entre los dos. Tendréis que dividir funciones.

–Eso no puede funcionar. Subdirector, a lo sumo. Me habéis fijado, Daniel, unas condiciones espléndidas, pero quiero dejarte claro que eso no significa que vaya a aceptar cualquier cosa.

TRAS recogerla en el hospital y de camino a unos grandes almacenes, le explicó a Clara, ya con más detalle, lo que se había encontrado en Boston y cuál era la situación. Dejó para la cena la buena noticia de su participación.

–Estuve con Robert para sondear la situación de su empresa y el interés que podrían tener en mi invento. No le di detalles, tan solo le dije que lo que me traía entre manos podría ser revolucionario y significar un montón de dinero. Él me contestó, lógicamente, que su empresa podía estar interesada. Quedamos en hablar más adelante. Me encontré también con David, te he hablado de él en otras ocasiones, ¿recuerdas? Es el abogado que me ayudó, cuando estuve trabajando en Graham Associates, en un pleito sobre propiedad intelectual con un cliente. Es brillante. Le consulté sobre la situación del chip PANDORA en caso de que decidiera sacarlo de la empresa. Espero recibir consejos suyos en breve.

No observaron que les seguía un coche de cerca ni que dos hombres fueron tras ellos mientras compraban algunas cosas. Bill había contratado los servicios de Frank Kirpatrick, Franky, su vecino de Wellesley, quien poseía una agencia de detectives privados que operaba en medio mundo, bien directamente, bien por participación en otras agencias, y le había encargado una estrecha vigilancia de Lex y sus colaboradores. "Especialmente de Voltoya –le había dicho–. Quiero conocer todo lo que hace, con quién habla y lo que habla. Absolutamente todo, ¿de acuerdo? Y me informas a diario."

Se habían puesto en marcha inmediatamente. Lo siguieron en Boston, y en España lo hicieron con la colaboración de la agencia ByE, sociedad limitada. Intervinieron los teléfonos de sus casas de Cádiz y Madrid, los de la oficina y más tarde, cuando lo supieron, el de la casa de Julia, instalando micrófonos en casi todas partes donde Lex pasaba su tiempo.

FUERON a cenar a un asador vasco, favorito de Lex, donde ordenaron unas entradas compuestas por pimientos del piquillo, cogollos de lechuga con anchoas y ensalada de espinacas frescas con beicon y, como plato fuerte, carne roja de buey a la parrilla con abundante sal gorda; y un Ribera, Pingus 2013, para acompañar la carne. Esperó hasta que le sirvieron para contarle la propuesta que le habían ofrecido sobre los beneficios.

–Me la presentó Daniel esta misma tarde. Pero comprenderás que esta buena noticia no podía dártela comprando trapitos, ¿no te parece?

–Claro, mereció la pena esperar, aunque creí que tardarían más en decírtela. ¿Y cuáles son las expectativas de venta?

–Aún no tenemos las primeras previsiones, pero seguro que son varios cientos de millones de dólares, quizá miles...

–Y nos tocaría... –hizo una pausa, mientras calculaba–. ¡Jo! Eso es demasiado.

–El aspecto negativo es que Bill quiere trasladarnos a Boston hasta que terminemos el diseño.

–¿Lo has acepado? –preguntó Clara.

–De momento me he negado, pero le he prometido a Daniel que lo hablaré con mi gente y contigo –la incluyó a ella como avergonzado de no habérselo dicho a su jefe– y que decidiremos en equipo.

–¿Sería mucho tiempo?

–Varios meses. Pero no pensemos en eso.

–Bueno, tampoco sería grave. Para lo que nos vemos ahora...

Luego le contó lo del director del proyecto que Bill le quiso imponer.

-Lo rechacé y ahora habla de un codirector o algo así. Desde luego, no voy a aceptar que me impongan nada.

En contra de lo que solía suceder entre ellos, la conversación se volvió pobre, aburrida incluso, una vez agotado el tema del trabajo. Clara echaba de menos la alegría natural de su marido, que hoy lógicamente tenía que ser aún mayor. Seguía notando raro a Lex y no estaba dispuesta a ser ella la que diera el primer paso para remediarlo. Lo conocía suficientemente bien como para sospechar que su actitud no se debía solo a su actividad profesional, aunque aceptaba que eso lo absorbiera casi por completo y ahora estuviera, además, preocupado por las circunstancias. Pero su comportamiento en las últimas semanas, por teléfono o en presencia, denotaba algo distinto, una situación nueva. Le había descubierto alguna que otra mentira y había notado una cierta pasividad en las pocas ocasiones en que habían hecho el amor recientemente. Y eso no era normal en Lex. Solía ser ella la que actuaba de freno. Y no es que a ella no le gustara. Le apasionaba y le encantaba cómo Lex le hacía el amor. Pero había rachas en que el sexo no le llamaba la atención y entonces prefería dejarlo. Lex lo aceptaba sin problemas, pues sabía que la espera era sobradamente compensada. Sin embargo, no era este el caso. Sorprendentemente, fue Lex quien la había frenado a ella.

Martes, 25 de abril de 1995

JULIA lo esperaba en el aeropuerto de Jerez. Durante la semana que duró el viaje de Lex, tuvo tiempo de analizar la relación que se había establecido entre ellos. Algo en su interior le indicaba que tenía que dejarlo, que no unirse sentimentalmente de nuevo era lo correcto y que no debía dejarse arrastrar por la pasión. Pero todo su cuerpo se negaba a renunciar a Lex, del que disfrutaba de esa manera tan placentera y gratificante. Contaba cada hora del día que faltaba para encontrase con él. "Probablemente –se decía– esto no durará mucho. Su mujer vendrá pronto a Cádiz y será difícil vernos entonces. Aunque... ¿quién sabe?" Terminaba siempre con la misma decisión: no pensar en el futuro y sacar el máximo partido a lo que estaba ocurriendo.

Aquella tarde quiso deslumbrar a Lex. Se puso un traje camisero negro cuya tela realzaba el moreno suave de su piel, dejando sin abrochar los primeros y últimos botones. Se había maquillado con colores suaves y se peinó con la raya a un lado, echándose el pelo hacia atrás de forma que la frente quedaba despejada, como sabía que a él le gustaba.

Ya en el edificio terminal del aeropuerto, Lex la vio de lejos al fondo de la sala. Se acercó a buen paso, deteniéndose a unos pocos metros para disfrutar de la visión que Julia le ofrecía. Estaba sentada, espléndida, con el vestido cayéndole a ambos lados de sus piernas cruzadas y dejando al descubierto más allá de las rodillas. En el cuello lucía la fina cadena de oro que le regalara, de la que pendía el pequeño colgante de esmeralda que brillaba sobre el delicado surco que indicaba el inicio de su pecho. Lex deseó sentir la suavidad de su piel en sus manos, pero hubo de contenerse entonces. A cambio, miró aquellos ojos claros que le devolvieron una mirada penetrante. Su cara mostraba una sonrisa contenida, llena de expresión. Se miraron durante unos largos y placenteros segundos y, sin necesidad de decir una sola palabra, se transmitieron los deseos acumulados en los últimos días. Ninguno de los dos, absortos por completo el uno en el otro, pudo notar cómo dos hombres se detenían a una distancia prudencial y los observaban atentamente, casi sin disimulo.

Julia y Lex se dirigieron directamente a la casa de Cabo Zambra. De camino, Lex llamó a Clara para decirle que había llegado bien y que se iba a acercar por la oficina. Decidió entonces olvidarse del chip PANDORA y de todo lo relacionado con él. No quería que nada distrajera su atención de Julia, con la que iba a pasar unas horas largamente deseadas.

El viento estaba en calma y la luminosidad de aquella tarde justificaba el nombre de "Costa de la Luz" por la que se conocía la costa de Cádiz. Cabo Zambra estaba solitario, como era habitual entre semana durante los períodos no vacacionales. Ninguno de los chalés que lindaban con la casa de Lex estaba habitado y el silencio solo quedaba interrumpido por el ruido del vehículo de seguridad, que rutinariamente recorría la urbanización llegando a la parcela de Lex cada dos horas, más o menos. Al atardecer, eran los pajarillos los que se dejaban oír y daban paso al canto de los grillos cuando anochecía. En épocas de lluvias se podía escuchar también el croar de las ranas en el río Zambra, separado de la casa por la propiedad de al lado. Pero se llevaban ya casi siete años de sequía y el río estaba prácticamente seco. Las predicciones meteorológicas no eran favorables a la lluvia y se temían cortes de agua y prohibición de regar los jardines. Clara había sido previsora y el riego lo hacían con el agua del pozo que habían perforado en un rincón de la parcela.

Apenas si tuvo tiempo Lex de deshacer su equipaje. Mientras colocaba la maleta en el altillo del armario, Julia lo abrazó por detrás, introduciendo las manos por debajo de su camisa y acariciándolo. Lex se volvió y la rodeó con sus brazos, besándola en la boca con una pasión desaforada. Mientras tanto, le fue desabrochando uno a uno los botones del vestido, desplazando luego sus manos hacia abajo para quitarle, con urgencia, la ropa interior. La tumbó en la cama y sus labios comenzaron a recorrer su cuerpo desde el cuello, haciéndole agradables cosquillas con su bigote, parándose en los senos que mordisqueó suavemente hasta que Julia empezó a jadear de placer. La acarició y la besó de mil maneras distintas hasta que Julia alcanzó su clímax, entrando entonces en su cuerpo con suavidad y aumentando el ritmo de sus movimientos con los gemidos de placer de Julia, que sentía cómo todo giraba en torno al abrazo íntimo. Más tarde fue Julia quien tomó la iniciativa. Le dejó tiempo a Lex para reponerse, besando cada rincón de su piel, acariciando todo su cuerpo con dulzura y dándole finalmente unos masajes que lo sorprendieron.

–No conocía estas habilidades tuyas –le dijo Lex, encantado.

Hicieron el amor una y otra vez hasta que, agotados, se quedaron dormidos.

HABÍA anochecido cuando salieron a dar un largo paseo por las calles vacías de la urbanización. Julia le preguntó por el viaje y Lex le contó todo lo ocurrido, aunque guardando cierta reserva en algunos aspectos. Instintivamente consideró que no podía contarle lo mismo que a su mujer.

–¿Piensas hacerlo? –preguntó Julia.

–¿Hacer qué?

–Llevarte el chip a otra empresa.

–No, de momento. Las condiciones económicas que me prometen son muy buenas, aunque quieren que nos vayamos a los Estados Unidos a completar el trabajo.

–¡Vaya! –exclamó Julia con dolida sorpresa –. ¿Y... nosotros?

Se miraron fijamente a los ojos. Ambos volvieron a experimentar aquellas primeras sensaciones del día en que se conocieron. Lex tardó unos segundos en contestar.

–Me voy a negar, pero no las tengo todas conmigo. La verdad es que no me gustaría separarme de ti. Esto puede ser una locura, Julia, pero en estos momentos no puedo pensar en otra persona que no seas tú. Sabes que con Clara mis relaciones han sido siempre buenas y nuestro matrimonio ha funcionado estupendamente hasta ahora. La quiero, pero... –volvió a dudar, como para buscar las palabras idóneas–, pero desde que te conocí no deseo otra cosa que estar a tu lado. Me has absorbido, me traes de cabeza. Te confieso que sufro por Clara y que me propuse intentar, al menos, dejar lo nuestro. Pero algo superior a mí me lo impide. No puedo. Y solo la posibilidad de separarme de ti me aterra.

Julia, halagada, se quedó pensativa, apretando con fuerza la mano que Lex le pasaba por encima del hombro.

–Tú sabes que yo no quería para nada una relación estable. Pero he de reconocer que me pasa lo que a ti. No puedo pensar en otra cosa y mi cuerpo y mi mente se niegan siquiera a pensar en dejarte. No sé dónde llegaremos, Lex, pero ahora deseo como nada seguir contigo.

–Y yo.

–En fin, el tiempo pasa rápido... y, además, yo podría pasar una temporada en América. Hace tiempo que quería perfeccionar mi inglés y hacer un *master* de psicología. Puede ser la ocasión, aunque en estos meses tengo muchísimo trabajo. No sé si podré hacerlo.

–Sería una solución, pero me propongo no dejarme convencer.

–Bueno, ya me contarás. De todas formas, no quisiera que tuvieras problemas por mi culpa. Cuenta con la opción que te he dicho. De momento es solo una idea que hemos de madurar y ver si en algún momento es factible.

LA vigilancia les tocaba ese día a Baldomero Gutiérrez y Antonio Carmona. Ambos llevaban varios años en la agencia y tenían experiencia sobrada en labores de seguimiento sin ser vistos. Pero Cabo Zambra se los había puesto difícil. Las dos entradas que tenía el área residencial estaban controladas y solo se podía pasar tras comprobar el lugar de destino. Para instalar micrófonos en la casa de Lex tuvieron que saltar la alambrada que rodea la zona, de noche, y con la precaución necesaria para que el servicio de seguridad no los descubriéra. Ese día prefirieron no tener problemas y se limitaron a turnarse en el cruce de la carretera general con la que conducía a Cabo Zambra. Habían supuesto que no iban a salir de la zona y no ganarían nada con correr riesgos. Por otro lado, tanto los micrófonos de ambiente como el del teléfono que habían instalado dentro del chalé transmitían la señal, mediante un moderno y sofisticado sistema, a varios kilómetros de distancia. Eran controlados desde una furgoneta aparcada en el jardín de la casa de uno de los empleados de la agencia, que vivía en una urbanización cercana. Allí se escuchaba las 24 horas del día y se grababa cualquier conversación. La furgoneta se desplazaba siempre siguiendo el coche de Lex, a una distancia prudencial, y captaba las llamadas de su teléfono móvil. De los colaboradores de Lex solo vigilaban con la misma intensidad a Victoria, Emilio, Maite y Andrés, aunque grababan únicamente las llamadas telefónicas y las conversaciones cuando les constaba que tenían alguna visita.

En el centro habían intervenido la centralita de teléfonos e instalado micrófonos en todos los despachos. Pero no habían conseguido todavía hacer nada en la cámara. La construcción había sido realizada pensando en protegerla de escuchas ilegales y no era fácil encontrar el sistema de violar tanta seguridad. La agencia instaló el puesto de mando en un piso de un edificio cercano. Allí recibían las cintas grabadas en la furgoneta e interceptaban todas las conversaciones del equipo de Lex que tenían lugar en las oficinas. Diariamente enviaban un resumen de todos los movimientos y conversaciones a la agencia americana por medios seguros, para que esta los hiciera llegar a Bill.

Miércoles, 26 de abril de 1995

TAL como estaba previsto, Lex mantuvo la reunión con su equipo a la mañana siguiente. Les hizo un resumen de las reuniones mantenidas en Boston y las directrices que había marcado el presidente. En concreto, les habló de las buenas condiciones económicas para todos, que detallaría más tarde a cada uno personalmente, y de la orden de trasladarse a Boston para continuar el proyecto.

Todos celebraron con entusiasmo la aprobación del proyecto y las anunciadas compensaciones económicas, pero la alegría se vio empañada por la necesidad de desplazarse por un largo período.

–Al menos serán dos años, que es mucho tiempo para dejar a la familia –intervino Emilio.

–Ellos proponen que nos las llevemos también.

–Sí, hombre. Acabamos de venirnos a Cádiz hace solo unos meses y ahora quieren que nos vayamos a Estados Unidos. ¡Ni hablar! Y lo de pasar las vacaciones allí ya es demasiado. ¡A eso no pueden obligarme!

–Bueno, Emilio, de momento no lo plantean como obligación –continuó Lex–, pero cuentan con que las contrapartidas que ofrecen nos harán aceptar todas las condiciones. Nos plantean una vida de lo más cómoda, con estancia en un hotel de lujo próximo a la oficina y todos, absolutamente todos, los gastos pagados: Además nos darán una dieta diaria de 250 dólares y nuestro sueldo actual.

–¡Caramba, no está nada mal! –comentó Victoria–. Podemos ganar mucho dinero y el estar dos años allí no es tan malo. A mí no me importaría.

–Claro, tú no tienes familia –dijo Andrés–, pero los demás... Yo voto por adoptar una postura común y mantenernos firmes en ella. ¿Tú qué dices, Maite?

–Prefiero quedarme aquí, por supuesto. Aceptaría viajar a Boston de vez en cuando y por tres o cuatro semanas seguidas como máximo. Pero dos años es pasarse, ¿no?

–Eso creo yo –le tocó el turno a Lex–. Hasta ahora, solo Victoria parece aceptar trasladarse allí. Los demás estamos en contra. ¿Apoyarías nuestra negativa, Victoria?

–Sí, por supuesto. Tampoco se me ha perdido nada en Estados Unidos.

–Bien, estamos todos de acuerdo. Ahora debemos preparar argumentos de peso. Bill dio la orden de que todo se desarrolle en las oficinas de Westwood. Y, por su actitud y conociéndolo, no creo que dé su brazo a torcer. Tiene pánico a que se produzca una fuga y quiere tenernos bajo el control más estricto. Piensa que allí le será también más fácil evitar todo posible espionaje. Yo lo entiendo, aunque no lo acepto. Si la idea llegase a oídos de nuestros competidores, el negocio puede reducirse sensiblemente. Esa es una de las razones que esgrimen, hasta el punto de que tu plan de seguridad, Maite, ha sido rechazado sin que hayan sido capaces de indicar dónde falla ni proponer alternativas. Han quedado en elaborarlo ellos, pero yo quiero insistir en que el nuestro es pefecto y absolutamente seguro. Tanto como si estuviéramos allí.

–Pues habrá que esmerarse. ¿Lo vemos hoy?

–Sí, en cuanto terminemos esta reunión. Repasemos ahora el avance del proyecto. ¿Victoria?

–Ya he terminado el diseño de la interfaz. He de someterlo a las pruebas teóricas, según los estándares. Voy algo retrasada según los planes iniciales; fuimos muy optimistas. Como sabes, es una de las partes más complejas.

–Mañana me haces un resumen. ¿Puedes a las diez? A lo mejor te sorprendo y aporto algo bueno... ¡todavía entiendo de procesadores!

–¡Claro, jefe! –respondió Victoria, no sin cierta ironía–. Mañana, a las diez en punto.

–¿Andrés?

–No tuve mucho tiempo para el PANDORA. Precisamente he estado traspasando mi participación en los demás proyectos para poder dedicarme de lleno a éste. Aun así, he desarrollado tus ideas del "análisis de consecuencias" y debo decir que... –dejó pasar unos instantes, como queriendo dar importancia a lo que iba a decir– ...estoy asustado. En el informe preliminar, este que te doy, leerás un resumen de las previsiones de todas las consultoras que han estudiado a fondo el efecto fin de milenio. Todas coinciden en que habrá un *boom* de la profesión en los últimos años del siglo XX. Se requerirá una cantidad inimaginable de mano de obra para abordar el trabajo y aparecerán un montón de productos de software que ayudarán a automatizar el análisis de impacto y los cambios a realizar. Las constructoras de ordenadores harán su agosto con nuevas versiones de sus sistemas operativos que soporten el año 2000 y la venta de nuevas máquinas para la conversión y las pruebas. Los fabricantes de software de aplicaciones intentarán aumentar sus ventas de manera significativa, con el argumento de que será más costoso modificar los sistemas existentes que ir a productos acabados y certificados como "conforme año 2000". Nuestro invento va a suponer un impacto formidable en todo esto, dando al traste, muy probablemente, con la mayoría de los negocios previstos. ¡Todos se nos van a echar encima!

–Sí, asusta –comentó Emilio–. Creo que ha sido la consultora Donovan la que ha dicho que el problema es de tal magnitud que espera que sean los gobiernos de los países los que tomen conciencia de ello y animen a las empresas a abordar la solución cuanto antes. La realidad, según esta empresa, es que hasta ahora parece un problema muy lejano en el tiempo y apenas algunas grandes compañías están estudiando sus consecuencias. Muchos piensan que el problema no es tan grave, incluso profesionales del sector, y otros, sobre todo los que tienen nivel de dirección, no le dan crédito. No lo creen posible o lo toman como algo insignificante. Pero esta situación nos favorece. Si la fecha prevista de lanzamiento del PANDORA es casi a final de 1997, no nos interesa que para entonces muchas empresas hayan comenzado a aplicar ninguna solución. Lo contrario nos restaría ingresos.

–Efectivamente, no nos interesa que el efecto 2000 se divulgue demasiado. Aún queda mucho tiempo, tiempo que tenemos que aprovechar nosotros. Y la planificación, ¿cómo va? –preguntó Lex.

–Del diseño lógico ya te ha contado Victoria. Una vez terminado, la revisión no debe durar más de tres meses, contando solo con la interfaz para el primer procesador, que hemos acordado que sea el de un ordenador *mainframe*. El diseño físico lo estimamos, a la fecha de hoy, en nueve meses. Se terminará, por tanto, en mayo de 1996. Para la fabricación del prototipo necesitaremos, al menos, ocho meses, con lo que estamos a principios de 97. En paralelo se habrán definido las interfaces para unos 60 procesadores distintos. Las pruebas para el visto bueno definitivo nos llevarán al final del verano del 97, momento en el que se podrá comenzar la fabricación masiva y hacer el anuncio oficial.

–Me lo fías muy largo, Emilio. Hay que reducir los plazos. Mi objetivo es anunciarlo a principios del 97, así que revisa bien la planificación.

–De acuerdo, esta es solo una primera aproximación contemplando todo el ciclo. Probablemente podremos acortarla, pero no creo que tanto.

-Bien. La próxima semana volveré a Madrid para convencer a Daniel de que debemos seguir en el centro, sin trasladarnos a Boston. Esta tarde os llamaré a cada uno de vosotros y os comunicaré las condiciones económicas. Vamos a ver el plan de seguridad, Maite.

-¡Hombre, no nos hagas esperar tanto! -dijo Andrés, ansioso.

-¡Venga, Lex!, dínoslas ahora -apoyó Victoria.

-No. Esta tarde. Maite, vamos a lo nuestro.

Ella y Lex se quedaron en la sala de reuniones de la cámara y los demás se fueron a sus respectivos despachos. Revisaron el plan durante el resto de la mañana. Lex corrigió algunos aspectos, reforzando aquellos que consideraba claves para que Daniel y Bill aceptaran que el equipo continuara en Cádiz. Todos se comprometerían, por escrito, a mantener la más absoluta reserva sobre el PANDORA dentro y fuera de la empresa. Estarían obligados a informar de todos los contactos personales y llamadas telefónicas si así se les requiriera, además de avisar de cualquier viaje privado que realizaran. Internamente crearían un proyecto falso al que estarían todos asignados. Ese proyecto también sería secreto, pero no más que otros en los que habían participado. Le llamarían proyecto 'Escudo 2' y su objetivo sería obtener un sistema de seguridad de copia y recuperación de datos más fiables que los que actualmente existían en el mercado. El contenido del proyecto podría ser conocido en la empresa, aunque su desarrollo sería mantenido confidencial, justificando así las medidas de seguridad extraordinarias que iban a ser adoptadas. El proyecto se consideraría estratégico para Grandtel, que debía recuperar el terreno perdido en estos sistemas desde el lanzamiento del producto "Recovery", fruto del proyecto "Escudo" realizado hacía ahora dos años. La asignación económica sería la mayor de las asignadas a todos los proyectos desarrollados por la empresa en España hasta entonces.

–De esta forma –comentó Lex– nos será más fácil mantener el PANDORA a salvo.

El plan de seguridad quedaría escrito en su versión final para el viernes. Lex llamó a Daniel y le propuso una reunión el martes siguiente para discutir los temas pendientes. No le adelantó la respuesta de su equipo, sino que se limitó a un "estoy negociando" cuando Daniel le preguntó.

–Por cierto, Lex –le había dicho Daniel–, no comuniques todavía a tu gente los ingresos que van a tener. Me ha llamado Bill poniéndome algunas pegas.

–Lo iba a hacer dentro de un rato. La gente está expectante y no les va a gustar nada que lo posponga.

–Lo imagino, pero inventa lo que sea. Diles que las está revisando el presidente y que es posible que salgan ganando.

–Pero eso no es cierto.

–¡Pues diles lo que quieras y no me crees más problemas!

Jueves, 27 de abril de 1995

LOS días que siguieron los dedicó por entero a trabajar con Victoria sobre el diseño del chip. Fue una tarea ardua pero gratificante, pues revisaron todo lo hecho, corrigiendo algún error, y avanzando en la interfaz lo suficiente como para disipar casi todas las dudas sobre su viabilidad. Todavía quedaba un escollo importante, pero confiaban en resolverlo en unos días. Lex volvió a pedirle que no lo comentara con nadie y mantuvieran esa parte del diseño en absoluto secreto, haciendo solo dos copias: una para ella y otra para él.

El jueves por la noche salieron tarde de trabajar. Lex invitó a Victoria a cenar, renunciando esa noche a ver a Julia. Lo que tenía que tratar con su colaboradora era importante.

Fueron seguidos por Baldomero Gutiérrez, que había hecho guardia toda la tarde en los alrededores del centro. En cuanto los vio salir juntos, informó a la agencia y los siguió hasta el restaurante. Ante la imposibilidad de instalar micrófonos en la mesa, pidió a una compañera que cenara con él y se sentó próximo a la pareja mientras ella llegaba. Desde allí podría oír al menos parte de la conversación que mantuvieran, pues el restaurante, a esas horas, estaba ocupado en menos de su mitad y sin el bullicio de una hora más temprana.

Tras elegir unos entrantes de marisco y una dorada fresca a la sal como plato fuerte, Lex abordó el tema clave:

—Como ves, Victoria, estamos ante un invento que va a hacernos famosos y a producirnos unos ingresos nada despreciables. Pero estoy preocupado por la actitud mostrada por el presidente. Soy consciente de que el proyecto es de primera magnitud, claro, pero creo que puede desarrollarse aquí sin problemas y me sorprende la insistencia de Bill de que nos traslademos a Boston. En lo que yo sé, no va aceptar nuestra propuesta. Su orden fue tajante y no espero que la modifique.

–Hombre, el proyecto es muy serio y supongo que quiere tener todo absolutamente controlado. Y piensa que allí le será más fácil.

–Sí, por supuesto. Pero debe confiar en nosotros. Además, si alguno quiere hacer daño, lo puede hacer igualmente allí. ¿Cómo puede evitar que demos la idea a una empresa de la competencia? Una llamada telefónica, un mensaje electrónico, una carta; podemos hacerlo allí o aquí. Salvo que... –hizo una pausa, pensativo.

–¿Salvo...? –preguntó Victoria, dejando pasar unos segundos.

–Estaba pensando que en Boston sí le es más fácil controlarnos. Iríamos a un sitio nuevo que ellos pueden preparar convenientemente, interviniendo teléfonos y colocando micrófonos... Hacerlo aquí puede ser más difícil.

–No creo que llegue a tanto...

Lex pareció ausente por unos minutos. Mientras imaginaba lo que podían hacer, miró inconscientemente al hombre que se sentaba en la mesa de al lado y se preguntó, casi sin darse cuenta, por qué la había elegido, habiendo un buen número de mesas sin ocupar. El camarero les retiró el marisco y les sirvió la dorada, ya preparada. Así mismo rellenó las copas con el albariño Terras Gauda que había elegido Lex.

–¿Me decías?

–Que no creo que llegue a tanto –repitió Victoria–, aunque, bien pensado, es posible. Realmente el futuro de Grandtel puede estar en nuestras manos. Podemos darle muchísimo dinero a ganar. Por cierto, sabrás que estamos todos expectantes por conocer las condiciones económicas que se nos ofrecen. ¿Cuándo vas a decirnoslas?

–Sí, claro. Espero que pronto. Prometí hacerlo ayer, pero aún tengo que discutir unos detalles con Daniel. Intento las mejores condiciones. A la vuelta de Madrid os las comunicaré.

–De acuerdo, pero no tardes mucho. No es en absoluto un chantaje, pero supongo que la empresa es consciente de que si no salimos beneficiados suficientemente entonces sí podemos ser un problema.

–Sí, entiendo que sí. Es más, mis condiciones han sido muy generosas y, según me cuenta Daniel, las fijó personalmente Bill. Las vuestras no serán malas, estoy seguro.

En ese momento se sentaba en la mesa junto a ellos una mujer de mediana edad, que a Lex le pareció de buen ver. Se fijó que se sentaba de espaldas a ellos, pero en el punto más cercano. Lo comentó con Victoria, bajando la voz:

–¿No te parece absurdo que se sienten tan cerca? ¡Como si el comedor estuviera lleno!

–Sí, no parece normal.

Baldomero comentó con su compañera que creía que estaban siendo observados por ellos y que tendrían que poner mucho cuidado en su comportamiento. Disimularían hablando de cualquier cosa cuando sus vecinos de mesa tocaran temas intranscendentes. Por lo demás, intentarían captar todo lo que dijeran y memorizarlo. Se trataba de informar con todo detalle a su cliente.

Lex se sentía incómodo. Su intención durante la cena era sondear a Victoria ante la posibilidad de llevarse el chip a otra empresa, pero la presencia de esa pareja lo cohibía. No entendía por qué, pero decidió dejarlo para otro momento haciendo caso de su intuición.

Continuaron hablando sobre el proyecto, pero esta vez de temas técnicos que todavía tenían que discutir. Los detectives, aunque pudieron escuchar casi todo lo que dijeron, no obtuvieron mucha información válida. Se perdían entre tantos tecnicismos.

Ya en la calle, Lex se ofreció a llevar a Victoria a su casa en lugar de ir al centro a recoger su coche. Ella aceptó, agradecida, y Lex aprovechó el viaje para plantear a Victoria la opción que estaba barajando. Lo que Lex no podía imaginar era que, precisamente, su coche sí estaba controlado y un micrófono conectado a una pequeña emisora iba a transmitir su conversación a la agencia.

—En el caso hipotético de que decidiera llevarme el PANDORA fuera de Grandtel, ¿tú me ayudarías?

—¡Vaya, Lex! —respondió Victoria, sorprendida—. No sé, me parece algo complicado y no muy ético, ¿no? —hizo una pausa—. Dependerá de las circunstancias. Tendrías que darme más detalles y estudiar los pros y los contras...; en fin, me parece que tendría que pensarlo mucho.

Se calló por unos instantes. Lex respetó su silencio.

—Además —continuó al cabo de un rato—, Grandtel tiene toda la información. ¿Qué ganaríamos con sacarlo a otra empresa?

—No tienen toda la información. Les falta el diseño de la interfaz que, ¡qué te voy a contar a ti!, ha sido la parte más compleja y aún no está terminada del todo. De hecho, hasta que no resolvamos la última dificultad que encontramos esta mañana no podremos garantizar que el proyecto es realizable, aunque tú y yo sabemos que va a ser fácil, ¿no?

—Estoy convencida. Es cuestión de días.

—Y en cuanto a venderlo a otra empresa..., bueno, entre otras cosas, está el dinero, debemos estar seguros de que todos saldremos bien recompensados. También, claro, el prurito profesional, el reconocimiento del mérito del invento, la participación en las decisiones. Pero creo que todas estas circunstancias no se están dando. Como ya te he dicho, mis condiciones aparentan ser muy buenas. Sin embargo, y esto solo lo sabes tú, las vuestras parece que quieren recortarlas... antes de que las conozcáis.

—¿Qué?

—Así es. Me llamó Daniel justo antes de convocaros y me pidió que esperara. Bill estaba poniendo pegas a nuestra proposición.

—Eso no me gusta... ¿qué habías propuesto?

–Permíteme que no te lo diga aún.

–Pero, jefe...

–Ya, ya lo sé, y tienes toda la razón si me lo exiges. Pero, por favor, espera un poco. Te prometo que lucharé por vosotros.

–No lo dudo, pero podías adelantarme algo...

–Ten paciencia, Victoria, y confía en mí. Sé que es muy importante, pero hay otras cosas. Tengo la impresión de que están planeando algo que no me huele bien y que me estoy jugando la oportunidad de mi vida. La idea ha sido mía y estoy dispuesto a sacarle el máximo partido. Para mí, para ti y para todo el equipo, no lo dudes.

–Me asustas, Lex.

–Supongo, pero ¿por qué crees que te propongo todo esto?

–Nunca imaginé nada parecido. ¿Y cómo vas... o vamos a hacerlo? Nos podemos meter en un buen lío.

–Sí, eso es seguro. De todas formas, estamos hablando de una situación hipotética que no sé si se llegará a dar. Si lo que me han prometido se cumple, mi situación va a ser muy buena en la empresa y mis emolumentos muy importantes. Y espero que los vuestros también, en ello estoy. Pero si ocurriera algo, quiero saber si estás conmigo. Tú eres pieza clave en el PANDORA y sin tu colaboración cualquier alternativa sería complicada. No imposible, pero sí difícil. No creo que existan muchos ingenieros con tu facilidad para el diseño –la miró de reojo intentando captar si su adulación tenía algún efecto–. Tú has desarrollado los algoritmos a partir de mi idea y lo has hecho rápido y aparentemente bien. Lo sabremos cuando lo probemos, pero, hasta ahora, todo parece indicar que... funcionará.

–Estamos llegando, Lex –le interrumpió–, es en esa esquina a la izquierda.

–¿Quieres que tomemos una copa y sigamos hablando? –dijo Lex mientras bajaba del coche.

-No, gracias. Ha sido un largo día y lo que me propones es muy delicado. Tengo que pensar en ello con tranquilidad, necesito tiempo.

-Tampoco te pido que me respondas ahora, Victoria. Sólo quería saber tu posición. Puedo esperar. Por cierto, nadie más sabe de esto. Que quede entre tú y yo.

-Claro, puedes confiar en mí.

-¿Tienes la copia de la interfaz?

-Sí, tengo el original y la única copia la tienes tú en la cinta que te di. No hay rastro en ningún otro sitio.

-Bien, hasta mañana. Gracias por tu tiempo.

-Hasta mañana.

Viernes, 28 de abril de 1995

ESTANISLAO Benítez era el director de la agencia ByE en Cádiz y responsable de la investigación sobre Lex. Cuando escuchó la grabación que habían hecho la noche anterior en el coche de Lex, llamó inmediatamente a su jefe americano y lo puso al corriente. Frank Kirpatrick, a pesar de lo intempestivo de la hora –eran casi las tres de la madrugada en Boston–, llamó a Bill y le contó lo que Lex tramaba. Le informó también de que el diseño de la interfaz aún no estaba listo, aunque, al parecer, debía quedar muy poco tiempo, y que de él solo existían dos copias que tenían cada uno de ellos.

Bill se puso inmediatamente en contacto con Daniel.

–Al parecer –le dijo–, Lex está terminando el diseño de la interfaz. ¿Por qué no estoy informado?

–¿Cómo lo sabes?

–Eso no importa ahora, el hecho es que lo sé. ¿Por qué no disponemos ya de una copia?

–Bill, ya nos anunció que necesitaba al menos un mes y aún no ha transcurrido. No había pensado en pedirle una copia de lo que ya han hecho, pero lo haré en cuanto terminemos de hablar.

–¿LEX? –preguntó Daniel cuando le pasaron la comunicación.

–¿Qué hay, Daniel?

–¿Cómo va todo?

–Bien, avanzando según lo previsto.

–Hablé ayer con Bill –no quiso decirle que había sido ese día a las tres de la madrugada, hora de Westwood– y se muestra preocupado por el componente que aún estáis diseñando. ¿Cómo va?

—En tres semanas quedará finalizado, espero. Está siendo más complicado de lo que habíamos previsto. De todas formas, el martes estoy por ahí y te daré más detalles.

—¿Puedes traerte una copia de lo que ya tengáis?

—No tiene mucho sentido sin haberlo terminado. Cuando esté, tú serás el primero en saberlo y te daré, claro, el diseño mismo.

—Bueno, esto entre nosotros, pero el presidente está nervioso y quiere una copia de lo que hayáis hecho hasta ahora, y la quiere ya. ¿Me la puedes enviar?

—Prefiero llevártela yo, es más seguro. El martes la tienes, pero es absurdo. Tranquiliza a Bill y pídele algo de paciencia.

Lex llamó a Victoria a su despacho. Le contó la petición de Daniel y discutieron la forma de satisfacerla sin darles el diseño en su estado actual.

—Si me das el día de hoy, puedo utilizar el primer intento que hicimos y maquillarlo un poco. Si recuerdas, anduvimos muy despistados al principio y tuvimos que rediseñarlo partiendo prácticamente de cero. Lo que habíamos hecho hasta entonces no llegaba a ninguna parte. Si lo que pretendes es ganar tiempo, de esta forma los mantendremos ocupados unas semanas, hasta que descubran que no vale para nada. Pero piensa en las consecuencias.

—Bueno, siempre podemos decir que nos dimos cuenta de que no funcionaba y tuvimos que comenzar de nuevo. Y que no lo dijimos hasta estar seguros de que el nuevo camino era el correcto. Me valdrá así.

—Como quieras. Lo tienes hoy, pero muy a última hora. ¿Cuándo te vas?

—Saldré mañana en el primer avión, tienes tiempo.

Lex no había encontrado excusa esta vez para no pasar con su mujer el fin de semana. Un fin de semana largo, pues el lunes, 1 de mayo, era fiesta nacional.

Lex tuvo que renunciar a salir con Julia esa noche y tuvo que cambiar de nuevo el placer por el trabajo. Revisó lo que había hecho Victoria y llegaron finalmente a darle la forma que pretendían. Dedicó parte de la noche a preparar la reunión con Daniel y estudió cuidadosamente los argumentos a utilizar.

Sábado, 29 de abril de 1995

LLEGÓ a Madrid en el primer avión de la mañana del sábado y fue directamente a su casa.

–Entre viajes y trabajo no hay manera de estar contigo últimamente –le dijo Clara mientras le daba un beso en la mejilla.

Acababa de salir de la ducha y llevaba puesta una fina bata de seda que se le ajustaba a su cuerpo aún húmedo. Lex deslizó sus manos por su espalda, sintiendo su desnudez bajo la fina tela y recordando que había pasado ya mucho tiempo sin que hicieran el amor. Clara se estremeció e, instintivamente, hizo un gesto de rechazo, apartándose ligeramente de él. Seguía un poco resentida y quería hacérselo notar. Lex insistió con prudencia y a punto estuvo de abandonar ante las sucesivas negativas de su mujer, pero se dio cuenta de que eran cada vez más débiles. Clara hubo de reconocer que el Lex de esa mañana parecía otra vez el de siempre y su resistencia sucumbió cuando su marido comenzó a expresar su deseo como siempre le gustaba hacer: acariciando firmemente su espalda y rozando el costado de sus senos con las palmas de sus manos.

–¿Comemos algo antes? –susurró Lex mientras le mordía el lóbulo de la oreja–. Vengo hambriento.

–Pues te aguantas. ¡Haber desayunado en el avión!

La cogió en brazos y la llevó hasta el dormitorio después de golpearle la cabeza contra el quicio de la puerta y derribar con el codo un jarrón de la estantería del distribuidor. Tiró literalmente a Clara sobre la cama cuando se le caía de los brazos, cayendo sobre ella con todo su peso.

–¡Has perdido práctica! –le dijo Clara entre risas y los dos estallaron en una carcajada, mientras Lex intentaba desnudarse con toda celeridad, haciéndolo cada vez más torpemente.

Lex observaba con ansiedad el cuerpo de su mujer, que había quedado al descubierto al abrírsele la bata. En el recorrido se detuvo en sus ojos, mirándola fijamente, y reviviendo aquella pasión que siempre había sentido por ella y que en las últimas semanas había quedado muy en segundo plano, casi en el subconsciente, por causa de Julia.

De nuevo Lex volvió a tener sentimientos encontrados. Habían hecho el amor como hacía mucho tiempo y se habían colmado de placer. Pero, a pesar de todo, no conseguía borrar de su pensamiento a Julia, que se le había grabado en lo más profundo y le absorbía por entero. "Esto es una locura", pensaba, "Clara no se lo merece...".

Mientras desayunaban, Lex la puso al corriente de la situación. Le contó la negativa de su equipo a desplazarse a los Estados Unidos por tanto tiempo, postura que tendría que defender en la próxima reunión con Daniel.

–La reunión del martes es importante. Espero que me confirmen los beneficios que van a obtener del chip todos mis colaboradores. Aunque ya estaban aprobados, parece que a última hora el presidente se ha echado atrás. Y tendré que pelear duro para convencerlos de que podemos hacer el trabajo aquí. Una respuesta negativa confirmará mis temores.

–Ten confianza, Lex. Tus condiciones son muy buenas y a lo mejor consigues el resto y no tienes que pensar en otras alternativas.

–Es posible. Ojalá. Bueno, dejemos el tema. Este fin de semana es largo... ¿te has dado cuenta? Tenemos tres días para nosotros...

–Sí, ve pensando en algo sugerente que proponerme. Yo, ahora, me voy a la cama. Apenas si dormí esta noche, ¡tuve una guardia horrible!

–Pues no se te notó. ¡Estuviste espléndida! –dijo Lex, levantándose y besándola cariñosamente.

Martes, 2 de mayo de 1995

DANIEL lo estaba esperando cuando llegó a la oficina el martes a primera hora. Lo notó nervioso.

–¿Traes la copia de la interfaz?

–Sí, te dije que la traería. Pero, ¿qué pasa?, ¿por qué tantas prisas? Estamos hablando de unas pocas semanas y tendremos el diseño completo. Lo que tenemos ahora no sirve de nada hasta que no lo terminemos.

–Sabes la importancia que da Bill a todo el proyecto. Él es consciente de lo que va a suponer a Grandtel y quiere tener todos los cabos atados. Vaya por delante que reconoce tu mérito y, como has visto, no va a escatimar ni esfuerzo ni dinero para que todo salga bien y tú obtengas pingües beneficios. Pero empieza a estar intranquilo por las fechas. Aunque no lo expresó directamente, creo que también está preocupado porque no cree que tú y tu equipo seáis capaces de desarrollar el diseño completo. Piensa que él tiene mejores ingenieros en Westwood y quiere que participen ya.

–Pues no estoy de acuerdo en absoluto. Ya se lo dije en la última reunión. No aceptaré que se asignen otros técnicos que los míos al proyecto. A lo sumo, y según lo acordado, permitiré la presencia de Ben, y como subdirector, pero nadie más. Una vez diseñado completamente, entrarán los técnicos del laboratorio para construirlo. Los que tenemos en el centro son tan buenos como los demás. La dirección es mía y pienso llevarla hasta las últimas consecuencias.

–Tendremos que emplearnos a fondo para convencerlo... Bien, de momento le diré que tengo la interfaz, aún inconclusa, y se la llevaré. Salgo el domingo para allá.

–Otro tema, Daniel, ¿qué ocurre con las condiciones de mi gente? Creí que ya estaban aprobadas y cuando hablamos antes de ayer estaba a punto de comunicarlas.

–Sí, efectivamente. Pero Bill me las ha recortado a última hora. Estas son las nuevas –le contestó Daniel acercándole una carpeta.

Lex se concentró durante unos minutos en el documento, haciendo movimientos de negación con la cabeza según iba leyendo. Cuando terminó, dijo:

–Daniel, no lo entiendo. Estás recortando en más de un cincuenta por ciento las condiciones pactadas. Me parece impresentable. ¿Qué le pasa a Bill?

–Es su decisión, Lex. Ya discutí con él y no da su brazo a torcer. Esas son las nuevas condiciones. Y hay más: me llamó ayer y quiere que os vayáis inmediatamente a Westwood.

–Bueno, ese es el otro tema que quería discutir contigo. Mantuve una larga reunión con todos y es decisión unánime quedarnos en el centro.

–¿Cómo?

–Quiero que apoyes nuestra postura, Daniel. Hemos modificado el plan de seguridad para contemplar todos los riesgos, incluso de actuaciones personales, y estamos dispuestos a cumplirlo al pie de la letra. Garantizamos que no habrá ninguna fuga ni imprudencia y que el proyecto será mantenido en el más absoluto secreto. Aquí tienes el plan –le entregó una copia–. Léelo y lo discutimos.

–Lex, no podemos negarnos a esto. Lo habías aceptado cuando presentamos el proyecto a Bill y él está empeñado en que sea así.

–Yo no lo acepté al ciento por ciento. Dije que lo hablaría con mi equipo y que intentaría convencer a todos. No quiero hacer uso de ello, pero sabes que nuestro contrato define Cádiz como lugar de trabajo. Legalmente la empresa no puede cambiarlo unilateralmente.

–Ya sabemos eso, pero las contrapartidas que la empresa ofrece son muy altas. No se escatimarán gastos.

–Eso me dijiste, pero habéis empezado recortando los incentivos a mi gente. ¿No ocurrirá lo mismo con lo demás? Por ejemplo, ¿mantendréis mis condiciones?

–Claro, Lex, eso está firmado.

–Sí, pero... –dudó un instante– lo vamos a firmar ante notario. No quiero sorpresas.

–No creo que a Bill le guste.

–Me trae sin cuidado. Así, de paso, se entera de que no me fío.

Daniel no respondió. Se le quedó mirando, produciéndole a Lex la impresión de que estaba imaginando la reacción de su jefe.

–Daniel –continuó Lex–, tengo la sensación de que hay algo raro. No me gusta nada lo que está ocurriendo. Estoy aportando un auténtico tesoro a Grandtel, pero empiezo a ver dificultades en temas que yo creo que son menores. Insisto, el proyecto es mío, yo soy el director y tendrán que considerarse mis decisiones. Prefiero ir por las buenas. Discútelo con Bill. Si es necesario, vamos allí de nuevo. O, mejor, ¿por qué no le propones que venga él? En el centro podemos presentarle las medidas de seguridad tomadas y la situación del proyecto. Es posible que así acepte la situación.

–Está esperando mi llamada para comunicarle que ya tengo el diseño que falta –prefirió ignorar el resto de los comentarios de Lex. Empezaba a sospechar que, efectivamente, algo ocurría y que él no estaba al tanto de todo.

–Pues propónselo. Resumiendo, esta es la situación: no aceptamos dejar el centro, yo no acepto el cambio de beneficios para mi gente y quiero firmar mis condiciones ante notario.

–Bien, así lo haré. Todavía es muy temprano al otro lado del Atlántico. Llamaré en un par de horas. Mientras, me leeré el plan de seguridad y prepararé los argumentos. Pero no creas que vas a ganar, ya sabes que Bill es muy cabezota... y es el jefe y accionista mayoritario de Grandtel.

DANIEL llamó a Bill a las ocho, hora de Boston, aunque no creía que ya hubiera llegado. Sin embargo, Bill estaba en su despacho desde hacía más de una hora, según le dijo.

Le resumió la conversación con Lex, comenzando por decirle que ya tenía el diseño de la interfaz. Bill lo escuchó sin interrumpirle.

–¿Has terminado?

–Sí, eso es todo.

–Pues mi respuesta es no a cada una de las peticiones. Tú, Daniel, ya lo sabías. Te di instrucciones muy claras. ¿Por qué no ejerces de director? De mensajero no te necesito. Tienes hasta mañana para asegurarte de que todos están aquí en quince días. Te espero el lunes con el diseño de la puñetera interfaz bajo el brazo.

–Pero...

Bill había colgado. Daniel no tuvo la más mínima oportunidad de convencerlo, ni siquiera de invitarlo a venir a España para que viera por sí mismo el avance del proyecto y las garantías de seguridad. No sabía cómo iba a decírselo a Lex. Pensaba en ello cuando sonó el teléfono.

–¿Daniel? ¿Hablaste con Bill?

–Sí –decidió sobre la marcha decírselo ya; por teléfono era más cómodo–. No acepta nada. Lo siento, Lex.

LEX, tras la conversación con Daniel, salió de la oficina y deambuló con su coche por medio Madrid casi sin saber por dónde iba. Estaba enfadado y preocupado. No entendía la cerrazón de su presidente y, de momento, no quería lanzarse a la lucha abierta. Quería tratar las cosas por las buenas, pero no parecía que fuera posible.

Llegó a casa a las nueve y media de la noche. Clara lo esperaba antes y lo recibió con la alegría lógica de quien siente un gran alivio. Había llamado varias veces a la oficina y no le supieron decir dónde podía estar.

–¿Salimos a cenar? –preguntó Lex con aire ausente y semblante serio, sin participar de los besos que le daba su mujer ni responder a las preguntas que le hacía.

–Vamos –respondió Clara, sin más comentarios. Lo conocía bien y sabía que era preferible esperar un rato. Si algo le había pasado, terminaría por contárselo.

Fueron andando a un restaurante cercano a su casa, donde solían ir con frecuencia. Durante el paseo permanecieron en silencio, cogidos del brazo, Lex absorto en su problema y Clara pensando en qué podía haberle ocurrido.

No observaron que una pareja los seguía a corta distancia, ni que se sentaba en una mesa cercana a la suya en el restaurante.

Tras pedir sus platos preferidos, Lex le contó con todo detalle la situación en aquellos momentos. Ella le escuchó con atención, preocupándose por el cariz que tomaban las cosas.

–No me cuadra que sean tan espléndidos conmigo y luego recorten tanto a los demás. También me preocupa que Bill no acepte firmar ante notario mis condiciones. ¡Tiene que haber gato encerrado!

–O no, Lex –Clara intentó calmarlo–. Tienes que entender su postura. Está cabreado por tu negativa a ir a Boston y, como consecuencia, no quiere ceder en otras cosas. Te está echando un pulso en lo que él considera lo más importante. Estoy segura de que, si aceptas el traslado, firmarás ante notario lo que quieras.

–Sí, es posible, aunque en estos momentos desconfío. Y no sé qué voy a hacer. Yo puedo convencer a todos de irnos para allá, pero soy yo mismo el que no quiere mudarse. Es mucho tiempo para estar separados –pensó en Julia–. Además, en el centro tenemos las condiciones idóneas para desarrollar el chip, los técnicos asignados al proyecto son de primera categoría y estando aquí tendremos mucha más libertad para diseñarlo como queremos. No me gusta la injerencia de los americanos, que se creen todos muy listos.

–Tú verás, Lex. ¿Qué otra alternativa tienes?

Los dos detectives, hombre y mujer, que estaban en una mesa próxima, intentaban por todos los medios escuchar la conversación, pero hasta entonces no habían conseguido entender mucho de lo que hablaban. En ese momento, un numeroso grupo de comensales cercano a ellos abandonó el restaurante y el nivel de ruido bajó considerablemente.

–Tengo todavía un as en la manga –respondió Lex–. Es el diseño de la interfaz. Aún no lo hemos terminado, aunque ya nos queda muy poco. Ahora estamos seguros de que funcionará. La copia que he entregado a Grandtel no es la última; es más, les he dado el primer diseño que hicimos, que no es correcto. Tardarán mucho tiempo en darse cuenta y les costará diseñarla a partir de ahí.

–¿Qué pasará cuando lo descubran?

–Supongo que nada. Nos dirán que la interfaz no funciona y que hemos de diseñarla de otra forma. Discutiremos, aceptaré su veredicto y seguiremos trabajando. Pero habremos ganado un tiempo que en estos momentos es precioso. Y, para entonces, a lo mejor he decidido vender el invento a otra empresa. Aunque eso será complicado.

–Yo no quiero inmiscuirme en tus decisiones, Lex, porque, entre otras cosas, siempre has decidido lo mejor. Pero ahora te veo confuso y dubitativo. Creo que tienes razón al decir que hay cosas que huelen mal y que te lo están poniendo difícil. Solo te pido que, tomes la decisión que tomes, la medites suficientemente y consideres tu carrera profesional, ante todo. El dinero es importante, pero tampoco nos va mal ahora y no necesitamos tantísimo. Por otro lado, si te vas finalmente a Boston, tampoco es tan grave. Un año pasa rápido y podemos vernos, aquí o allí, una vez cada dos meses. Yo puedo organizarme de manera que pueda tomarme una semana de vacaciones cada ocho o diez, combinando las guardias con otros compañeros.

–Sí, sí, pero no es eso. Y el dinero, en este caso, es importante, muy importante. He tenido una idea genial y no estoy dispuesto a perder la gran oportunidad de mi vida. Pero tampoco quiero ceder por ello.

La conversación continuó girando sobre el mismo tema hasta que llegaron a los postres. Clara se levantó para ir al cuarto de baño. Mientras volvía, Lex pensó en las dos, reconociendo internamente que hablar con Clara le ayudaba mucho y ella le demostraba, una vez más, cuánto confiaba en él y cómo lo quería. Con Julia era distinto, la atracción estaba basada fundamentalmente en el sexo y lo demás parecía secundario. Mientras sus pensamientos pasaban de una a otra, le llamó la atención la actitud de las dos personas que cenaban en una mesa cercana y que le parecía haber visto callados durante toda la cena. Curiosamente habían terminado ya el café y permanecían los dos como tumbas. "¡Vaya ganas de salir a cenar   –pensó– para no cruzar palabra!" Le recordó la cena con Victoria, con aquella pareja próxima en actitud parecida, pero pensó que sería mera casualidad.

–Te invito a una copa –dijo Lex cuando Clara regresó.

–Vale, pero antes déjame tomar algo de postre.

Mientras lo servían, Clara le preguntó cómo estaba su casa de Cabo Zambra. Lex respondió, con entusiasmo, cada una de sus preguntas y acordaron que el próximo fin de semana se verían allí. Ya vería qué hacía con Julia.

Cuando salieron del restaurante, los perseguidores fueron tras ellos a una distancia prudencial. Al verlos entrar en un pub, decidieron no correr riesgos y esperarlos fuera. Allí sería imposible oír nada de lo que dijeran. El hombre fue a buscar el coche y, cuando los dos se acomodaron dentro, llamaron a Estanislao para informar lo que habían oído que, aunque no había sido mucho, les había parecido importante.

–¿Y por qué no habéis grabado toda la conversación? –preguntó Estanislao, enfadado, tras escuchar lo que el hombre le decía–. ¿No os dije que pusierais un micro en el bolso de la mujer?

–Y así lo hicimos, pero ella salió sin bolso. No pudimos reaccionar a tiempo y en el restaurante era imposible grabarles en vivo.

Estanislao tomó nota de todo y se puso en contacto inmediatamente con Frank Kirpatrick.

Miércoles, 3 de mayo de 1995

FRANK no consiguió localizar a Bill hasta que regresó de un viaje a Chicago, al día siguiente a media mañana, cuando en España eran ya casi las seis de la tarde. Lo llamó a la oficina.

–Te dije que no llamaras aquí. ¿Qué pasa?

–Las cosas se precipitan, creo –respondió Frank y le relató la conversación que habían oído sus muchachos.

–Bien, adelante con el plan "B". Y conseguidme el diseño bueno. La copia es vital, así que no pongas el plan en marcha hasta encontrarla.

Jueves, 4 de mayo de 1995

LEX volvió a Cádiz el jueves por la mañana. Fue directamente al centro, desde donde llamó a Julia por teléfono. Quedaron en verse esa misma tarde en la casa de Cabo Zambra.

Reunió a su equipo y le transmitió la conversación con Daniel. Bill no aceptaba otra cosa que no fuera mudarse a las oficinas de Westwood hasta que el diseño estuviera acabado del todo y el laboratorio fabricara el primer prototipo. Tenían quince días.

–En cuanto a vuestras condiciones económicas, todavía no son firmes. Bueno, para ser exactos, las que se habían definido inicialmente, siguiendo mi propuesta, han sido recortadas en el último momento. No lo he aceptado y espero nuevas noticias.

–¡Vaya! –comentó Andrés–. Pero puedes decirnos algo, ¿no? Estamos impacientes.

–De acuerdo, os comunicaré lo que está aprobado. Contad con que estoy peleando por conseguir mi propuesta.

Se reunió con cada uno y les detalló los incentivos que iban a recibir. A todos les parecieron buenos, pero insuficientes, influenciados sin duda por lo que Lex había manifestado como su intención.

Durante el resto de la mañana, Lex trabajó con Victoria en la interfaz y trataron de solucionar el aparentemente último escollo técnico.

–¡Terminamos! –dijo triunfante Victoria– ¡Ya funciona, estoy segura!

–Voy por el cava.

–Lex.

–¿Sí?

–Has estado brillante. He de reconocer que aún sirves para esto... –le dijo con sarcasmo–, a pesar de ser jefe. Lo que queda ya lo termino yo, son solo pequeños detalles.

Tras brindar, le puso al corriente de la situación y le pidió que pensara en tomar una decisión antes de una semana.

–Ahora preparemos una copia completa, pero falsa, del chip, interfaz incluida. Dejas una en tu casa y yo me llevo la otra. De la versión buena, dejas una copia en la caja de seguridad y yo me llevo otra.

Cuando salió a comer a un restaurante próximo a la oficina, le pareció ver al hombre que, con una mujer, cenaba hacía varias noches en una mesa al lado de la que ocupaba con Victoria. Le extrañó tanta casualidad y se dispuso a seguirlo. Baldomero, que se bajaba de su vehículo en ese momento, al observar que Lex lo miraba desde media distancia, intentó disimular abriendo de nuevo la puerta, sacando un paño y comenzando a limpiar el parabrisas del coche. Lex permaneció en la acera de enfrente, paseando a lo largo de la manzana, pero sin quitar ojo al hombre. Baldomero terminó de limpiar el cristal y, sin saber qué hacer, se metió de nuevo en el coche a observar lo que hacía Lex. Este paseó durante un rato más y, viendo que el otro permanecía en su vehículo, optó por entrar de nuevo en el centro y sacar su coche. Si se movía lo necesitaba para seguirlo. Baldomero lo vio entrar y, cuando salió al cabo de un rato, puso el motor en marcha. Lex aparcó detrás de él. Desconcertado, esperó unos segundos y finalmente arrancó. Comprobaría qué estaba pasando, aunque tenía toda la sensación de haberse convertido en cazador cazado. Se dirigió a Puerto Real, el pueblo más cercano, y recorrió algunas de sus estrechas calles sin quitar ojo del espejo retrovisor. Efectivamente, Lex lo seguía. Llamó a la agencia y le contó a Estanislao, balbuceando, su ridícula situación.

–¡Mierda! –respondió su jefe–. Nos ha descubierto. Intenta despistarlo y te vienes a la oficina. ¡Pero solo si lo pierdes! En caso contrario, métete en un cine o vete de compras, pero no le des más pistas, ¿de acuerdo?

–Sí, jefe.

Baldomero siguió hacia Cádiz y recorrió media ciudad sin conseguir dejar atrás a Lex, a pesar de que el tráfico estaba, como siempre, denso y complicado. Encontró un hueco donde pudo aparcar y pensó que eso le dificultaría la persecución a Lex, cuando viera que no quedaba otra plaza libre en las proximidades. Lex vio la maniobra y pensó que podía perderlo. Aparcó como pudo sobre la acera, en una esquina, y volvió a paso ligero hacia donde el hombre había dejado su coche. No lo vio. Se ocultó en el portal más próximo. Habrían transcurrido unos quince minutos cuando el hombre salió de una cafetería situada a unas decenas de metros de la posición de Lex. Miró hacia ambos lados de la calle y continuó paseando hasta que creyó estar seguro de haberlo despistado. Su oficina estaba a solo unos minutos de allí, así que decidió acercarse para informar a su jefe. Lex esperó hasta ver que la figura del hombre doblaba hacia la derecha por la calle siguiente, en sentido contrario a donde él había dejado su vehículo –"menos mal", pensó– y echó a andar tras él lo más rápido que pudo. Mantuvo la máxima distancia sin perderlo de vista y, aunque el hombre se volvía a mirar atrás de vez en cuando, él se protegía ocultándose entre la gente, o entrando en alguno de los portales que encontraba a su paso. "Sin duda –se dijo– está convencido de haberme perdido."

Baldomero pasó de largo por la puerta de su oficina, después de detenerse unos instantes mirando hacia atrás. Siguió hasta dos calles más allá, disminuyendo sensiblemente su paso. Lex observó el cambio de velocidad y se mantuvo aún más alejado. Cruzó a la acera de enfrente, desde donde podría seguirlo con mayor claridad y, probablemente, con más seguridad. Lo vio cuando entraba en un local comercial y se dirigió hacia allí. El comercio estaba atestado de gente y, cuando consiguió avistarlo de nuevo, Baldomero salía por la puerta que daba a la calle de atrás. Ahí lo perdió.

Volvió a donde había aparcado el coche para esperarlo allí o, al menos, tomar nota de su matrícula. Pero Baldomero había sido más rápido y ya se había ido.

Lex estaba aturdido. No entendía muy bien que hubiera alguna razón para que alguien lo siguiera. Ahora le empezaba a encajar lo de las parejas que se sentaban cerca en los restaurantes. Estaban vigilándolos. Sin duda tendría que ver con el chip, pero se le escapaba el porqué. De mal humor, volvió sobre sus pasos para recoger su coche y se marchó a casa. Al llegar, lo primero que hizo fue registrarla por entero buscando algún micrófono oculto. Encontró dos, uno en el salón y otro en el dormitorio. El teléfono, en cambio, estaba limpio, pero descubrió un interceptor instalado en la caja que distribuía los cables a cada una de las cuatro viviendas más próximas. No le fue fácil encontrarlo. "Esto es obra de profesionales", se dijo.

Estaba claro que lo tenían controlado. Dudó qué hacer. Si destruía los micrófonos iban a saber inmediatamente que era consciente de la persecución. Quizá si los dejaba como estaban podría ganar algún tiempo. Tendría que ser cuidadoso. Es posible que pudiera trasladar los que descubrió en la casa a otras habitaciones que apenas utilizaba, y hacerlo sin provocar sospechas. El teléfono, por supuesto, solo lo utilizaría para conversaciones no confidenciales. ¿Y el coche? En el coche encontró también un transmisor, perfectamente disimulado bajo el salpicadero, a la altura del eje del volante. No sabía si el teléfono móvil podía estar también intervenido. Había oído decir que el sistema analógico era fácil de captar. Contrataría uno digital, la nueva tecnología que acababan de lanzar al mercado, confiando en que la cobertura fuera la suficiente. Tendría que hacerlo sin que se enteraran.

Salió de la casa para comprobar si había alguien vigilándolo. No observó nada extraño en las proximidades y, cuando se disponía a entrar de nuevo, tuvo una idea que podía serle útil en el futuro. Una de las pocas personas que habitaba en Cabo Zambra durante todo el año era notario. Lex no lo conocía mucho, pero se había cruzado con él en algunas ocasiones y estaba seguro de que lo recordaría. Se acercó a su casa, con la esperanza de que todavía estuviera allí antes de volver al despacho que tenía en el pueblo de Nadir, a no más de quince minutos de Cabo Zambra.

Cuando estuvo seguro de que no lo seguían, entró en la parcela y llamó a la puerta. Pasados unos minutos le abrió un hombre de pequeña estatura, con gafas de gruesos cristales y pelo cano revuelto, como si acabara de levantarse de la siesta.

–Perdona que te moleste, Rodolfo. No sé si te acuerdas de mí, pero...

–Sí, sí, claro, Lex. Pasa. Dime.

–Bueno, verás, el caso es que... –dudó, pensando que lo que iba a contarle podía parecer increíble– he encontrado micrófonos en mi casa y en el coche. Y antes de denunciarlo quiero que levantes acta, como notario que eres.

–¡Vaya, Lex! No me quiero meter en tus asuntos, pero ¿a qué se debe? ¿Tienes alguna sospecha?

–No estoy seguro, pero la única razón que puede haber está relacionada con mi trabajo. Estoy desarrollando un proyecto de cierta importancia y... bueno, no sé, no se me ocurre otra cosa.

–Bien, concédeme unos minutos. Salgo en seguida.

–Te espero fuera. Hace una tarde espléndida –dijo Lex y salió a comprobar que no había nadie en los alrededores.

Cuando llegaron a su casa, Lex le enseñó dónde estaban los micrófonos y Rodolfo tomó nota de su situación, describiendo cada uno de ellos hasta en los más mínimos detalles. Lex aprovechó para cambiarlos de sitio, poniéndolos en los dormitorios que no utilizaba. Durante el proceso permanecieron en absoluto silencio, sin hacer el más mínimo ruido.

Ya fuera, hicieron lo mismo con el coche y el micrófono instalado en el cajetín del teléfono. Al terminar, Rodolfo le dijo:

–Yo no soy experto en estas cosas, pero, sin duda, parecen de buena calidad y seguro que son de largo alcance. Deberías denunciarlo a la policía. El asunto parece serio.

–Sí, lo haré –respondió Lex, aunque su intención no era hacerlo todavía, al menos mientras no tuviera más datos.

Esa tarde había quedado con Julia que se iba a acercar a Cabo Zambra a última hora de la tarde. Pensó en cancelar la cita, pero finalmente decidió cambiarla de lugar. Él iría a buscarla a su despacho alrededor de las siete.

BALDOMERO soportó pacientemente la bronca que le echaba Estanislao:

–¡Eres un auténtico incompetente, maldita sea!

–Lo he conseguido despistar. Lo que no entiendo es cómo supo que yo lo seguía. Estaba sentado en mi coche, simplemente.

–Te recordaría de la cena del otro día.

–Es... es posible, pero...

–Ya está hecho. Ahora no podrás volver a aparecer. Si te descubre de nuevo podemos tener problemas. De momento, vigilarás a los demás, pero no se te ocurra acercarte a él. Ponte de acuerdo en los turnos con Antonio y los otros.

A las seis y media recibió la llamada de Frank, que le dio las órdenes de su cliente. Inmediatamente convocó a Baldomero, Antonio y Lucía:

–Las órdenes ahora son capturar el diseño del invento –continuó Estanislao– que, por lo que sabemos, debe estar en poder del tipo y de esa tal Victoria. Tú, Baldomero, irás a casa de ella y tú, Lucía, a Zambra, asegurándoos de que no dejáis ninguna pista. Buscad un disquete, una cinta o un disco magneto-óptico como éstos –y les enseñó un ejemplar de cada uno de los soportes informáticos.

Cuando se quedó solo, Estanislao llamó a García, "el especialista", y lo citó en su oficina. Una hora más tarde se sentaba en su despacho.

–García, tenemos un caso especial, ya sabes, de los que te gustan a ti. Debe parecer un accidente fortuito. Es especialmente importante.

Le contó todo lo que sabían de Lex, sus hábitos y los itinerarios que seguía habitualmente, hasta los más nimios detalles.

–Has de ser muy cauto porque sospechamos que nos ha descubierto –le contó el incidente con Baldomero–. Tienes una semana, no más. Y si es antes, mejor.

García tomó nota de todo y le hizo una serie de preguntas cuyas respuestas le permitieron completar la información que necesitaba. Acordaron el precio.

–Como siempre, un 25 por ciento y la provisión para gastos, ahora. El resto al finalizar.

Viernes, 5 de mayo de 1995

GARCÍA comenzó a trabajar inmediatamente. Repasó sus notas y memorizó todo lo que necesitaba para su trabajo. Temprano, a la mañana siguiente, se acercó a Cabo Zambra en una furgoneta, vistiendo un mono azul de trabajo como si de un fontanero se tratara y dando la dirección de un chalé cualquiera a los guardas de la entrada. Recorrió la urbanización sin perder detalle y se acercó finalmente a la casa de Lex. Estuvo solo unos minutos para no levantar sospechas, aunque las casas colindantes parecían cerradas, y comprobó que Lex aún no había salido o no lo había hecho en su coche, que estaba aparcado dentro de la parcela.

Cuando salía de la calle fondo de saco en la que estaba situada la casa, vio por el retrovisor que su hombre, vestido con un chandal oscuro, montaba en bicicleta y se dirigía hacia donde él estaba. Aceleró cuanto pudo y aparcó dos calles más allá, esperando tumbado sobre los asientos a que Lex pasara. Luego sacó una motocicleta de la furgoneta, se quitó el mono y lo siguió camino de la playa a distancia más que prudencial. Se cruzó con el guardia de seguridad que hacía su ronda periódica en su vehículo. Lo saludó con la mano y siguió su camino.

Lex llegó a la cala de la Gaviota, a la que solía ir últimamente, se desnudó como era su costumbre y comenzó a correr. Había dormido mal y necesitaba como nunca despejarse haciendo un poco de deporte y tomando un baño. La noche anterior había cenado con Julia, pero la tensión del día y la preocupación por lo que había descubierto impidieron que disfrutara de ella como en otras ocasiones. La dejó en casa pronto, con la excusa de que estaba cansado. Decidió no contarle nada para no alarmarla.

No observó que alguien le espiaba desde lo alto del acantilado, adonde miraba de vez en cuando mientras corría, concentrado como estaba en sus pensamientos. "Tengo que tomar una decisión, pero no sé cuál es la correcta –se decía–. Si lo denuncio a la policía, probablemente no consiga gran cosa; necesito pruebas de quién lo hizo y aún no tengo datos concluyentes. Puedo decírselo a Daniel, pero a lo peor él está en el ajo; no es su estilo, pero... ¡quién sabe! De todas formas, ¿qué pretenden? Ya deben saber que estoy estudiando la posibilidad de llevarme el chip, pero ¿qué pueden hacer? Es claro que no se fían de mí, habré de tomar precauciones."

García lo estuvo contemplando un rato, hasta que se metió en el agua. Recorrió andando parte del camino que llevaba a esas calas, buscando un sitio donde esconder la motocicleta. Lo encontró en un pequeño bosque de eucaliptos, unos quinientos metros más allá. Volvió sobre sus pasos y la ocultó allí. Esperó a que Lex se fuera para bajar a la cala de la Zarca, la siguiente a la de la Gaviota en dirección a Nadir. Las rocas que separaban una y otra eran ideales para esconderse y poder observar desde allí sin ser visto. Las estudió con detenimiento y lo mismo hizo con las que estaban al otro lado, que comunicaban con la cala de la Roca. No sabía cómo estaría a otras horas, pero a esas toda la zona estaba absolutamente vacía. Lex sería presa fácil si, como le aseguró su cliente, iba a correr allí todas las mañanas. Permaneció un par de horas más en las calas preparando la táctica que emplearía y estimando el tiempo que podría necesitar.

Lex apareció por el centro algo tarde esa mañana para lo que era su costumbre. Se había detenido en una tienda de telefonía móvil después de despistar a su perseguidor, para lo cual tuvo que recorrerse, primero en coche y luego a pie, media ciudad de San Fernando. Adquirió tres aparatos, todos GSM, después de que le aseguraran que prácticamente toda la provincia estaba bajo cobertura.

Decidió no contar a nadie nada de lo que había descubierto. No quería intranquilizar a su gente de momento, aunque, si más adelante fuera necesario, lo utilizaría para enfrentarlos a la empresa.

Salió tarde de la oficina y se fue directamente a buscar a Julia, no sin antes intentar perder a sus vigilantes, esta vez sin éxito. "Deben ser más expertos que los de la mañana", pensó.

Julia le pidió que pasara la noche con ella.

–Quédate. Te veo cansado. Puedo preparar algo de cena si no quieres salir y luego... –dudó, ruborizándose por su atrevimiento–, luego nos duchamos juntos.

–Bueno, la oferta es muy buena –respondió Lex, intentando sonreír–, pero, de momento, solo te acepto la cena, gracias.

Lex seguía absorto en sus pensamientos y apenas si habló durante la comida, a pesar de los esfuerzos de Julia que lo intentó sacando mil temas distintos, sin que ninguno de ellos pareciera interesar a Lex, que se limitó a responder con monosílabos.

–¿Qué tal hoy? –preguntó, interrumpiendo lo que Julia decía en ese momento.

–Bueno, el día ha sido un poco horrible. Me levanté de mal humor, quizás porque ayer no quisiste hacerme caso... –lo miró para ver su reacción, pero Lex no se inmutó–. Tuve consultas durante toda la mañana, pero hay días en que una no está para dar consejos y hoy ha sido uno de ellos. Creo que lo pagué con uno de mis pacientes. El pobre está pasando por un período depresivo del tipo que nosotros denominamos endógeno, cuando no se conoce ningún hecho externo concreto que haya podido producirlo. En estos casos, habitualmente terminas descubriendo que la depresión sí la disparó una determinada situación, a veces sin importancia, y que no justifica el estado en que uno se sume. Es muy común en el hombre a la edad de cuarenta y tantos. Pierden el horizonte, se vuelven absolutamente inseguros y suelen creerse culpables de todo lo malo que sucede a su alrededor. En ocasiones, es una crisis de madurez y está provocada por un pequeño fracaso profesional o familiar que no se ha asimilado en su correcta dimensión. El hombre que me visita falló en una venta de cierta importancia para su empresa y cree que eso fue el detonante. Pero, en mi opinión, es un detonante falso, pues hemos analizado las causas por las que la operación se perdió y ninguna parece achacable directamente a él, aunque él no está de acuerdo. Dice que pudo esforzarse más y que no lo hizo. Hemos discutido. Le he preguntado, casi gritando, si se considera responsable de que, por ejemplo, su empresa fuera comprada por uno de sus competidores, hecho que sucedió en las mismas fechas, más o menos, y que tuvo que ver con la venta fallida. No ha sabido darme razones y ha vuelto a mantener que la venta era solo de su responsabilidad. Le he mandado a paseo, prácticamente. ¡No puedo con esas obstinaciones gratuitas! Aunque reconozco que esta vez me he pasado, a lo mejor le ha venido bien la bronca... no sé.

El monólogo siguió durante el resto de la cena. Lex la miraba sin escucharla, pensando que le estaba soltando un rollo horrible, pero admirando la paciencia que tenía con él. Cuando terminaron de cenar, la ayudó a recoger la mesa dejándole a ella que terminara con la cocina. Aprovechó entonces para buscar algún micrófono oculto en el salón. Suponía que habían intervenido también la casa de Julia. Y, efectivamente, lo encontró en la librería, detrás de unos libros. "¡Qué torpes!", pensó. Revisó también el dormitorio, pero allí no vio nada. Si lo había, esta vez estaba muy bien escondido.

Julia no estaba dispuesta a dejar que Lex se le escapara como el día anterior. Hacía tiempo que no disfrutaba de él y esa noche se había propuesto conseguirlo. Además, lo veía triste y sentía que era su obligación animarlo. Se sentó en sus rodillas de sopetón y lo besó ardientemente. Lex la dejó hacer, pero, si bien su cuerpo comenzó a reaccionar tímidamente, su mente estaba en otro sitio. Julia insistió. Sabía que la frialdad de Lex se volvería fuego cuando le mostrara su cuerpo solícito. Lo arrastró al cuarto de baño mientras, sin dejar de besarlo, se fue quitando la ropa. No se equivocó. Al ver sus senos desnudos, Lex comenzó a acariciarlos, con cierta desgana al principio, pero, poco a poco, su interés creció hasta terminar acariciándola con auténtica fruición por todo su cuerpo.

El baño era de grandes dimensiones, desproporcionado, quizás, con el resto de la casa. En él cabían cómodamente dos personas y tenía instalado un sistema *jacuzzi* que soltaba agua a presión por los laterales y aire por el fondo. Julia lo había puesto en marcha a la temperatura adecuada un rato antes de que llegara Lex, pensando sin duda en que lo utilizarían.

"Hay que reconocer que esta mujer sabe lo que quiere", pensó Lex, contemplando el cuerpo espléndido de Julia cuando se introducía en la bañera. Él la siguió y dejó que Julia, sentada sobre sus piernas, le diera unos masajes que definitivamente le relajaron y le hicieron olvidar por unas horas los preocupantes acontecimientos de esos días.

Sábado, 6 de mayo de 1995

SE levantó nuevo a la mañana siguiente y con las ideas mucho más claras. Terminó por contarle casi todo a Julia. Sólo le ocultó la situación real del chip y sus últimas intenciones, advirtiéndole de la existencia del micrófono.

–Así que ten cuidado. Si traes otro amante a tu casa –le dijo con buen humor–, puede que me entere algún día... tan pronto como descubra quiénes son los que nos vigilan...

EL robo de los CD-Rom que contenían el diseño fue fácil, tanto en casa de Victoria como en la de Lex. Estanislao informó rápidamente a Franky de que habían conseguido encontrar lo que buscaban y lo envió por el procedimiento más rápido a Estados Unidos. La orden de ejecutar el plan B fue inmediata, tras comprobar las fechas de las copias, que Lex había grabado con fecha del viernes, pero con diseño falso.

POR la tarde, cuando Lex llegó a Cabo Zambra, se acercó a casa del notario. Dentro de la urbanización creía que no era perseguido, pues no había observado a nadie extraño en las proximidades de la casa y no tomó demasiadas precauciones. Le contó las últimas novedades y recogió el acta que Rodolfo había levantado dos días antes.

–Muchas gracias, Rodolfo.

–¿Qué vas a hacer?

–Aún no lo he decidido. Pero tendré que acudir a la policía, supongo. Aunque me temo que no consiga gran cosa. Los denuncio y ¿qué? ¿Podrán encontrar a quien me persigue? Sólo tengo la descripción de ese tipo.

–Conozco a un comisario de policía que podría ayudarte. Es un buen tipo y me es de toda confianza. Le he hecho algunos favores y estoy seguro de que querrá colaborar si se lo pido.

–Muchas gracias, déjame pensarlo. Te llamo, ¿de acuerdo?

Le estrechó la mano y se dirigió a su casa. Cuando entró en el salón le pareció que alguien había estado allí, pues descubrió algunas cosas fuera de su sitio. La fotografía de Clara estaba en una balda del estante que no era la habitual, los tomos de la enciclopedia británica aparecían algo desordenados y los trofeos que había ganado cuando jugaba al *squash,* y que estaban dispuestos en una de las estanterías delante de otros libros, los encontró girados, con las placas hacia uno u otro lado, y no hacia el frente como normalmente él las ponía. Fue a su despacho y revisó los cajones de la mesa. "Bien, se han llevado el diseño malo que preparamos ayer. ¡Estupendo! Apañados van. ¿Y Victoria?".

La llamó inmediatamente, aun sabiendo que podía ser escuchado. Aún no podía utilizar los teléfonos nuevos que no tendrían conexión hasta el día siguiente. La encontró en el centro.

–¿Vas a estar mucho rato?

–Sí, pensaba quedarme hasta tarde, ¿por qué?

–No, nada especial, voy para allá.

–VENGO a echarte una mano – dijo cuando entró en su despacho de la cámara–. No es justo que tú estés trabajando y yo por ahí sin hacer nada –respondió, ocultándole de momento sus verdaderas intenciones. No creía que la cámara estuviera intervenida, pero por si acaso prefirió decírselo en un lugar seguro.

Un par de horas más tarde dejaron la oficina y fueron a tomar unas tapas a uno de los bares más conocidos de la zona. Lex pensó que allí, con tanta gente, sería difícil que sus perseguidores pudieran oír algo de lo que tenía que decirle. Le contó la situación real, con todo detalle. Le advirtió que tendría micrófonos ocultos en su casa, su teléfono estaría intervenido y que probablemente la habían registrado buscando la copia de la interfaz.

–Mi copia buena la tengo aquí –dijo enseñándosela–. En casa, si han entrado, encontrarán la que preparamos.

Acordaron que, a partir de entonces, dejarían una copia del diseño de la interfaz en la caja de seguridad, él llevaría otra consigo y no dejarían rastro de sus investigaciones en ningún otro sitio.

–Lex, tengo que confesarte algo.

–¿De qué se trata? –preguntó un tanto alarmado.

–Me llamó John Quigley ayer. Bueno, la verdad es que hemos hablado casi todos los días desde el lunes pasado.

–¿Qué quería?

–Intentó convencerme de que trabajara directamente para él dándole toda la información de lo que estamos haciendo. Empezó muy suave, preguntándome por el proyecto y llenándome de alabanzas, porque "sé –me dijo– que todo el mérito es tuyo". Al día siguiente comenzó a hacerme preguntas directas sobre nuestro trabajo. El jueves me ofreció condiciones especiales por encima de los demás. Y ayer me pareció que me hacía chantaje. No me gustó su tono... ni sus intenciones.

–¿Por qué no me lo dijiste el primer día?

–Realmente no le di importancia al principio, y luego no quise preocuparte más. Pero lo último, unido a lo que tú me cuentas, ha sido muy fuerte.

–¿Qué le dijiste?

–Le he dado largas toda la semana. Le dije que su proposición era muy buena y que la estudiaría. Me exigió respuesta ayer, que fue cuando recibí amenazas y me enfrenté un poco a él. Entonces cambió de tono y yo le prometí que decidiría el lunes. "No más tarde", me contestó.

–Bien. Gracias, Victoria. Como ves son más detalles de la maniobra. De momento aún no sé quiénes nos han puesto vigilancia.

Hay dos posibilidades: nuestra propia empresa o la competencia. Pero todo apunta a Grandtel, ¿no te parece?

–Además, si fuera otra empresa, ¿cómo se pueden haber enterado? No creo que ninguno del equipo se haya ido de la lengua. No tiene ningún sentido. A todos nos interesa que el proyecto salga adelante aquí, aunque estemos algo desconcertados con la actitud del gran jefe.

–Sí, desde luego no ha sido nadie de los nuestros. ¿Alguien de Boston?, ¿Daniel? No, no lo creo, todos ocupan altos cargos y pueden ganar mucho dinero con nuestro invento –utilizó el pronombre en primera persona del plural; fue de manera consciente, tenía que ganarse a Victoria.

–¿Entonces? No entiendo las razones que puede tener Grandtel para vigilarnos. ¿O es que creen que podemos vender el invento a otros?

–Puede ser, pero no me cuadra el hecho de que hayan intentado robarnos lo que supongo que buscan: el diseño de la interfaz. Salvo que...–se calló, pensativo.

–¿Qué piensas?

–Salvo que pretendan deshacerse de nosotros... o, por lo menos, de mí –dijo finalmente Lex.

–No, hombre, no lo creo. Sería estúpido, eres el autor y te necesitan.

–Hasta que el diseño esté completo. Luego, ¿para qué?

–Tú eres el que tiene la idea completa del producto y, lógicamente, debes dirigir la construcción del prototipo y las pruebas. Los demás, aunque lo intentemos, no tenemos la visión total del invento y mucho menos los de Boston.

Bebieron en silencio el fino que les habían servido, cada uno dándole vueltas a la situación, y picaron tapas típicas de la tierra.

Se separaron. Lex fue a buscar a Julia y le propuso ir a Cabo Zambra a donde llegaron después de cenar algo por el camino. En el contestador tenía un mensaje de David Douglas.

–Es mi amigo el abogado americano del que te hablé –le explicó a Julia–. Estoy llamándolo, pero no contesta. Lo llamaré mañana.

La noche era una de esas que se dan solo de vez en cuando, y que hacen de Cabo Zambra un lugar único. Durante el día, el viento de poniente, que soplaba con fuerza, había hecho bajar un tanto la temperatura, pero despejando las nubes que había traído el viento sur a primeras horas de la mañana. Al caer la tarde se extendió sobre todo Zambra una calma absoluta, la humedad fue desapareciendo paulatinamente y la temperatura, al tiempo, comenzó a subir de nuevo.

Dieron un largo paseo hasta la playa. El cielo se había inundado de estrellas, que se divisaban claramente con aquel aire tan transparente. La Vía Láctea podía verse con claridad trazando sobre el firmamento ese camino de luz blanca difusa, compuesto por infinidad de puntos débilmente luminosos.

–Levante en calma –comentó Lex–. Estas son las noches que me gustan; la pena es que se pueden contar con los dedos de una mano.

–La verdad es que una noche así no se puede desperdiciar. Parece como si penetrara por todos los poros de la piel; te hace sentir por dentro toda la belleza y la frescura de este lugar. Mira la luz que tiene la playa, y eso que no hay luna.

Se quedaron largo rato recorriendo el borde del acantilado y contemplando la quietud de la mar. La marea estaba baja y la ancha franja de arena había tornado su color ligeramente tostado a un blanco que destacaba sobre el negro oscuro del agua y las rocas. A lo lejos, en lo que parecía a la mitad de la distancia entre la orilla y el horizonte, podía verse una hilera de pequeñas luces situadas en los barcos pesqueros que a esa hora volvían a puerto después de su faena.

La quietud era absoluta. Tan solo oían el canto de los grillos a sus espaldas y, de frente, el rumor de las olas al romper y un ligero ronroneo, procedente de los motores de los barquitos de pesca. La noche invitaba al silencio. Permanecieron callados, disfrutando del ambiente y de la proximidad de sus cuerpos, que entrelazaban con sus brazos. Julia rodeó a Lex por la cintura mirándolo fijamente a los ojos. Su expresión era dulce y serena y parecía querer absorber toda la atención de Lex. Él la miró también, sintiendo en los ojos de ella toda la intensidad de su deseo. En la playa y, más tarde en la casa, lo colmaron con creces.

Lunes, 8 de mayo de 1995

EL lunes se levantó muy temprano, despertado por el ruido del viento. El levante había hecho su aparición. No era normal que hubiera estado ausente tanto tiempo, casi cinco semanas por aquella fecha. Arreciaba con fuerza, estaba enfadado, como suele decirse por esa tierra.

El levante es un viento irregular, seco, caluroso y sonoro. Los árboles se inclinan hacia el oeste, pero sus ramas van de un lado a otro como si el viento fuera "redondo". Los remolinos que produce hacen volar lo que encuentran a su paso, como si de pequeños tifones se tratara, elevando la hojarasca a metros y metros de altura en un vuelo helicoidal. Si se observa una veleta, se verá que gira casi los 180 grados, desde el norte hasta el sur o, para ser más precisos, desde el nornordeste hasta el sursudoeste. Y, si el viento es muy fuerte, no es extraño verla girar una vuelta completa. En la provincia de Cádiz, el viento de levante trae consigo altas temperaturas, procedentes del calor del norte de África donde se seca, pues su orientación real no es exactamente el este, sino que procede del SEE. Es un viento que silba al penetrar por cualquier rendija, produciendo sonidos cambiantes que parecen recorrer toda la escala musical. El levante es un viento que sopla irregular, a ráfagas. Arrecia fuerte, descansa unos instantes, como para tomar nuevas fuerzas, y vuelve a la carga. Un buen temporal de levante puede durar días y días, semanas y semanas en ocasiones.

Lex estaba acostumbrado a este viento y, en general, no le molestaba demasiado. Los primeros días hasta lo agradecía, pues el calor le gustaba y la playa, si el viento no era muy fuerte, estaba espléndida, con el agua transparente y fresca, por contraste con la temperatura ambiente. Pero cuando soplaba por mucho tiempo, sentía un deseo incontrolado de calma, de silencio y de frescor.

Dejó a Julia en la cama, se tomó un café y se vistió con pantalón corto y camiseta, listo para ir a correr. Aunque su idea inicial fue ir en bicicleta, el levante lo disuadió y cogió el pequeño todo terreno de Julia que taponaba la salida de su coche. Eligió la cala de la Zarca, más resguardada del viento que la de la Gaviota. La temperatura, a pesar de lo temprano de la hora, recién amanecido, era alta para las fechas que corrían, y se despojó de la ropa antes de empezar la carrera. Se encontraba de buen humor, "no cabe duda de que Julia –pensó– sabe cambiar mi ánimo y devolverme la tranquilidad que ahora necesito. Bien, he de averiguar quiénes son los que tienen tanto interés por mí y por mi invento. Tengo que pensar cómo."

–...Nueve y cincuenta, uno, dos... ocho, nueve y sesenta, uno, dos, tres... –decía en voz alta, contando cada paso que daba–. Tendré que perseguir a quien me persiga, como la otra vez, pero sin perderlo... ocho, nueve, y ochenta...

García estaba oculto entre las rocas que marcaban el fin de la cala de la Zarca y el principio de la cala de la Gaviota. El viento procedía de donde estaba Lex por lo que él quedaba protegido de cualquier ruido que hiciera de forma involuntaria. Lo vio acercarse hasta el borde de las rocas.

–Ciento veintitrés pasos, a ritmo lento. Y un paso a este ritmo... –se agachó para medir en palmos la distancia entre las huellas que había marcado su último paso.

García no lo pensó dos veces. Era el momento. Salió de su escondite y apuntándole con un arma le gritó:

–¡Quieto! ¡Las manos sobre la cabeza!

–¿Que...é? –Lex giró sobre sí mismo, levantándose sorprendido por lo que le había parecido oír.

–¡Que no se mueva! –chilló García, acercándose a él–. ¡Ponga las manos sobre esa roca y arrodíllese!

–Pero –se arrodilló– ¿qué quiere?, ¿qué va a hacer?

–¡Cállese!

–No... no entiendo –Lex se dio la vuelta, levantándose otra vez–. ¿Qué se propone?

–¡Vuélvase, ponga las dos rodillas en la arena y estése quietecito, o le pego un tiro aquí mismo! –García se agachó para coger una piedra de roca con cantos sobresalientes que servirían muy bien a su propósito.

–¿Quién lo manda?

–Y a usted qué coño le importa. ¡Cállese de una vez!

Se aproximó blandiendo la piedra en su mano izquierda, mientras con la derecha empuñaba la pistola. Cuando estuvo a un metro escaso, bajó la mano con fuerza inclinándose hacia delante para no fallar el golpe. Lex, sintiéndolo acercarse, giró la cabeza en ese instante, recibiendo el fuerte impacto de la piedra sobre el parietal izquierdo. Cayó fulminado sobre la arena. García dejó a un lado su arma, levantó la vista para comprobar que nadie los había observado y, cogiéndolo por los tobillos, comenzó a arrastrarlo hacia la orilla, a unos quince metros de distancia. La pleamar había tenido lugar sobre las seis de la mañana y la marea aún estaba alta. Una vez en el agua lo desplazó hacia las rocas que separaban las dos calas.

El contacto de su piel con el agua fría despertó a Lex que, aturdido, fue incapaz de saber lo que estaba ocurriendo. Sentía un fuerte dolor en la parte izquierda de su cabeza. Abrió lentamente los ojos y vio cómo era arrastrado por los pies por el hombre que antes le había apuntado con un arma. Una ola que llegaba a la orilla cubrió casi todo su cuerpo y tuvo que hacer un verdadero esfuerzo para no reaccionar y mostrar a su agresor que había despertado. Aguantó como pudo la respiración y cerró los ojos. Tenía que actuar rápidamente, pero no sabía en qué momento. El hombre era de baja estatura, pero, según pudo observar cuando la ola, al retirarse, le dejó de nuevo la cabeza al aire libre, era de complexión fuerte, con unos brazos musculosos que, con toda seguridad, harían difícil vencerlo en un enfrentamiento directo. Esperó. Cuando García llegó a las rocas, introdujo el cuerpo entero de Lex bajo el agua y puso uno de los pies sobre su espalda, empujándolo hacia el fondo de arena. Confiado, miró hacia el acantilado, a uno y otro lado, para confirmar que no había ningún intruso por allí. En ese preciso momento, una ola de cierta envergadura lo desequilibró, teniendo que levantar el pie que retenía el cuerpo de Lex. Lex no lo dudó. Apoyó las manos en una roca próxima y, flexionando las piernas sobre la arena, saltó hacia arriba sacando más de medio cuerpo al aire. García, sorprendido, se abalanzó sobre él atrapándolo por la cintura y cayeron los dos dentro del agua. Lex no conseguía zafarse de los brazos del hombre, que apretaba su cuerpo con todas sus fuerzas. Consiguió agarrar sus muñecas sobre el pecho de Lex, quien sintió cómo la presión de sus brazos le iba a romper las costillas de un momento a otro. Forcejeó, intentando soltarse de ese abrazo mortal, agarrando la cabeza de su oponente con las manos y tratando de hacerla girar, pero sin éxito. Intentó entonces permanecer todo el tiempo posible bajo el agua, en la confianza de que él aguantaría más sin respirar, pero el otro consiguió poner los pies sobre el fondo y sacar fuera la cabeza. Los dos inspiraron a un tiempo, aunque Lex no pudo llenar totalmente su cavidad pulmonar por la presión que ejercía el hombre sobre su pecho.

Volvieron a sumergirse bajo las olas. Lex consiguió palpar los ojos del hombre y los apretó sin piedad. García levantó sus brazos y aferró con rabia las muñecas de Lex separando las manos de su cara. Lex aprovechó ese instante para sacar de nuevo la cabeza a la superficie y coger todo el aire que pudo. Al penetrar de nuevo en el agua, Lex cayó de espaldas sobre el pecho de García, haciéndole perder pie, momento en el que consiguió girar y propinar un rodillazo en el vientre de su agresor. La densidad del agua impidió que el impacto tuviera fuerza suficiente, pero, al menos, consiguió librarse de una mano. Golpeó con sus pies y con toda la fuerza de que fue capaz el cuerpo de García, que terminó por soltar la muñeca izquierda de Lex que aún sujetaba. Sintiéndose libre, y sin dejar de agitar sus piernas, se sumergió hasta rozar con su cuerpo las rocas y la arena del fondo, tomando unas brazadas de ventaja sobre el tipo, que intentaba atraparlo por todos los medios, aunque, vestido como estaba y con los zapatos puestos, entendió pronto que iba a ser imposible. Salió a la superficie y vio cómo se había separado un par de metros. Tendría que ganar la orilla antes que el hombre, pero este le cortaba el paso. Nadó entonces hacia la cala de la Gaviota, paralelo a la orilla, y favorecido por el fuerte viento que lo empujaba en esa dirección.

García salió del agua y lo siguió desde la orilla. Dudó en volver por el arma, pero pensó que no sería necesario. Además, tenía que parecer un accidente, no podía usarla. Cuando lo pillara fuera del agua no tendría ninguna oportunidad de salir con vida. Lex continuó nadando, pero sin saber qué hacer. La cabeza le estallaba de dolor y las fuerzas empezaban a abandonarlo. Tenía que salir. Se acercó hacia la orilla y lo hizo por entre las rocas, donde García lo estaba ya esperando. Se encaramó a una de ellas, sintiendo que las plantas de los pies se le desgarraban por efecto de la superficie que pisaba, llena de pequeñas protuberancias cortantes. García, que aún conservaba su calzado, saltó hacia la roca donde estaba Lex dispuesto a cogerlo de nuevo. Corrió cuanto pudo, saltando de una roca a otra hasta que alcanzó la arena. Con los pies ardiendo por el dolor avanzó a grandes zancadas, hasta llegar al final de la cala de la Gaviota. Le había sacado unos metros al hombre y tenía que obtener provecho. Cruzó a la siguiente cala, brincando sobre las agrestes rocas y maldiciendo que la marea estuviera tan alta e impidiera el paso por la arena de una playita a otra.

A punto de llegar al final de la última cala, miró hacia atrás y vio que la ventaja era de casi un tercio de su longitud, casi unos cuarenta metros. Cruzó las rocas que lo separaban de la playa de Zambra y continuó corriendo. Llegó hasta una de las bajadas naturales a la playa, una especie de barranco de tierra arcillosa que subía hasta la zona residencial. Tenía ahora dos opciones: ir hacia su casa o dirigirse hacia el coche de Julia, aparcado frente a la cala de la Zarca. Se decidió por lo segundo. Desde arriba, tumbado en el borde del acantilado para no ser visto, vio a su perseguidor que corría renqueante en dirección al barranco. "Me habrá visto subir por ahí –pensó–, pero le llevo la delantera". Iba desnudo, con los pies ensangrentados, y sentía las pulsaciones del corazón en la cabeza como si esta fuera a estallarle. Pero tenía que correr, en ello iba su vida. Tomó esta vez el estrecho bosque de eucaliptos que crecía paralelo a la costa, entre el carril y el acantilado.

Tardó apenas diez minutos en llegar al coche.

–¡Joder, las llaves!

Habitualmente las dejaba puestas en el contacto. Pero al no ser este su coche las había llevado consigo. No lo dudó. Bajó de nuevo a la cala y se agachó a recoger su ropa. Se puso las deportivas, que apenas le entraban en sus pies hinchados, y corrió de nuevo hacia la subida. No sabía aún si lo habría despistado, así que se asomó con cuidado antes de subir del todo.

García, exhausto, llegó al final del barranco y miró hacia todos lados preguntándose por dónde habría podido ir su maldita presa. Blasfemando en voz alta se dirigió al punto de partida. Allí, escondida en el bosque, tenía la motocicleta. Y tenía que recoger la pistola que había dejado en la playa.

–¡Gilipollas de los cojones! –gritó con toda su rabia.

Lex no vio a nadie y corrió, a pesar del dolor en los pies, hacia el coche. Las llaves estaban en uno de los bolsillos del pantalón. Cuando fue a abrir la puerta divisó a García a lo lejos. Arrancó y se dirigió al pueblo de Nadir por los carriles. Explotó al máximo las posibilidades del todo terreno de Julia. Apretó el acelerador a fondo y recorrió el camino que le llevaba a la carretera comarcal. Un poco más adelante giró casi ciento ochenta grados para dirigirse a Cabo Zambra por otro de los carriles de tierra que cruzaba el pinar que bordeaba la urbanización. La alambrada que, a modo de valla, la rodeaba estaba rota unos metros hacia la izquierda del carril, y la cruzó por allí a toda velocidad. Había decidido volver a casa. No sabía aún lo que le diría a Julia, pero tenía que coger algunas cosas y huir. No podía perder un minuto.

–¡Julia! –gritó apenas entró en la casa.

–¡Lex! ¿Qué te ha ocurrido? –chilló al ver su aspecto desolador.

–Han intentado matarme. Esto parece que va en serio. Vístete rápido y vete a tu casa o a tu trabajo. Yo te llamaré.

–¡Pero estás mal herido! Mira tu cabeza, estás sangrando.

–Sí, lo sé y me duele, pero tengo que irme.

Mientras hablaba cogió alguna ropa, los teléfonos, el disco con el diseño y la cartera con las tarjetas de crédito y algo de dinero.

-Toma este teléfono. Yo te llamaré a ese número. ¿Me puedo llevar tu coche?

-Pero, Lex, no puedes irte así. ¡Llama a la policía, vamos a un hospital!

-No. Luego te explico. ¡Adiós! -le dijo, besándola fuertemente en los labios y saliendo a toda prisa.

-¡Lex! -gritó Julia, pero él ya no la oyó-. ¡Cuídate...!

CLARA llevaba más de 24 horas sin saber de Lex. Lo había llamado en varias ocasiones y le había dejado mensajes en su teléfono móvil y en la oficina. No había tenido respuesta. Antes de acostarse lo había vuelto a llamar dos veces a casa y otra a la oficina. Nada. Durmió mal, inquieta y preocupada. Antes de salir para el hospital lo llamó de nuevo.

-¿Lex? -respondió una voz femenina, denotando ansiedad.

-¿Quién es usted? ¿Dónde está Lex? -preguntó Clara. Al no recibir respuesta inmediata, insistió-. Soy su mujer, ¿quién es usted?

-Yo, yo... -dijo Julia, y colgó sin saber qué decir.

Volvió a llamar. Esta vez no respondió nadie. Eran las ocho de la mañana y una mujer había respondido al teléfono, ¡en su casa! ¿Dónde estaba Lex? "Estará corriendo en la playa, es la hora en que suele hacerlo -se dijo-. ¿Pero quién es esa mujer? ¿Y qué hace en mi casa a estas horas? ¡Ha pasado la noche con Lex!"

Llamó de nuevo a la oficina y allí le dijeron que aún no había llegado. Telefoneó al móvil otra vez y solo obtuvo la voz de su marido en el contestador automático: "Lex. Deja tu mensaje".

Se desesperó. Ya tenía la evidencia de que Lex la engañaba. Lo de dos días atrás fue teatro. Ahora todo encajaba: las pegas que ponía para que ella fuera a Cádiz, el poco tiempo que pasaba en Madrid, las llamadas cada vez más escasas, su frialdad de las últimas semanas -con alguna excepción, lo reconocía-... "Bien, si eso es lo que quieres..." pensó, soltando unas lágrimas de rabia que recorrieron sus mejillas. Se las enjugó y mirándose al espejo dijo en voz alta: "eso tendrás".

Llegó al hospital a la hora de costumbre. Tras ponerse la bata bajó a la cafetería a desayunar. Se encontraba como en una nube, con el recuerdo vívido de la voz que respondió su llamada: "¿Lex?"; y luego "Yo, yo...". No podía pensar en otra cosa. Había dormido en su casa, la casa de Cabo Zambra, la que habían comprado con tanta ilusión. La casa donde habían disfrutado los mejores momentos de su vida en común. La había traicionado, humillado.

Tomó el café lentamente, a pequeños sorbos, mientras continuaba oyendo la voz de aquella mujer que se había clavado en la mente como un fino puñal. Se sobresaltó cuando alguien le tocó suavemente el hombro y a punto estuvo de tirar la taza de café que se llevaba en ese momento a la boca.

–¡Vaya! No pretendía asustarte.

–Hola, Santi.

–¿Qué te pasa? Tienes mala cara.

–Sí, es posible. He dormido mal, tengo problemas con Lex y no estoy de buen humor.

–Bueno, eso se arregla con una buena comida. Tengo quirófano a las doce y espero terminar pronto. ¿A las dos y media?

–Vale. Estaré en la biblioteca. Hasta luego –respondió Clara, dejando el importe del café sobre la barra y dirigiéndose hacia la puerta, sin darle a Santiago la oportunidad de continuar hablando.

Mientras subía hacia su consulta recordó cuánto le había gustado a Santiago Muñoz durante sus tiempos en la Facultad. Ella siempre lo trató como amigo, un buen amigo, y la verdad es que él siempre le respondió cuando necesitó ayuda. Pero sabía que él había estado un tiempo enamorado de ella.

Volvió a pensar en Lex y se le saltaron las lágrimas de nuevo. "Canalla, eres un canalla. ¿Por qué me haces esto?". Para llegar a su despacho tenía que pasar por la sala de espera, que ese día estaba abarrotada a pesar de lo temprano de la hora. Sintió una pereza tremenda, no se encontraba con ánimo de aguantar los males de los demás.

–Doctora, se me inflama el vientre nada más comer y tengo unas digestiones pesadísimas, ¿qué me puede recetar? –le decía el primer paciente, un anciano que debía superar los cien kilos de peso.

–¿Qué suele comer? –le preguntó Clara.

Mientras el hombre le relataba con todo detalle los platos que componían su dieta habitual, Clara volvió a sumirse en sus pensamientos. "No es posible, no puedes hacerme esto. ¿Te vas a quedar con ella?"

–... y de cena suelo tomar un plato de potaje, un par de huevos con patatas y... –continuaba el anciano.

"Desde luego, conmigo no vuelves. ¡Ahora, cuando empiezo a ver posible el traslado a Cádiz...! Eres un canalla."

–Doctora, ¿me escucha? Le decía que antes de acostarme me tomo un café con leche y algún bollo...

"La ilusión que nos hacía, bueno, la que me hacía a mí, estar juntos de nuevo. ¡La casa de Cabo Zambra me la quedo yo! Tú ya la has disfrutado bastante... y con otra. Eres un cabrón."

–Doctora, eso es todo –pausa–. Doctora, ¿me oye?

–Sí, sí. Vamos a ver, tiene que adelgazar. ¿Qué suele comer?

–Pero si ya se lo he dicho. Verá, para comer, mi mujer me prepara...

–Está bien, está bien. Mire, aquí tiene un régimen de comidas –le dijo, dándole una hoja preimpresa– que tiene que seguir al pie de la letra. Además, tome dos pastillas de estas –escribió el nombre en una receta– antes de comer y de cenar. Vuelva por aquí dentro de dos meses.

La mañana transcurrió con el mismo tono. Atendió a más de quince pacientes, ninguno de los cuales parecía tener nada grave. Confiaba que fuera realmente así y que su experiencia le hubiera hecho notar cualquier dolencia de importancia, porque ella pasó toda la mañana sumida en su problema con Lex.

A la una y media, terminada ya su consulta, se vistió de calle y se fue a la biblioteca. Tenía que buscar documentación para una conferencia que había de dar en el próximo congreso de medicina digestiva, en Santa Cruz de Tenerife. "Será una ocasión espléndida para correrme una juerga –se dijo, pensando en hacer daño a Lex–. Te pagaré con la misma moneda."

A las dos y cuarto se le acercó Santi, que la besó cariñosamente en la mejilla.

–Ya he terminado. ¿Nos vamos?

–Sí. Ya estoy harta. ¿Dónde me llevas?

–A un buen sitio. Fíate de mí.

Había un pequeño restaurante en el Madrid de los Austrias llamado "Potosí", bien conocido por sus exquisitos platos y sus discretos reservados, frecuentado generalmente por gente adinerada que quería comer con cierta intimidad; el precio hacía honor a su nombre. Santiago había hecho la reserva por la mañana, asegurándose así de que tendrían sitio. Clara no lo conocía y quedó gratamente sorprendida por el estilo del local, sumamente acogedor, y por la cuidada atención del personal. Pasaron a un pequeño comedor en el que un cómodo tresillo se disponía frente a la mesa camilla donde le servirían la comida. Tras encargar los platos que el propio cocinero les recomendó, se sentaron en el sofá a tomar el aperitivo.

–Pensé que te gustaría este lugar. Cuéntame qué te pasa –dijo Santiago cuando se quedaron solos.

Agradeció para sus adentros la oportunidad que Santiago le brindaba y no dudó un instante en contarle su situación. Aunque hacía mucho tiempo que no hablaban, la amistad entre ellos seguía viva y Clara necesitaba desahogarse en esos momentos más que ninguna otra cosa.

Le contó todo. Santiago la escuchó con atención, en silencio, dejando que ella vaciara lo que tenía dentro. Clara rompió a llorar cuando de nuevo la voz de aquella mujer le retumbó en los oídos. Santiago la cogió por los hombros, poniéndose frente a ella y la besó con cariño, humedeciéndose los labios con las lágrimas de ella. Clara se abrazó a él y continuó llorando hasta que él le cogió la cara entre sus manos y acercó sus labios a los suyos en una reacción mitad deseo, mitad pena. Lo dejó hacer, pero sin colaborar, cerrando los ojos y pensando que así se olvidaría de Lex.

El camarero llamó a la puerta y Santiago, interrumpiéndose, lo hizo pasar.

EL changurro estaba estupendo y la carne de ciervo, rara vez tan tierna, cocinada al vodka con frambuesas, era una auténtica delicia. El barbadillo que acompañó el primer plato y el rioja de Cenicero, con la carne, elevaron el ánimo de Clara, "quizá demasiado", pensó. Su compañero la hizo reír durante toda la comida, contándole historias del hospital y consiguiendo que, por primera vez en ese día, Clara olvidara por un rato a Lex.

–Tenías que ver al director discutiendo con el responsable de mantenimiento, ese tal Cuevas, ¿lo conoces?

–Claro, y no he visto ser más estúpido que él. Se cree dios.

–Pues imagínatelo tratando de explicarle al jefe que había desaparecido el motor de uno de los ascensores recién instalados, uno de los grandes, de los que se utilizan para camillas. Al parecer, entraron dos señores vistiendo un mono de trabajo y diciendo que venían a repararlo (es cierto que estaba estropeado). Lo desmontaron, lo subieron en un carrito y nunca más se supo.

–No me lo puedo creer. Había oído algo, pero pensé que era de broma.

–Pues es cierto. Fue antes de entrar tú, hará unos cuatro años.

–¿Y qué excusa le dio?

–Le dijo que él no había sabido nada, que fue un tal Martín, de su equipo, pero terminó reconociendo que él había firmado el parte de salida. ¡Lo engañaron como un chino!

Clara le pidió a Santiago que la llevara a su casa. No le apetecía ir a buscar su coche al hospital, y mucho menos conducir con lo que había bebido. A pesar del denso tráfico de esas horas, apenas tardaron quince minutos en llegar. Él conocía muy bien Madrid y supo acertar en la ruta que escogió. Clara se despidió en la puerta con la intención de subir sola a casa, pero terminó cediendo ante la insistencia de Santiago. "Sólo por un rato", le dijo. Continuaron charlando, derivando la conversación hacia los líos que conocían o sospechaban entre sus compañeros de trabajo.

–Hace unos días Laura, mi enfermera jefa, pilló al doctor Cebrián y a Marisa en la camilla del quirófano número tres.

–¿Marisa, la patóloga? ¿Con el gordo Cebrián? No es posible.

–Sí, por lo visto ella estaba encima de él, cabalgando como una posesa. Al ver a Laura intentó taparse, se desequilibró y cayó al suelo. Cebrián quedó con su armamento en ristre completamente al aire.

–Pues debió ser todo un espectáculo. Tiene fama de estar muy bien dotado, demasiado, según me han contado.

–Dicen que sí, que es descomunal. ¿Te imaginas la cara del gordo pillado in fraganti?

Se rieron con ganas, recordando otras escenas por el estilo. Tras comentar la última anécdota, se callaron. Clara cerró los ojos y apoyó la cabeza en el respaldo del sofá. Se sentía a gusto con

Santiago y tenía que reconocer, muy a su pesar, que había conseguido olvidar por un rato a Lex. Luchaba en su interior con dos sentimientos opuestos, el primero que la invitaba a sentirse víctima y el otro que le reclamaba venganza. Sus pensamientos eran, no obstante, vaporosos y fugaces porque el vino ingerido le impedía pensar con claridad. Por momentos quería quedarse sola, acurrucarse en el sofá y llorar su desgracia. Pero instantes más tarde sentía la fuerza de su personalidad que le pedía a gritos divertirse.

Pasaron unos minutos en silencio. Santiago la miraba fijamente. La cabeza caída hacia atrás; su media melena de cabello rubio cayéndole hasta rozar sus hombros y dejando al descubierto su frente ligeramente curvada; el largo cuello de piel tersa que se perdía entre los pliegues de la camisa que dejaba entrever, por una leve abertura, la forma suave del comienzo de sus senos; sus manos de largos dedos sobre el regazo... "Es realmente hermosa", se decía sin dejar de contemplarla. Se levantó e, inclinándose sobre ella, la besó en los labios. Clara entreabrió los ojos que se encontraron con los de él, cerrándolos de nuevo y dejando que la besara como si aquello no fuera con ella. Santiago fue aumentando la presión del beso y comenzó a mordisquearle suavemente el labio superior sin que Clara diera muestra alguna de corresponderle. Bajó su cabeza hacia el cuello, sentándose a su lado, y lo rozó con su lengua, deseando que Clara respondiera al deseo irrefrenable que empezaba a experimentar.

En el último curso de medicina, Santiago se enamoró de Clara. Habían cimentado una fuerte amistad a lo largo de la carrera, convirtiéndose en confidentes uno del otro. Él le contaba los éxitos y desventuras en sus correrías amorosas, que no fueron pocas, al tiempo que ella le confiaba sus más íntimos pensamientos y experiencias. No contaba él con enamorarse de ella y menos que ocurriera justo cuando Clara formalizaba su relación con Lex. No se atrevió entonces a confesárselo. La veía tan entusiasmada que entendió lo inútil que hubiera sido declararle su amor. Aquella amistad se mantuvo siempre viva, aunque algo aletargada cuando el trabajo los separó y ambos se casaron. Pero cuando coincidieron en el hospital, la relación volvió a los niveles de antaño. Ella había aparentado siempre que no sabía de su enamoramiento.

Confusa, dejó que Santiago la acariciara, quizá esperando que su cuerpo experimentara algún conato de placer y ello acabara por decidirla. Pero no sintió nada. Con delicadeza apartó de su pecho las manos de Santiago y le dijo:

—Lo siento, Santi. No puedo. Lo nuestro no es esto y sería una pena que estropeáramos nuestra amistad.

—Perdona, Clara. No he podido evitarlo. Estabas tan bonita que... bueno, es igual. Tienes razón. Te perdí hace muchos años y es estúpido pensar que ahora te tengo, ¿verdad?

—Así es, Santi. Sé que has estado enamorado de mí, pero creí que ya se te había pasado —le dijo, sonriendo.

—¡Caramba! Nunca imaginé que lo supieras. ¿Te diste cuenta?

—Claro. O te crees que soy tonta. Pero yo conocí a Lex, —un gesto de tristeza apareció en su rostro—, ¿te acuerdas?, y no te di opción... Te agradezco tus esfuerzos de hoy por animarme. Me has ayudado mucho.

—No estoy tan seguro... claro que, por lo menos, te hice reír...

CUANDO Clara se quedó sola, llamó de nuevo a Lex. Nada. Ni en casa ni en el móvil. Lo intentó con el centro. Consiguió hablar con Victoria, que todavía estaba en la oficina.

—¿Victoria?, soy Clara. Intento localizarlo desde ayer, pero no consigo nada. Estoy preocupada —dijo, sobreponiéndose—. ¿Sabes algo de él?

–No. Yo tampoco sé nada y empezaba también a preocuparme. Aquí nadie lo ha visto hoy y por la oficina de Madrid no ha aparecido. Iba a llamarte, pero no me atrevía.

–¿Dónde puede estar?

–Ni idea, pero no te asustes. Seguro que aparece en cualquier momento. Si sé algo te llamo, ¿de acuerdo?

–Sí, a cualquier hora. Estaré en casa. Hasta luego.

La rabia que Clara había sentido durante todo el día se tornó ahora en alarma. La voz de aquella mujer le vino de nuevo a la mente.

–¡Lex!

Lo recordaba ahora con claridad. Había pronunciado su nombre con una mezcla de ansiedad y alivio, como si hubiera estado esperando su llamada. Si había pasado la noche con él, ¿por qué esperaba que fuera él quien la llamara? ¿Dónde estaba?

CUANDO Lex se dirigía a la salida de la urbanización, se cruzó con su perseguidor montado en su pequeña motocicleta. Al verlo, el hombre giró en redondo y aceleró al máximo en su persecución, pero el vehículo de Lex era mucho más rápido y tuvo que desistir. Volvió a la playa y recogió su furgoneta.

Lex tomó el camino de tierra paralelo a la carretera que llevaba de Cabo Zambra a la general para no tener que parar en la barrera de seguridad hasta que los guardias la levantaran. Uno de ellos lo vio pasar como una exhalación y, saliendo de la garita, hizo sonar el silbato inútilmente. Ya en la nacional 340, puso rumbo a la Sierra de Cádiz. Miraba continuamente por el retrovisor, sin ver, tal como esperaba, al hombre en la motocicleta. El tráfico era horrible. Tuvo que aminorar su marcha a pesar de sus prisas, porque en esa carretera era del todo imposible adelantar. Delante de él, y hasta donde alcanzaba su vista, podía haber cerca de quince camiones y fácilmente el doble de turismos. De frente, venía una caravana de vehículos, sin prácticamente hueco entre ellos. Tomó la desviación hacia Medina-Sidonia, donde el tráfico era mucho más fluido.

Le llamó ligeramente la atención un Ford Fiesta blanco que parecía no separarse de él. Aceleró alcanzando los 140 km/hora, pero el Fiesta no se le despegaba. En el primer cruce se desvió hacia la derecha, camino de la Jandilla y luego a la izquierda hacia Cantarranas. "Estos cabrones me siguen –dijo en voz alta–. Muy bien, a ver si sois capaces." Volvió a girar, esta vez hacia la derecha, en dirección a Las Lomas y aceleró todo lo que la estrecha carretera le permitía. A menos de dos kilómetros encontró un camino forestal que llevaba al embalse del Milagro ("un milagro es lo que yo necesito", se dijo) y, viendo que sus perseguidores no habían llegado aún a la curva que acababa de pasar, optó por tomarlo. Derrapó sobre la tierra y a punto estuvo de chocar con los árboles que bordeaban el camino. Finalmente consiguió enderezar el vehículo y, a unos 500 metros de la entrada, se ocultó tras una pequeña construcción en ruinas que en otro tiempo debió ser una caseta utilizada por los guardias forestales.

Baldomero Gutiérrez y Marcos Navarro maldecían la velocidad que Lex llevaba. Pasaron de largo por el camino del embalse y llegaron hasta una pequeña loma. Desde allí se divisaba casi toda la carretera hasta que cruzaba de nuevo la general. No se veía el coche de Lex.

–Da la vuelta –le dijo Marcos, que iba en el asiento del copiloto–. Este hijo de puta se ha metido por otro sitio.

Llegaron al camino que conducía al embalse a tiempo de ver la nube de polvo que había levantado el todo terreno de Lex.

–Ve despacio –dijo Marcos–. Yo creo que esto llega hasta la presa y no hay otra salida. Esta vez no se nos escapa.

Lex los vio pasar desde su escondite. Esperó unos minutos y salió despacio, intentando hacer el mínimo ruido y no elevar el polvo de la tierra. Se dirigió de nuevo a Cantarranas y de allí a Benalup de Sidonia. Mientras tanto, sus perseguidores llegaban al embalse del Milagro sin haberlo localizado.

–Joder, ¿dónde se ha metido este capullo? – esta vez era Baldomero quien hablaba–. ¡Vaya bronca nos van a echar si lo perdemos! Anda, llama al jefe.

"Definitivamente parece que los he despistado" se dijo Lex, viendo que hacía ya rato ningún vehículo parecía seguirlo. Paró en Alcalá de los Gazules y se dirigió a la casa de socorro del pueblo, donde le limpiaron y cosieron la brecha de la cabeza y le curaron los pies. "He resbalado en el camino del Milagro –les mintió– y creo que me hice una buena brecha. Anduve descalzo y tengo los pies con algunas heridas...". Obviamente no le creyeron, pero el encanto de Lex, a pesar de su estado, convenció a las enfermeras de que nopasaba nada raro.

ESTANISLAO se subía por las paredes. Acababa de saber por Baldomero que Lex estaba vivo y que lo habían perdido camino de Medina-Sidonia. Al rato apareció García, que le relató con detalle todo lo ocurrido.

–¡Vaya panda de inútiles! Y ahora, ¿qué cojones hago yo?

–Tendremos que investigar por la zona donde se les ha perdido. No debe ser difícil encontrarlo. Tenemos su descripción y la del coche que conduce. En esos pueblos de por allí un personaje como este no pasa desapercibido. ¿Con cuánta gente cuentas?

–Contigo somos nueve. Lucía se queda a vigilar a la amante a ver si nos da alguna pista. Los demás nos repartiremos el terreno.

Convocó a todos inmediatamente, excepto a Baldomero y Marcos, a los que ordenó buscar palmo a palmo por los pueblos más cercanos. Una hora más tarde llegaban a Benalup de Sidonia, donde Estanislao asignó una zona a cada uno y ordenó preguntar por la descripción de Lex y el coche que llevaba.

DESDE Alcalá, se dirigió a Jimena de la Frontera y desde allí, pasando por el puerto de Galiz y el Cerro de la Novia, hacia Ubrique, que es la ciudad principal de la sierra gaditana. En la zona alta destaca el casco urbano de raíz medieval con calles sinuosas y en pendiente. "No es el momento -pensó Lex- de pasear por el pueblo. Volveré en otra ocasión". Se dirigió hacia la parte moderna, donde compró alguna ropa y útiles de aseo y sacó dinero en una sucursal bancaria. El único sitio de alquiler de coches estaba cerrado. Le costó una hora localizar al dueño y más de media convencerlo para que abriera y le dejara uno. Aparcó el coche de Julia en la calleja del pueblo más escondida que pudo encontrar.

Estanislao llegó a Ubrique al poco rato de que Lex se fuera y encontró por fin la primera pista. El coche había sido visto por unos jubilados que tomaban el sol en una de las plazas del pueblo. Llamó a Marcos y Baldomero y entre los tres peinaron todas las calles. Encontraron el todo terreno aparcado en una de las calles, pero ningún otro rastro.

–Seguro que ha alquilado un coche –comentó Baldomero.

A la media hora tenían ya la información: un Seat Ibiza blanco con matrícula de Cádiz. Llamaron al resto y concentraron la búsqueda por la Sierra. Lex les llevaba más de dos horas de ventaja. Había puesto rumbo al pueblo de Grazalema, pero, en lugar de ir directamente, pasó por El Bosque y Benamahoma. Allí, en una tienda de ultramarinos, se pertrechó de comida suficiente para unos días y almorzó con apetito en un bar al borde de la carretera, sin dejar de mirarña por si veía pasar a sus perseguidores. Una hora más tarde llegaba a Grazalema. Alquiló de nuevo la casa donde ya había estado con Julia. Eran casi las cuatro de la tarde cuando por fin llegó al cortijo. Descargó sus provisiones y ocultó el coche en la vieja cuadra.

–Esta puede ser mi base de operaciones. ¡Espero que el nuevo teléfono funcione aquí! –murmuró entre dientes.

–¿Julia?

–¡Lex! ¿Dónde estás?

–¡Chsss! Dime dónde estás tú. No menciones mi nombre ni nada de lo que te digo.

–En mi consulta. ¿Y tú?

–Es más seguro que no te lo diga. Tu despacho tendrá un micrófono oculto por algún sitio. En cuanto puedas, sales y me llamas, pero no desde tu casa.

–De acuerdo. ¿Estás bien?

–Sí. Luego hablamos.

Se tumbó en el sofá y cerró los ojos. Estaba realmente cansado. Todavía la cabeza le dolía y era incapaz de pensar. Estaba quedándose dormido cuando recibió la llamada de Julia.

–Estoy bien, no te preocupes.

–¿Qué pasó, Lex? ¿Has llamado a la policía? ¿Cómo tienes la cabeza? ¿Te sigue sangrando? ¿Dónde estás ahora? ¿Qué vas a hacer? ¿Qué...

–Vale, vale, Julia. Tranquila. Estoy en un sitio que ambos conocemos, pero no lo menciones. Fue un fin de semana, ¿recuerdas?

– Sí, cuando la lluvia, fue maravilloso.

–Sí, lo fue. La cabeza la tengo bien, me han dado unos cuantos puntos y ya dejó de sangrar. Ahora tengo que pensar qué hacer y tendré que poner una denuncia.

–Por cierto, Lex, al rato de irte esta mañana sonó el teléfono y lo cogí pensando que eras tú, pero era tu mujer. Parecía alarmada. Lo siento, metí la pata.

–¡Clara! ¿Qué le dijiste?

–Nada, colgué.

–Bueno... –se calló, tratando de pensar qué le diría–. Vaya. La llamaré. Bien, necesito que me hagas un favor. Tienes que localizar a Victoria Armengol, de Grandtel. No sé si la conoces, estuvo en la fiesta donde nos encontramos por primera vez.

–No la recuerdo. ¿Cómo me pongo en contacto con ella?

–Llama a la oficina, supongo que aún estará allí, pero no le digas nada de mí. Queda con ella en algún sitio público diciéndole que vas de mi parte. Cuando la veas le das el teléfono y le dices que me llame, pero no desde su casa ni desde la oficina.

–¿Y cómo hablamos tú y yo?

–Me llamas desde una cabina o, mejor, cómprate uno igual. Ahora te lo regalan o son muy baratos y te lo conectan rápidamente. Cuando tengas el número me lo dices, ¿de acuerdo?

–Vale.

–Te dejo ya. Si hay cualquier novedad me lo haces saber.

–¡Cuídate! Y ten cuidado... te quiero, Lex.

–Y yo. Adiós.

Marcó el número del hospital de Clara, pero no la localizó. No se identificó ni le dejó mensaje alguno. Llamó a su casa, pero tampoco estaba. Aún no sabía cómo iba a explicarle la presencia de Julia en la casa de Cabo Zambra a esas horas. La verdad es que no podía inventar nada y cualquier excusa podía ser peor. Le contaría la situación real, aunque le ocultaría el intento de asesinato. Le pediría que hablara desde una cabina.

Tenía dos cosas urgentes que hacer: llamar al notario, para que le pusiera en contacto con su policía amigo, y hablar con Robert, de KP. Decidió empezar por el segundo.

–¿Robert? Soy Lex.

–¡Lex! ¡Cuánto tiempo sin saber de ti! ¿Cómo estás?

–Bien. Bueno, a decir verdad, no tanto. ¿Te acuerdas del invento que te comenté?

–Sí, claro. Y me dejaste muy intrigado porque no quisiste contarme más. Dime.

–Es algo revolucionario que dará muchísimo dinero a quien lo fabrique. El diseño está muy avanzado, pero he decidido llevármelo de Grandtel. ¿Os puede interesar?

–Claro, pero necesito más detalles.

–Por supuesto, pero ahora prefiero no decirte nada. Sólo te adelantaré que es relativo al efecto 2000. La situación en Grandtel es... crítica, digamos. Necesito verte, pero no sé si me será fácil ir a tu tierra a corto plazo. A lo mejor podemos vernos en algún lugar de Europa. ¿Podrías cruzar el charco? Te llamaré en un par de días, como muy tarde, y concretamos.

–Sí, si me das tiempo, pero me dejas preocupado. ¿Por qué dices que la situación es crítica? ¿Qué ha pasado?

–Estoy siendo perseguido y esta mañana he tenido que huir y esconderme. Te lo contaré con detalle, pero no te preocupes. Si no recibes noticias mías en 72 horas, tienes que llamar a este teléfono, toma nota –le dictó el número–. Preguntas por Victoria y le dices que eres Roberto, solo el nombre, en castellano. Ella habla inglés y sabrá lo que tiene que decirte. ¿De acuerdo?

–De acuerdo, Lex. Un abrazo.

Intentó hablar con Clara de nuevo, pero sin éxito. A continuación, llamó a Rodolfo, el notario, a su despacho y, tras insistir diciendo que era muy urgente, consiguió hablar con él.

–Perdona, Rodolfo, sé que te he sacado de una firma. Pero necesito el teléfono de ese policía amigo tuyo. Han intentado matarme.

–¿Que han intentado qué? –preguntó el notario, incrédulo.

–Matarme. Esta mañana. Y necesito a alguien de absoluta confianza que me aconseje lo que debo hacer. Si lo denuncio tal cual, temo que no consiga casi nada. No tengo pruebas ni testigos.

–Vaya, Lex. Ten mucho cuidado. ¿Dónde estás ahora?

-Escondido. Supongo que andan tras de mí, pero creo que me han perdido, de momento.

-Su teléfono móvil es el 909... -le dijo el resto de las cifras-, pero espérate un rato que quiero hablar yo antes con él. Dame quince minutos.

En el intervalo llamó otra vez a Clara, pero seguía sin estar en casa y en el hospital no creía que estuviera. Según le dijeron no estaba de guardia.

-¿Sí?

-Lex, soy Victoria, estoy en una cafetería. ¿Qué ha pasado? -su voz era nerviosa-. Julia acaba de darme este número y el teléfono y me ha contado que han intentado matarte.

-Sí, así es. La situación es muy grave y no entiendo nada. Pero tengo muy claro que son los de Grandtel los que quieren quitarme de en medio. Pero tú tranquila, que no creo que a ti ni a los demás os hagan nada, pues os necesitan para terminar el proyecto, sobre todo a ti.

-Lex, pero esto es tremendo. Tú tienes que estar, sin ti el proyecto no tiene sentido. ¿Están locos? ¿Por qué quieren matarte?

-Es posible que conozcan mi intención de darle el PANDORA a otros y, una vez que tienen ya la interfaz completa, o eso creen, quieren acabar conmigo. Hay mucho dinero por medio, Victoria, y éstos no quieren perder.

-Y ahora, ¿qué hacemos?

-No lo sé. Pero es muy importante que vayas al centro y te lleves el diseño. Borra todo lo demás. ¡No dejes ni rastro! Haz dos copias.

-Pero, Lex, yo...

-Bueno, estoy en tus manos en cierta manera. Tendrás que decidir si emprendes esta aventura conmigo. Te garantizo que ganarás muchísima "pasta", pero también quiero que seas consciente del riesgo que corres. Si te quedas, seguro que Grandtel te subirá la participación, porque ahora te necesitarán más que nunca.

–Y, aunque me vaya contigo, ellos construirán el chip. Tienen ya casi toda la información y lo que queda lo pueden terminar.

–Sí, es cierto, pero con mucho esfuerzo e imaginación. La solución que le hemos dado a la interfaz es complicada y brillante al mismo tiempo. No creo que ellos lleguen al mismo punto que nosotros, aunque, sin duda, serán capaces de diseñar otra. Ahora se trata de que la otra empresa corra más y sea capaz de lanzarlo antes. Con tu colaboración, seguro que lo conseguimos. Sin ella tardaremos más, pero lo haremos también. Tú decides, Victoria.

–¡Joder, Lex! Me lo pones difícil. Sabes lo que te estimo, pero esto es muy duro. Y si comunico que me voy ¿no me pasará lo que a ti?, ¿no intentarán algo?

–Todo es posible, Victoria, no te puedo garantizar nada. Tendríamos que huir juntos y correr el riesgo. Desde luego, los voy a denunciar y, si consigo demostrar que han sido ellos los que dieron la orden de matarme, se les va a acabar el negocio.

Continuaron hablando durante un buen rato más. Analizaron las posibilidades que tenían de huir y Lex le comentó lo de la reunión con Robert en dos o tres días. Victoria seguía dudando, aunque, poco a poco, parecía inclinarse por seguirle.

–¿A quién más necesitaríamos del equipo?

–Me encantaría que Andrés se uniera a nosotros, pero no creo que él quiera exponerse. Tiene familia y comprendo que le sería muy duro. De momento no sabe nada. Tú eres la única que está al corriente de todo.

–Bueno, déjame que vaya al centro. Te llamo luego.

–Ten cuidado y mira si alguien te sigue. No vayas directamente. Parecen algo torpes, así que los puedes descubrir. Te espero.

–Te paso a Julia, que está conmigo.

–Lex, ¿cómo estás?

-Bien. Oye, hazme otro favor. Acompaña a Victoria a la oficina y mira si la vigilan. A la más mínima sospecha me llamáis.

Las dos salieron de la cafetería, miraron con miedo hacia ambos lados de la calle y cogieron cada una su coche, pensando que así les sería más fácil detectar si alguien las seguía. Llegaron al centro sin novedad. No descubrieron a Lucía Merino, que tenía controlada a Julia desde esa mañana y que las siguió manteniendo una buena distancia entre su vehículo y los de las otras dos. Julia acompañó a Victoria hasta la puerta de la oficina, con intención de quedarse, pero Victoria la convenció para que se fuera a casa.

Lucía llamó a Estanislao y le contó lo que pasaba.

-¿Qué hago? ¿Sigo a la querida o me quedo esperando a la otra? Rápido, que la primera se va.

-Espera allí. Probablemente la tal Julia vaya a su casa y ya sabemos donde vive. Me llamas si hay novedad.

Estanislao tuvo que llamar por fin a su jefe americano. Había esperado todo lo que pudo con la esperanza de solucionar antes el problema, pero ya no debía esperar más. Se preparó mentalmente para el chaparrón y marcó su teléfono *"tuénifor auers"*, como Frank decía.

-Mister Kirpatrick, hemos fallado -le dijo en su pobre inglés cuando el otro respondió.

-¿Cómo? ¡Sois un grupo de mal nacidos! -la voz de Frank era un puro grito. De lo que siguió, Estanislao no entendió nada. Supuso que serían los tacos e insultos más fuertes que existían en la lengua inglesa, porque él no cazó ni uno. Y eso que estaba acostumbrado al vocabulario de su jefe.

-Sí, señor -era lo único que acertaba a decir Estanislao-. *"Yes, sir"*.

Cuando el otro se calló, consiguió contarle cuál era la situación. La orden fue contundente: había que encontrar a Lex y deshacerse de él.

–¡Pero que parezca un accidente, si todavía es posible!

LEX marcó de nuevo el teléfono de su casa en Madrid.

–¡Clara!

–¡Lex!

Mantuvieron unos segundos de silencio, durante los cuales Clara sintió esa mezcla agridulce de alivio y rabia y Lex dudaba cómo empezar. Ella optó por preguntar primero.

–¿Qué te ha pasado? Estaba muy preocupada. Nadie sabía nada de ti.

–Ya. Te he llamado varias veces y no te localicé. Estoy bien. Pero me están persiguiendo y he tenido que esconderme.

–¿Que te están... qué? –Clara lo había entendido, la pregunta fue de incredulidad.

–Persiguiendo.

–No entiendo, Lex, ¿qué has hecho?

–Nada. Ahora te cuento.

–¿Dónde estás ahora?

–No quiero decírtelo por ese teléfono. Es muy probable que esté intervenido. Sal a la calle y me llamas desde una cabina.

–Pero, ¿y el número?

–Vamos a ver, apunta: la primera cifra es el nueve, las dos siguientes el día del mes en que nos conocimos...

–Lex, ¿a qué juegas? ¿Qué está pasando?

–Hazme caso, Clara, ahora te explico; a ver, sigue... luego, el mes en que nos casamos dividido por dos y en dos dígitos; las dos siguientes el mes en que nos conocimos sumándole 9, y las dos últimas son iguales a la segunda. Repítemelo.

Clara no daba crédito a lo que oía. Nerviosa, consiguió a duras penas apuntarlo todo, aunque Lex le tuvo que corregir un par de datos.

–¿Y si me confundo? ¿Cómo te llamo?

-Si en quince minutos no me has llamado, te vuelvo a llamar a casa.

El primer número que calculó no era el correcto. Respiró profundamente, intentando calmarse, rehizo las operaciones y marcó el número resultante. Esta vez acertó.

-Lo has calculado bien -dijo Lex-. Estoy en una casa rural de Grazalema, en la sierra. He estado toda la mañana huyendo de los que me persiguen y parece que al fin los he despistado.

-Pero, Lex, ¿qué pasa?, ¿por qué te has ido tan lejos? ¿Qué intentan hacer?

-No lo sé, Clara, pero, bueno, el hecho es que... esta mañana intentaron agredirme y no he tenido más remedio que huir.

-¿Qué te hicieron?

-Nada, no llegaron a hacerme nada -mintió Lex-, pero me asusté.

-¿Dónde fue?

-En la playa, estaba corriendo. Parece que lo del chip toma una importancia desmedida para alguien y me quieren asustar. Es posible que sepan que barajaba la idea de llevarme el PANDORA a otra empresa y supongo que así tratan de evitarlo.

-¡Lex!, ¿qué va a ser de ti, de nosotros? Tienes que llamar a la policía y contarles todo.

-Sí, lo haré, pero sin pruebas no sé qué puedo conseguir. Primero he de saber quién me persigue y demostrarlo. El notario que vive en Cabo Zambra, Rodolfo, ¿te acuerdas?, tiene un amigo inspector con el que espero hablar en unos minutos. Espero que me ayude.

-Es absurdo, Lex. No puedes meterte en líos. Llámalo ya, denúncialos y vente a casa. ¿Estás bien, de verdad? No me engañes.

-Tengo que pensar qué haré. Si son los de Grandtel, voy a darle el diseño a la gente de Key Processors. Robert Vanguilder,

¿te acuerdas de él?, el director general, es amigo y creo que le interesará.

–¿Por qué no vienes a Madrid ya?

–Iré, pero cuando sea más seguro.

–Entonces voy yo para allá.

–Aquí no puedes hacer nada, Clara. Estáte tranquila.

–¿Cómo quieres que lo esté? –se calló unos segundos. La voz de aquella mujer le retumbó de nuevo en los oídos, pero no era el momento de preguntarle. Cuando se hubiera solucionado todo, lo aclararía.

–Clara, no te preocupes, ahora estoy bien, de verdad, y tengo que colgar. Voy a llamar otra vez al inspector y estoy esperando noticias de Victoria, que está de mi parte. Ha ido a coger los diseños al centro. Te llamo luego.

–No tardes y... ten cuidado.

ESTANISLAO y su gente no daban con Lex. La última pista aparente se la habían dado en El Bosque, donde a alguien le había parecido ver el coche que Lex había alquilado pasando a cierta velocidad por la calle Real del pueblo. Pero a partir de ahí, nada. Al caer la noche decidieron volver a Cádiz, dejando solo a Marcos y Baldomero, "que se jodan por haberlo perdido", dijo Estanislao, a los que ordenó seguir buscando por el resto de los pueblos de la zona.

VICTORIA cogió el diseño de la caja de seguridad y comprobó que no quedaba rastro en los ordenadores. Se llevó también todas las copias que habían hecho desde el principio. Estaba ya decidida a seguir a Lex, pasara lo que pasase. Definitivamente, ella no podía trabajar en una empresa que actuaba de la forma en que Grandtel lo estaba haciendo. "Además –pensó– ganaremos mucho dinero. Lex es un buen negociador, muy listo, y no me ha fallado nunca. Cuando me pide esto es que está seguro de conseguir más que lo que nos pueden dar aquí. Correré los riesgos necesarios".

Cuando se puso en marcha, observó que otro coche arrancaba unos metros más atrás. Advertida como estaba por su jefe, no lo perdió de vista, mirando continuamente por el retrovisor. Se dirigía a su casa, pero, para saber si la perseguían, cambió dos veces de sentido por la carretera que la conducía al Puerto de Santa María, donde ella vivía. Efectivamente, alguien iba tras ella. Llamó a Lex.

—Lex, voy camino de casa. Ya tengo las copias y borré todo rastro del PANDORA. Pero alguien está siguiéndome.

—Bueno, era de esperar. ¿Crees que podrás despistarlo?

—No lo sé. Puedo intentarlo, pero a estas horas hay poco tráfico y lo veo difícil.

—Tendrás que conseguirlo. Ve al hotel Monasterio. Tiene una salida trasera, aparca en la entrada y sal por detrás. Allí coge un taxi y vete a Jerez, a un hotel. Reserva un billete de avión para Madrid y te vas allí en el primer vuelo de la mañana.

—Pero tendría que pasar por casa para coger un par de cosas. No puedo irme con lo puesto.

—Cómprate lo que necesites.

—Bueno, y en Madrid ¿dónde voy?

—A un hotel también. Ten mucho cuidado. Me llamas cuando llegues a Jerez o si no consigues despistar a quien te persigue, ¿de acuerdo?

—De acuerdo. Por cierto, he decidido embarcarme contigo en esto.

—Ya lo sé, perdona, no te he dicho nada. Muchas gracias. No te arrepentirás, aunque no va a ser fácil.

—No, pero al final ganaremos, ¿no?

—¡Seguro! Venga, y mucha suerte.

JULIA estaba acostada cuando llamaron al timbre. Un poco asustada se levantó a ver quién era. Por la mirilla vio a dos tipos que no conocía.

–¿Quién? –preguntó.

–Señorita, nos envía el señor Voltoya, ¿nos deja pasar?

–No..., ¿cómo sé que él les envía?, ¿qué quieren?

–Tendrá que fiarse de nosotros. Como sabe, está escondido y no puede venir. Le traemos un mensaje.

–Díganmelo.

–Tendrá que abrirnos, a gritos no podemos.

–Pues no les abro. El señor Voltoya no me ha dicho nada de que fuera a enviar a alguien.

–Intenta abrir la puerta –le dijo Estanislao a García bajando la voz–. Yo la entretengo.

–Señorita, lo que tengo que decirle es muy importante. Necesita ayuda y nos envía para explicarle lo que tiene que hacer.

–No, no le creo. Hablé con él hace un rato y no me dijo nada. Está en lugar seguro.

–Al parecer no. Nos llamó hace unos minutos y nos ha enviado aquí.

–¿Quiénes son ustedes? –preguntó Julia en el instante en que García conseguía abrir la cerradura–. ¡Eh! –gritó–. ¡Salgan inmediatamente de aquí o llamo a la policía!

La puerta del ático donde vivía Julia se abrió apenas una cuarta, por la cadena de seguridad.

–Empuja –le ordenó Estanislao a García al tiempo que se cubría la cara con un pasamontaña.

García descargó todo su peso sobre la puerta, haciendo saltar la cadena y golpeando a Julia, que perdió el equilibrio y cayó sobre la consola que adornaba la entrada. Los dos hombres entraron rápidamente. Mientras Estanislao cerraba la puerta a sus espaldas,

García sujetaba a la mujer por el cuello, tapándole la boca con una mano, y la llevaba al salón.

-Bien, señorita. Si no arma ningún escándalo no le pasará nada. Sólo tiene que decirnos dónde está su amante. Luego la dejaremos en paz.

La presión de las manos de García sobre su cuello y su boca le hacía daño y por más que se revolvía no conseguía zafarse. Golpeó con fuerza el cuerpo de su agresor, con los puños, los pies y las rodillas, pero el otro no se inmutaba, como si de un bloque de piedra se tratase.

-Si no chilla -continuó Estanislao-, la soltaremos. ¿Me ha oído?

Julia hizo un signo afirmativo con la cabeza. García, siguiendo la indicación de su jefe, la soltó, no sin antes apretar con fuerza su cuello como señal de advertencia.

-¡No sé nada, y ahora salgan de mi casa! Llamaré a la policía.

Julia temblaba de miedo y de rabia, pero decidió no chillar ante el temor de que le hicieran más daño.

-¡No me haga perder la paciencia y dígame dónde está su amante!

-No.

-Terminará diciéndolo, así que ahórrese sufrir.

-No lo sé.

-García -dijo Estanislao.

La cogió de nuevo por el cuello y comenzó a apretar. Julia lanzó un grito que apenas si duró un par de segundos, el tiempo que necesitó García para taparle la boca.

Estanislao le preguntó de nuevo, pero Julia se negaba a responder. No quería delatar a Lex, habían intentado matarle y si lo encontraban lo intentarían otra vez. No podía decir dónde estaba. "Pero estos animales me van a hacer daño. ¿Qué hago, Dios mío?"

–Mira, Están –así le llamaba García–, vamos a dejarnos de estupideces. Queremos saber dónde se esconde ese hombre, ¿no? Pues déjame a mí. Además, esta niña está buenísima. Seguro que le gusta que la sobemos un rato, así ya verás como canta –comenzó a meter la mano por la blusa.

Julia chilló con todas sus fuerzas hasta que recibió una tremenda bofetada que la tumbó sobre el sofá. Se levantó con rabia y otro bofetón la hizo sentar de nuevo. García le desgarró la camisa dejando su pecho al descubierto. Julia se tapó con los brazos tratando de impedir que el matón la tocara, pero García le agarró por las muñecas sentándose sobre sus piernas y separando sus brazos del cuerpo.

–Mira qué tetas más ricas, Están. Me las voy a comer.

–¡Déjala! Ahora nos lo va a decir, ¿verdad, señorita?

–¡No!

Julia presentía que terminaría por traicionar a Lex. Intentaba pensar qué podía hacer. Quizás si les engañara diciéndoles que estaba en otro sitio..., quiso imaginar uno, lejos de donde estaba Lex realmente. "¿Pero ¿cuál?, ¡no se me ocurre ninguno!" Mientras, el hombre que la tenía sujeta comenzó a apretarle el pecho con sus garras, salvajemente. Julia sintió, además de un asco horrible, un dolor enorme que le hizo agitarse con todas sus fuerzas, consiguiendo que García perdiera su posición dominante y cayera hacia un lado. En el mismo instante en que se desplazaba, le propinó un rodillazo entre las piernas que hizo que el hombre le soltara las manos instintivamente para protegerse. Estanislao soltó una tremenda carcajada al ver a su amigo humillado de esa forma y esperó a ver cómo se las apañaba. Julia aprovechó ese momento para levantarse y correr hacia la puerta del salón, pero García saltó sobre ella y la hizo rodar por el suelo. Se sentó sobre el vientre de ella y con la palma de su mano la golpeó en una y otra mejilla repetidamente. Le sangraba la nariz y lágrimas de rabia y de dolor le brotaron de los ojos. Intentó defenderse como pudo, pero pronto comprobó que su lucha era totalmente inútil, como si en algún momento hubiera pensado lo contrario. Seguía tratando de definir un lugar donde situar a Lex, pero parecía que en esos momentos toda su memoria se había borrado y era incapaz de imaginar un solo lugar en el mundo que decirles a esos hombres.

–Bien, basta ya –intervino Estanislao–. García, suéltala y tráela a este sillón.

García obedeció.

–Señorita, se me acabó la paciencia. O nos dice dónde está o le aseguro que va a sufrir como nunca en su vida. Puede que incluso la matemos.

LEX consiguió hablar por fin con el policía amigo del notario.

–¿Don Martín Molinero?

–Sí, al habla, ¿quién llama?

–Soy Alejandro Voltoya, amigo de Rodolfo Gutiérrez. Creo que le ha hablado de mí.

–Hola, Alejandro. Sí, efectivamente, Rodolfo me ha contado todo y parece que está en apuros. ¿Dónde se encuentra ahora?

–En un pueblo de la sierra.

–Bien, necesito que me cuente todo y veré qué puedo hacer.

–¿Es seguro su teléfono?

–Sí. Vaya, creo que sí. Dicen que estos nuevos con tecnología digital no se pueden intervenir, no hasta donde yo sé. Y es de suponer que nadie me haya trucado el teléfono, ¡soy policía!

–Bueno, claro, confío en que sea así. Como comprenderá por lo que voy a contarle, estoy muy sensibilizado con las escuchas.

–Empiece. Deme todos los detalles.

Lex le contó desde el principio sin omitir ningún dato. Martín solo le interrumpió para hacerle alguna pregunta breve y le dejó continuar hasta el final.

–En primer lugar, debe usted poner una denuncia por intento de asesinato, escuchas y persecución ilegales. Yo me encargaré de que la investigación se lleve en secreto e intentaré que me la asignen a mí. Describa lo mejor que pueda al hombre que le atacó, que probablemente esté fichado, y también al que le persiguió hace unos días.

–Sí, pero ¿dónde la presento? Ahora estoy perdido por la sierra y no me atrevo a salir.

–Entiendo. ¿Qué plan tiene? ¿Cree que podrá venir a Cádiz?

–Aún no sé lo que haré. Mi intención es irme a Madrid en cuanto pueda y desde allí a algún lugar de Europa, de momento.

–Bien, yo puedo empezar tratando de identificar, con la descripción que me ha dado, a quien lo persiguió y al que lo agredió. No va a ser fácil, pero lo intentaré. Veré qué puedo averiguar.

Quedaron en que se llamarían más tarde, insistiendo Martín en que lo localizase a cualquier hora si algo ocurría.

JULIA se preparó a soportar lo que le hicieran, antes de decir dónde estaba Lex, pero temía no poder aguantar que tocaran su cuerpo con la lascivia que mostró ese hombre asqueroso. Confiaba en que el otro le parara los pies, aunque no sabía qué otros sufrimientos le iban a producir.

–Retuércele el brazo –dijo Estanislao– y tápale la boca.

–Déjame seguir metiéndole mano. Seguro que así habla.

–¡No seas guarro! Haz lo que te digo.

García la levantó, obligándola a ponerse de rodillas, le cogió el brazo izquierdo por la muñeca y se lo puso en la espalda, sin dejar de mirar el pecho de Julia que ella trataba de tapar con la mano que tenía libre. Comenzó a subir el brazo despacio pero firmemente, dirigiendo la mano de ella hacia sus omóplatos.

–¡Habla!

–¡No!

–Sigue.

–¡Nooo!

–¡Habla!

–¡No!

–Sigue, García.

Julia no pudo evitar un grito de dolor al sentir cómo el hombro se le iba a dislocar. El hombre siguió subiendo el brazo hasta que oyó un tremendo crujido, instante en el cual Julia dejó de gritar y se desplomó de bruces, perdiendo el sentido.

–¡Animal! ¿Qué has hecho?

–Lo que me dijiste, ¡joder!

–Trae agua de la cocina. Hay que espabilarla.

Con el segundo balde de agua que vertieron sobre su cabeza, Julia recobró la conciencia y en un reflejo casi instintivo evitó cualquier signo externo que les hiciera ver a sus agresores que había despertado. Aguantó el tremendo dolor que sentía en el hombro, mordiéndose los labios que le sangraban pegados al suelo y ocultos a los ojos de los dos hombres.

–Ésta no despierta. Levántala.

García le dio la vuelta, esta vez con cuidado, concentrando de nuevo su mirada en la parte de su cuerpo que la blusa mojada dejaba sin cubrir. Movió sus manos con intención de ponérselas encima cuando recibió de su compañero un empujón que le hizo caer.

–¡Joder, te he dicho que te estés quieto! Trae más agua y mira si tiene amoníaco por algún sitio.

El agua fría en la cara la delató esta vez. Encogió los ojos y movió el brazo bueno instintivamente.

–¡Qué!, ¿me lo dices ya?

VICTORIA llamó a Lex instantes después de que entrara en la habitación de un hotel en el centro de Jerez.

–Creo que los he despistado. Le pedí al taxista que diera una larga vuelta por la ciudad y no parece que me siguiera nadie. Te hice caso y parece que funcionó.

–Bien. ¿Has reservado el billete?

–No, ahora lo haré. Acabo de llegar.

–¿Qué sabes de Julia?

–Nada. Se empeñó en acompañarme, pero al final cedió y se fue a casa. Supongo que estará allí. ¿Quieres que la llame?

–No, ya lo hago yo. Aunque me escuchen no sabrán de dónde llamo. Ten cuidado. Mañana hablamos.

–Cuídate, Lex. Hasta mañana.

Marcó el número de la casa de Julia.

–¿Quién puede llamar? –preguntó Estanislao.

El corazón de Julia latió con fuerza. "¡Es Lex! Si pudiera decirle algo. Si pudiera advertirle..."

–Será su amante –dijo García.

–Bien, señorita. Va a descolgar y a mostrar naturalidad. Me importa tres cojones que le duela el brazo. Si le suelta algo o le habla con voz llorosa, le juro que este la viola y después la mato. ¡Por esta! –dijo Estanislao besándose el pulgar de la mano derecha tras cruzarlo con su dedo índice–. Espere a que coja el otro aparato y conteste –descolgó el teléfono de la cocina al mismo tiempo que ella.

–¿Julia? ¿Por qué tardabas en coger el teléfono?

–Es... estaba en el cuarto de baño, Lex –su voz temblaba ligeramente, por más esfuerzos que hacía para evitarlo–. ¿Cómo estás, Lex?

–Bien, de momento no me han encontrado, ¿y tú?

–Algo nerviosa por todo esto... Y cansada... Me iba a acostar ya.

–¡Pregúntele dónde está! –chilló en voz baja Estanislao, asomándose por la puerta de la cocina.

Julia vio el cielo abierto. La pregunta le extrañaría a Lex, aunque ellos descubrirían que ella ya lo sabía.

–¿Dónde estás, Lex?

–Ya lo sabes, ¿por qué me lo preguntas?

Julia no contestó.

–Julia, ¿por qué me lo preguntas? –insistió.

–No... por nada.

–¿Estás bien?

–Sí, pero cansada..., ya te lo he dicho.

–Algo te pasa, te noto la voz muy débil.

–No, de verdad, hablamos mañana, ¿vale? –Julia tuvo que reprimir un grito de dolor. Temía que cumplieran su amenaza, aunque, por otro lado, quería que Lex llegara a sospechar algo. Suspiró, ahogando un gemido.

–Julia, tú no estás bien –elevó el tono de voz–. ¡Dime la verdad!

–Estoy bien, Lex, hasta mañana –y colgó el teléfono, no pudiendo aguantar más el dolor del hombro.

–¡Zorra!, ¿por qué has colgado? Y tú sabes dónde está, ¿eh?

El teléfono sonó de nuevo.

–Lo descuelgas y lo convences de que no pasa nada. O te mato –García sacó el arma que tenía sujeta entre el cinturón y la parte baja de la espalda. Le colocó el silenciador que sacó de un bolsillo de la cazadora.

–Lex, de verdad, no me pasa nada –tenía que hacer auténticos esfuerzos para no empezar a llorar–. Perdona que te colgara, pero estoy cansada y asustada... Sé que tú estás a salvo y voy a tomarme un *valium* para dormir.

–Bien, perdona, pero me has inquietado. De acuerdo, mañana hablamos. ¿Te siguió alguien a casa?

–No... que yo sepa.

–Hasta mañana. Un beso.

–Adiós.

Lex colgó, pero no se quedó convencido. Julia nunca le había respondido de esa manera, llevaba horas sin saber de él y, aunque entendía que estaba alterada por la tensión que estaban sufriendo, le parecía más lógico que hubieran hablado largo rato. Llamó al inspector.

–¿Martín?

–Dígame, Alejandro.

Le contó la conversación con Julia y le pidió que le hiciera el favor de darse una vuelta por su casa.

–Está cerca de la comisaría, voy para allá –le dijo Martín tras anotar la dirección.

–¿QUIERES que te rompa el otro brazo, puta? –gritó García agarrándole el brazo derecho y llevándolo a la espalda como había hecho con el otro.

–No, no, por favor... –Julia estalló en un profundo llanto.

–Por última vez, ¿dónde está tu maldito amante?

–Se lo diré. Pero suélteme.

García la soltó por indicación de Estanislao.

–Está... en una casa de campo... cerca del pueblo de Grazalema.

–¿Dónde exactamente?

–No lo sé, camino de Benamahoma..., nunca estuve allí.

García le golpeó la cara.

–Sí lo sabes. ¡Dímelo, maldita sea!

–No sé más.

Recibió otro golpe que la tumbó al suelo. El matón se le acercó y cogiéndola por los pelos le golpeó la cabeza con rabia contra el borde de la mesa de cristal, una y otra vez. Julia creía morir en ese momento. La sangre le brotaba de cada una de las brechas que cada impacto le producía en la cabeza. No podía más. Levantó la mano para indicar que hablaría, pero incapaz de articular palabra.

Los golpes cesaron. Levantó la cabeza del suelo apenas unos centímetros, apoyándose sobre su brazo derecho. Tuvo que hacer un tremendo esfuerzo para decir:

–A la derecha... a unos dos kilómetros... –las lágrimas le caían por el rostro y se mezclaban con la sangre a la altura de la boca; apenas si podía hablar; estaba aturdida por el dolor, aunque no sabía si era el hombro y la cabeza o traicionar a Lex lo que más le dolía–, una casa blanca... rodeada... por un muro bajo de piedra...

–¿Lo juras? –García la agarró por el brazo izquierdo que colgaba a peso a lo largo de su cuerpo.

Julia emitió un tremendo grito y rompió a llorar de nuevo, esta vez sin ningún control.

–Sí... ¡lo... juro! –respondió con un hilo de voz.

Su cabello ensangrentado se le pegaba a la cara y la blusa, teñida de rojo, apenas tapaba su pecho que ella ya no intentaba ocultar. En su interior el pánico la dominaba.

–¿La mato, Están?

García levantó el arma dirigiéndola hacia el corazón. Julia lo entrevió por sus párpados semicerrados y un horrible escalofrío recorrió todo su cuerpo. En esas décimas de segundos que el asesino tardó en apuntarle sintió cómo toda su vida le pasaba ante su mente como si ella fuera una mera espectadora. Le pareció detenerse en la figura de Lex cuando lo conoció, reproduciendo su mirada fija en ella por entre el grupo de personas que los separaba.

–¡Nooo...! –el grito desgarrado de Julia traspasó las paredes de la casa.

–No, no es necesario. A mí no podrá describirme y tú tendrás que huir.

–Déjame entonces que disfrute un rato.

–¡No seas salvaje, joder! Vámonos.

-¡Julia! ¡Abra! ¡Policía! -gritó el inspector Molinero aporreando la puerta. No podía estar seguro, pero le pareció haber oído un grito lejano cuando cogía el ascensor.

-¡Joder, lo que faltaba! Vamos detrás de la puerta y apaga la luz -fue García el que habló en voz baja, demostrando los reflejos adquiridos en situaciones similares-. Cuando abra, yo le golpeo y salimos corriendo.

-¡Abra! ¡Policía!

Martín dio una fuerte patada en la puerta por debajo de la cerradura, pero no consiguió abrirla. Lo intentó descargando toda la fuerza de su cuerpo sobre la puerta, pero tampoco cedió. Optó por disparar a la misma cerradura, haciéndolo de arriba hacia abajo por temor a herir a Julia. La falta de luz lo confundió cuando consiguió entrar y García aprovechó ese instante para golpearle en la cabeza con la culata de su arma, derribándolo. Quedó aturdido, sobre el suelo, el tiempo suficiente para que los dos asaltantes pudieran correr escaleras abajo. Los oyó salir sin apenas distinguir sus figuras con la poca luz que entraba desde el descansillo de la escalera. Se levantó tambaleándose y buscando un interruptor antes de lanzarse a perseguirlos. Cuando lo accionó, se encontró con el cuerpo ensangrentado de Julia.

-¡Nos vemos en la oficina! -le gritó Estanislao a García cuando salieron a la calle, indicándole que fuera cada uno por un lado, por si el inspector les perseguía.

Arrancó el coche sin ver que nadie saliera en su persecución y marcó en el suyo el teléfono móvil de Baldomero.

-Sí, jefe, dime -respondió inmediatamente el otro.

-Atiende. Está en una casa entre Grazalema y Benamahoma. A la derecha, en un camino a unos dos kilómetros del desvío. Id con cuidado. No hagáis nada, solo vigilarlo. García y yo vamos para allá. Manténme informado cada diez minutos.

LEX recorría el salón, que tenía a oscuras por miedo a sus perseguidores, sin saber qué hacer, sintiendo todo el cansancio de golpe, y nervioso por la sospecha de que le pasara algo a Julia. La tensión de todo el día le pesaba como una losa. "Tengo que huir de aquí e irme a Madrid. Pero tendré que dormir un rato antes. Victoria está en lugar seguro..., parece. Julia me preocupa..., espero que sea falsa alarma..., no me gusta nada. Clara. Clara estará preocupada... no me dijo nada de que llamó a casa y le respondió una mujer... ¿qué pensaría en ese momento?... ¿creerá que ha dormido en casa conmigo?... ¿cómo se lo explico?... el PANDORA, tengo que convencer a Robert... ¿y si no cree en él? Grandtel lo puede terminar y fabricarlo, incluso antes... tengo que llamar a Julia... y si me encuentran, pueden matarme. ¡Joder!". Las ideas se le agolpaban en la cabeza. Los ánimos comenzaban a esfumarse como humo y una sensación de miedo e impotencia le invadió. "Es absurdo... inventé algo que creo que es bueno y ahora estoy metido en un buen lío... no tiene sentido... la policía... tengo que denunciarlo. ¿Me ayudará ese tal Martín...? ¿Habrá ido a ver a Julia?". Inquieto y preocupado marcó el número de la casa de ella, pero no contestó nadie. Esta vez se alarmó. Llamó al inspector, pero su móvil no contestaba. Insistió. Nada.

MARTÍN subió a la ambulancia donde llevaban a Julia. Salvo las brechas en la cabeza y el hombro dislocado, no parecía tener nada grave, pero su estado nervioso era lamentable. Por más que lo intentó no consiguió que le dijera nada. No paraba de repetir el nombre de Lex, a pesar de los esfuerzos de Martín por tranquilizarla.

CLARA no acababa de asimilar la situación. Sabía de las dificultades que la empresa estaba poniendo y de la actitud negativa del presidente. Y conocía la intención de su marido de vender el chip.

Pero lo que acababa de contarle Lex carecía en absoluto de sentido. "¡Lo han atacado! ¿Por qué? ¿Qué pretendían? ¿Sólo agredirlo...? ¿O matarlo y él me lo oculta? Dios mío... esto va en serio. Pero no lo entiendo. El teléfono... ¿intervenido?". Cogió el auricular y observó unas muescas en la junta que unía las dos mitades como si, efectivamente, lo hubieran abierto. Buscó un cuchillo y separó las dos partes. Un micrófono del tamaño algo mayor que un dedal cayó hacia afuera, quedando sujeto por los hilos que lo unían al cable del teléfono. Lo quitó. Encontró otro igual en el teléfono de la cocina. En el inalámbrico que tenía en el dormitorio, el micrófono estaba en la base del aparato. "Espero que solo captaran las conversaciones telefónicas... ¿habrán grabado mi charla con Santi?" Buscó por el resto de la casa, en las lámparas, tras los cuadros, entre los libros de las estanterías, en las cortinas. No parecía que hubiera más. Los inutilizó dándoles un golpe con la mano de mortero. Y luego con el mortero, con rabia, haciendo saltar por los aires las piezas internas.

Se sentó, temblando, en el sofá del salón. Le parecía estar viviendo una película de espías y ladrones y le costaba aceptar que todo eso estaba ocurriendo de verdad. Su mente saltaba de manera incoherente de una frase de Lex a otra, a los micrófonos, a las manos de Santiago sobre su pecho, a la voz de aquella mujer, a la cala de la Gaviota donde tantas veces había visto correr a su marido. Reproducía cada una de las rocas de la playita, su forma de media luna, las olas desprendiendo espuma en el aire cuando arreciaba el viento de levante. Las palabras de Lex: "...intentaron agredirme y no he tenido más remedio que huir...". La voz de la mujer de nuevo. "Fue a la hora en que estaba corriendo. Pasó la noche con él, seguro, y esperaba que fuera Lex el que llamaba, pero ¿desde la playa? No tiene sentido. O ya había pasado por casa huyendo. O...". Las lágrimas le brotaron entre sentimientos de rabia y dolor, de miedo y de impotencia.

Cuando se serenó, el cansancio y la tensión de todo el día aparecieron como de golpe y un sueño relajante la invadió. Al despertar, apenas media hora más tarde, todos sus anteriores pensamientos se le agolpaban de nuevo. Tuvo que hacer un esfuerzo para mantenerse tranquila y pensar con serenidad. Llamaría a Lex. Volvió a revisar los tres teléfonos que tenía semidesmontados y, cuando estuvo segura de que no contenían ningún otro aparato extraño, marcó el número que Lex le había dado. "No olvidaré este número jamás", se dijo.

–¿Lex?

–Hola, Clara –su voz sonaba preocupada.

–¿Has hablado ya con la policía?

–Sí. Hablé con el inspector. Está en ello, intentando averiguar algo sobre la gente que me persigue.

–Oye, efectivamente, teníamos los teléfonos pillados. Los tres. He desmontado un micrófono de cada uno. Te estoy llamando desde casa.

–¡Vaya! ¿Has revisado el resto?

–Sí, con todo detalle. Y no encontré nada más.

–Bueno, a estas alturas poco importa que nos oigan.

–Cuéntame más, Lex, hay cosas que no me cuadran.

– Verás... –con la preocupación que tenía por Julia, pendiente de localizarla a ella o al inspector, no quería hablar demasiado, pero entendía que Clara merecía que le contara todo, "así me distraeré", se dijo–, esto empezó hace unos cuatro días, cuando volví de Madrid. Observé que alguien me vigilaba y decidí plantarle cara: lo perseguí yo a él. La verdad es que parecía bastante torpe, pero al final se me escapó.

–¿Por qué no me lo contaste? –preguntó Clara con tono enfadado.

–No quise preocuparte y tampoco podrías haber hecho nada entonces. Tenía que averiguar qué estaba pasando. Fui a casa y descubrí micrófonos ocultos en varios sitios. Acudí a ver al notario para que levantara acta y me aconsejara qué podía hacer.

–Y anoche, ¿qué pasó?

–¿Anoche...? –dejó pasar un segundo–. Nada. Fue esta mañana cuando...

–¿Dónde... estuviste, Lex? –Clara no se atrevía a preguntarle directamente sobre la mujer.

–¿Cuándo? –intentaba ganar tiempo.

–¡Anoche!

–En casa, en nuestra casa de Cabo Zambra.

–Te llamé y no... –empezó a decir.

–Perdona, Clara –le dijo al oír un pitido en el móvil que indicaba la entrada de otra llamada–, alguien me está llamando y estoy esperando al inspector. Puede que sea urgente.

–Bueno, pero me llamas inmediatamente.

–Hasta ahora.

Pulsó el botón de recepción.

–Alejandro, soy Martín.

–Cuénteme. Estaba preocupado.

–Julia ha recibido una paliza, pero está bien. Parece que tiene un hombro o el brazo roto y algunos golpes en la cabeza.

–¡Dios! ¿Está seguro de que no tiene nada más? –Lex sintió un amago de llanto que finalmente no pudo reprimir–. Todo esto es culpa mía. Maldita la hora en que...

–Lex, no se preocupe, no es grave. Los médicos están con ella y me han dicho que se pondrá bien pronto. No he conseguido que me cuente nada por su estado de nervios, pero es posible que les haya dicho dónde se encuentra.

–Sí –la figura de Julia herida y la sensación de culpa le agobiaban.

–Tiene que irse ya. Inmediatamente.

–Sí, sí.

-¿Tiene coche?

-Sí.

-Vaya hasta Grazalema. A la comisaría de policía. Los voy a llamar para que estén sobre aviso. Cuando llegue, me llama. Dése prisa.

Lex colgó y permaneció unos minutos sin reaccionar. Paseó por el salón sin otra imagen en la mente que la figura de Julia ensangrentada. El teléfono sonó de nuevo. Era Clara.

-El inspector acaba de decirme que tengo que salir de aquí. Es posible que sepan dónde estoy y no quiero que me cojan. Te llamo en cuanto esté en lugar seguro, pero ten paciencia. Te... te quiero -no tuvo claro si ese "te quiero" iba dirigido a su mujer o a su amante.

-Lex, ten cuidado, por lo que más quieras. ¡Prométemelo!

-Sí, no te preocupes, de verdad.

"La realidad es que quiero a las dos... a Julia, pobre Julia, por mi culpa... -decía en voz alta, compungido, mientras comenzaba a recoger algunas de las cosas que había llevado-. A Clara también, claro."

-A lo mejor es ese. ¡No lo dejes pasar! -gritó Baldomero a Marcos que conducía esta vez.

Marcos detuvo el coche en el camino, impidiendo el paso del vehículo que venía de frente. Baldomero bajó y se acercó lentamente, empuñando su arma.

Lex lo reconoció al instante.

-Baje del coche. ¡Las manos quietas, que yo las vea!

-Jefe, lo tenemos -dijo Baldomero por el móvil, sin dejar de apuntar a Lex-, ¿qué hacemos?

-¡Bien! ¿Dónde estáis?

-En el camino que supuestamente lleva a la casa. Lo encontramos cuando iba a coger la carretera.

–Id a la casa y esperadnos allí.

–Marcos, conduce tú su coche. Yo llevaré el nuestro y a éste.

–Pero... –Marcos iba a explicarle que así se les podía escapar.

–¡Haz lo que te digo! –le chilló Baldomero, sintiéndose protagonista de la acción e imaginando ya las felicitaciones de Estanislao. Tenía que corregir los errores y demostrarle a su jefe de lo que era capaz.

Con el arma en su mano izquierda, dirigida hacia Lex, y el volante en la derecha, condujo despacio, siguiendo a Marcos. que iba marcha atrás buscando un hueco donde dar la vuelta.

Lex iba callado, analizando la situación y esperando un despiste de su secuestrador que le permitiera escapar. Tenía que arriesgarse. No podía esperar a que llegaran los otros, pues estaba seguro de que iban a matarlo. La oportunidad se la brindó el tal Marcos, que frenó de golpe cuando iba a salirse de una curva. Baldomero hubo de frenar también, prácticamente en seco, y el impulso le hizo desviar la pistola de su objetivo, instante en el que Lex le propinó un tremendo puñetazo en la cara, abrió la puerta y corrió cuanto pudo alejándose del coche. Los pies le estallaban de dolor, pero tenía que correr por encima de todo. Oyó los disparos a su espalda y aceleró aún más el paso. La noche oscura le favorecía y el fuerte viento de levante que arreciaba por entonces ocultaba el ruido que hacía al correr. Se detuvo cuando creyó que se había alejado un buen trecho e intentó divisar a sus perseguidores. A lo lejos vio las luces de unas linternas girando de un lado a otro, como si no supieran qué camino había cogido. Eso le daba ventaja, aunque en ese momento no sabía qué dirección tomar para dirigirse a Grazalema, tal como le había pedido el inspector. Era difícil orientarse en aquella zona donde las estribaciones de la sierra conformaban un terreno irregular, lleno de rocas que subían y bajaban entre pinsapos, que se iban espesando según la pendiente se hacía mayor. "Por aquí no es fácil que me encuentren, aunque no sé si me perderé. Ir montaña arriba me permitirá, al menos, verlos venir."

Cuando Estanislao y García se dirigían a la casa, encontraron el coche de Baldomero en el camino junto a otro vehículo que coincidía con la descripción del que había alquilado Lex. Ambos tenían las llaves puestas y parecían haber sido abandonados a toda prisa, pues las puertas estaban abiertas y los faros encendidos.

–Estos gilipollas lo han vuelto a dejar escapar. ¡A saber dónde está ahora! –exclamó Estanislao.

Registraron los coches y encontraron el ligero equipaje de Lex, teléfono incluido, así como el móvil que llevaba Baldomero. El de Marcos no aparecía y marcó su número, pero una voz femenina le indicó que estaba fuera de cobertura.

–¡Joder, esta pareja de inútiles va a acabar conmigo!

Martes, 9 de mayo de 1995

LEX llegó al pueblo de Grazalema un poco antes de amanecer y, por fin, pudo denunciar la situación a la policía. Pidió un barreño con agua fría donde introducir sus pies doloridos, pero le sugirieron que esperara un poco y lo llevarían a la casa de socorro. Ya tenían noticias del caso por el inspector Molinero, quien había llamado la noche anterior.

–De hecho, estábamos pensando ir ahora a la casa donde usted estaba. ¿Qué ha pasado?

Lex relató con todo detalle el encuentro con los dos hombres cuando se dirigía hacia allí y las horas que había estado perdido por la sierra cercana. Habían sido unas horas de tensa huida, durante las cuales el cansancio y la desorientación estuvieron a punto de traicionarlo y dejarlo en manos de sus perseguidores.

–Finalmente –terminó Lex–, creo que los perdí del todo hace un par de horas y, la verdad, no tengo idea de por dónde pueden estar.

Llamó al inspector para preguntarle por Julia, que empezaba a encontrarse mejor, y le había dado la descripción de los que estuvieron en su casa. Por lo que le explicó, Lex reconoció a García, pero el otro no coincidía con quien le había seguido a él. Quiso hablar con Julia, pero Martín le dijo que estaría dormida por unos calmantes que le habían aplicado. Llamó entonces a Clara para decirle donde estaba. Ella lo había intentado varias veces esa noche y en una de las ocasiones una voz extraña le había preguntado quién era.

–Lex, no puedes imaginarte las horas que he pasado. Creía que te había ocurrido algo –le dijo con voz llorosa, aunque alegre al mismo tiempo.

Quedaron que esa misma tarde iría para Madrid. Antes tenía que ver a Julia, aunque la excusa que le dio a su mujer fue que tenía que realizar la denuncia en Cádiz y pasar por la oficina.

–Todo ha acabado, Clara. Ya no hay por qué preocuparse.

Eso no era cierto y Lex lo sabía. El estado de Julia le hacía sentirse culpable y flotar en una nube de irrealidad, como si lo que había ocurrido no tuviera nada que ver con ella, ni con él, ni con el chip..., le parecía increíble y no acababa de aceptarlo. Tenía que ir a verla.

Por otro lado, estaba Grandtel. Si alguien en la empresa había ordenado matarlo tenía que ser su presidente, Bill. Pero ¿por qué? ¿Y cómo podría demostrarlo? ¿Detendrían a alguien? ¿Hablarían? ¿Intentarían matarlo otra vez? De momento, con la policía, estaba seguro, pero...

JULIA se recuperaba de la paliza en una cama del hospital donde hubo de pasar 24 horas en observación por los golpes recibidos en la cabeza. Lex, con lágrimas en los ojos, la abrazó con cariño largo rato, durante el cual pasaron por la mente de ambos cada uno de los momentos en que habían estado juntos. Julia apenas si respondió al abrazo, manteniendo su mirada fija en la lámpara que colgaba del techo, con el brazo sano caído a su costado. Lex lo notó, pero lo achacó a su estado físico.

–No te preocupes, estoy bien –dijo Julia–. Sólo un poco dolorida y todavía algo asustada.

–Lo siento, Julia. Siento muchísimo que, por mi causa, hayan estado a punto de...

–De violarme y de matarme –siguió la frase Julia–. Son unos bestias. Creí que nunca me dejarían.

Julia le contó las barbaridades que le hicieron, exagerando un poco. Lex no daba crédito a lo que oía y contenía su rabia a duras penas. La consoló como pudo, narrándole su odisea de la noche anterior.

–Tengo que irme a Madrid, Julia. Tardaré unos días en volver, pero te llamaré tantas veces como pueda.

Fue a la comisaría con el inspector Molinero a presentar la denuncia, y relató los hechos sin pasar nada por alto. Luego se acercó al centro, donde reunió a sus colaboradores. Les explicó, ante sus preguntas, que la herida de la cabeza se la hizo al caer sobre una roca corriendo en la playa el día anterior y les dijo que Victoria, terminada la parte importante del diseño, le había pedido unos días de vacaciones. Emilio y Andrés se sorprendieron y Maite dijo:

–¡Qué raro, Lex! No me dijo nada de que fuera a tomarse unos días.

–Lo decidió anoche a última hora, por eso no sabéis nada. Yo me voy a Madrid a seguir discutiendo algunos temas. Os llamaré.

No quiso dar más información a pesar de la cantidad de preguntas que le hicieron. Estaba seguro de que no le habían creído, pero tenía que negar la evidencia. No podía descubrirles la situación sin preocuparlos y en esos momentos el que lo supieran no contribuiría a nada bueno.

–Pierdo el avión. Os llamo desde Madrid.

EL encuentro con Clara fue emotivo. La incertidumbre de las horas pasadas le hizo olvidar a ella las sospechas de infidelidades y a él su preocupación por Julia, al menos por unas horas. Lex comprendió que tenía que contarle la verdad de la situación a su mujer y lo hizo sin ocultarle nada, excepto lo de Julia.

–Abandona, Lex. Tu vida vale más que ese invento.

–No, Clara. Es mi trabajo, compréndelo, y puede ser mi mejor éxito profesional, además de significar unos ingresos muy importantes. Lucharé por ello, aunque tendré cuidado, mucho cuidado.

–Sí, debes tenerlo. No quiero que vuelvas a correr ningún riesgo.

Luego Clara le preguntó sobre sus planes inmediatos.

–Hablaré con Robert para reunirme con él. Tengo decidido entregarle el chip y fabricarlo en su empresa. Tendremos que estudiar la forma legal de hacerlo, si es que la hay, o buscar otros caminos.

–Pero aún no sabes a ciencia cierta que sea Grandtel quien ha intentado matarte.

–¿Quién si no, Clara? Si hubiera sido otra empresa no tiene sentido que quisieran matarme. Hilando los hechos lo veo muy claro: me ofrecen unas condiciones excelentes, porque saben que no necesitan cumplirlas. Luego esperan a que tuviera la interfaz diseñada y, una vez que la consiguen, o que creen que la tienen, dan la orden. Si yo desaparezco tienen a Victoria, que ha hecho el desarrollo conmigo y lo conoce tanto como yo. Siendo un accidente nada habría trascendido y el proceso de fabricación habría seguido su curso. Me pusieron vigilancia y deben saber que hablé con Robert y con David. Supieron también que ya habíamos resuelto los problemas que encontramos y que todo estaba terminado. No han querido correr riesgos y decidieron eliminarme. Pero les ha salido mal.

ESTANISLAO dejó pasar el lunes antes de comunicar el fracaso de la operación. No atendió las numerosas llamadas de Frank e intentó por todos los medios localizar a Lex y a Victoria, pero a esta parecía habérsela tragado la tierra y de Lex supieron que había llegado a la comisaría de Grazalema y ahí le perdieron la pista hasta la tarde. Pusieron vigilancia en su casa y en el centro, adonde lo vieron llegar escoltado por la policía. Decidieron abandonar por miedo a ser descubiertos.

Dio orden a García de desaparecer y vacaciones a Baldomero y Marcos para que se fueran de la provincia por un tiempo.

–Mr. Kirpatrick –lo llamó cuando no tuvo más remedio–, hemos fracasado otra vez. Se nos ha escapado y ahora no sabemos dónde está.

La bronca fue monumental. Le amenazó con romper sus relaciones profesionales si no lo localizaba en 24 horas y, desde luego, no le pagaría un céntimo si volvía a fallar.

La reacción de Bill fue más dura, si cabe. Cuando se enteró de que Lex había estado en la policía, entendió que el fracaso había sido absoluto y comenzó a temer que su plan fuera a ser descubierto. El mundo entero parecía caérsele a trozos de sus manos y el gran negocio que esperaba se deshacía, como un meteorito que se estrellara sobre la Tierra, en multitud de fragmentos, en montones de problemas.

–¡Frank! –le chilló a la cara, en el pequeño bosque que separaba sus viviendas–. Me garantizaste que no habría ningún problema y que iba a ser un accidente perfecto. Me has hundido. Ahora la policía investigará y tirará del hilo. Me descubrirán. Es el final.

–No, Bill. No es así. Estanislao, el de Cádiz, me asegura que la policía solo tiene la descripción de tres de sus hombres, que no son conocidos allí, y que probablemente abandonen su búsqueda pasadas unas semanas. No tienen ninguna otra pista.

–Sí, pero interrogarán a gente de la compañía porque, supongo, Voltoya les habrá dicho que sospecha de mí.

–¿Lo sabe alguien más?

–No, solo tú y yo. Y absolutamente nadie en mi empresa.

–Entonces no hay problema. Los tres hombres que ha descrito han salido de la provincia y tardarán mucho en volver. ¡Y a mí no me van a cazar, te lo aseguro!

–¿Qué se sabe de él?

–Nada. Hubo que abandonar su vigilancia porque apareció la policía. Comenzaremos, con gente nueva, a vigilar a su esposa y su amante. No creo que tardemos en saber dónde está.

–Sí, pero ahora no podemos deshacernos de él. La policía atará cabos y sospechará definitivamente de nosotros. Tenemos móvil suficiente y pueden descubrirme.

–Lo pueden sospechar, pero, créeme, lo haremos de manera que no puedan demostrar nada. Un accidente, o lo hacemos desaparecer. Ya veremos qué es lo más seguro.

–¡Pero no lo harás con esos chapuzas! Ya la han jodido una vez.

–No, claro. Estanislao me lo va a localizar, pero enviaré a un experto de los míos para la operación final.

–Franky, esta vez no me falles. Me juego mi vida en esto. Y no lo tomes como amenaza, pero sabes que sé muchas cosas de ti.

–Y yo de ti, Bill.

Miércoles, 10 de mayo de 1995

LEX se encontró con Robert en el aeropuerto de Orly en París, y le contó todo lo sucedido.

–Y ahora, lo bueno –dijo Lex–. ¡El chip PANDORA!

–Cuéntame. No tengo idea de qué has inventado, solo que es válido para el siglo que viene.

–Para el final de este siglo –le corrigió Lex–, el año 2000 es el último del siglo XX, que yo sepa. Pero te explico. Es... como el huevo de Colón, como decimos en mi país. Cuando lo conozcas, estarás de acuerdo conmigo en que la idea es de una sencillez absoluta, aunque no tanto su desarrollo, como ahora verás. Y hay detrás un montón de dinero, si es que finalmente podemos...

–Explícamelo –lo interrumpió Robert–. Estoy ansioso.

–Ahora te daré toda la documentación y podrás leerla detenidamente. Pero, resumiendo, el PANDORA es un chip que soluciona de forma automática el problema de las fechas cuando tengan que tratarse aquellas cuyo año sea el 2000 o posterior, y sin necesidad de tocar una sola línea de código de los millones de programas que hay escritos por el mundo.

–Vaya, parece muy interesante. ¿Cómo funciona?

–Es un procesador que interrumpe las operaciones del procesador principal de un ordenador, detecta las que se hacen con campos fecha y resuelve el problema. ¿Qué te parece?

–Brillante, sí... ya lo creo. Pero... ¿funciona?

–Eso lo averiguarás tú mismo. Verás, si lees la página 19 del documento...

Discutieron el planteamiento técnico del proyecto hasta que David D. Douglas se les unió a última hora de la tarde. Después de que Lex le pusiera al corriente de la situación, dedicaron su tiempo a analizar todas las posibilidades legales que tenía KP de fabricar el PANDORA sin que Lex ni la empresa pudieran ser acusados de delito.

–En las actuales circunstancias no hay manera –dijo David–. La legislación está de parte de Grandtel. Tú has parido y desarrollado el invento siendo director de investigación y desarrollo de la empresa, y no hay ninguna cláusula en tu contrato que te otorgue la propiedad. Ni en la hipótesis de que lo hayas hecho fuera de la oficina y en horas de tu tiempo libre, cosa que, además, no es así, pues has contado con un equipo de técnicos de la filial de Cádiz. Te queda el derecho de autor, que es irrenunciable, pero ni los derechos de fabricación ni de explotación o venta son tuyos. Ni la justicia española, ni la americana en su caso, te eximiría de culpa. En otras palabras, no puedes dar el chip a Robert. En cuanto Grandtel os denunciara, y lo hará tan pronto como se entere, la historia se acabó.

–Entonces –intervino Lex–, ¿quieres decir que me han intentado matar por el PANDORA y encima tengo que aguantarme y dejar que lo fabriquen sin pelear? ¡Hombre, no!

–Bueno, ya has puesto la denuncia en España. Confía en la justicia. Si consiguen demostrar que la orden de matarte partió de tu empresa, entonces probablemente puedas hacer con el invento lo que quieras. Si Grandtel demuestra que la orden no fue corporativa, sino de una sola persona, las cosas pudieran ser distintas, pero tú ganarías igualmente. Al inductor de asesinato le condenarían y a la empresa no, en esta hipótesis.

–¿Y cuánto tardarían? –preguntó Robert.

–¡Uf! Quién sabe.

–¿Hay algún otro camino?

–Como abogado, no lo veo. Denunciar y esperar. Como vuestro amigo...

–¡Venga, dinos! –le animó, expectante, Lex.

–Bueno, está claro que quien ha ordenado esto no es trigo limpio. Tú, Lex, crees que ha sido tu presidente y yo estoy contigo. No tiene lógica que otro, sin su consentimiento, haya ordenado una cosa así. Por lo tanto... –hizo una pausa, como queriendo proporcionar un poco de suspense a su intervención.

–¡Vamos! –dijo Robert, impaciente.

–...Investiguemos a ese William Attemborough.

La idea obtuvo opiniones opuestas de sus interlocutores.

–¡Claro! –dijo Lex con entusiasmo–. ¿Cómo no se me ocurrió antes? Bill tiene que ser un bicho si se ha atrevido a esto. ¡Seguro que encontramos una historia negra!

–A mí no me gusta –dijo, en cambio, Robert–. Es entrar en la misma guerra sucia que él y traspasar la línea límite de la ética. Yo preferiría esperar la respuesta de la justicia y actuar entonces.

–Ésa es la opción, digamos, legalista; ya lo hemos dicho –intervino David–. Pero tiene un grave inconveniente. La justicia puede tardar un par de años en resolver el caso, si es que se encuentran pruebas y se demuestran. Y si la denuncia se pone en España, como es natural, quizá tendrían que pedir la extradición. No estoy muy al tanto del convenio entre nuestros países en esta materia, pero seguro que es un proceso lento y sin ninguna garantía. Bill contará con los mejores abogados en estos temas. Durante el proceso, ¿quién fabrica ese procesador, ese chip o como le llaméis? Salvo que el juez dictara que se parara la fabricación, Grandtel tiene dos años de ventaja; KP mientras tanto no podrá construirlo, pues la denuncia de tu empresa actual, Lex, probablemente lo impediría; y si el juez ordena que la fabricación se paralice mientras se dicta sentencia, entonces creo que la oportunidad para ambos se pierde, ¿no?

–Sí, porque llega el año 2000 y adiós negocio. ¡Ni hablar!

Robert empezó a comprender.

-Bien, de acuerdo, investiguemos. Y si no encontramos nada o encontramos algo sin importancia, ¿qué pasará?

-Es el riesgo. Perderéis y la justicia decidirá.

-¿Y si es gordo lo que descubrimos?

-Entonces se le hace chantaje (aunque yo negaré haber dicho esto) -dijo David bajando la voz-. Depende de lo que sea, ganaréis más o ganaréis menos. Yo siempre ganaré, claro. Al menos la minuta por la mediación -terminó David con ironía.

-¿Quién y cómo lo llevará adelante? -quiso saber Robert.

-No precipitemos las decisiones. Primero hay que investigar a ese Bill y hacerlo bien, con eficacia. Lo que encontremos nos marcará el camino y entonces decidiremos quién, cómo y cuándo. No creo que ahora debamos perder tiempo en diseñar los detalles, pues nos falta lo fundamental.

Durante la cena, siguieron discutiendo el plan, quién lo haría, cómo, y qué tenían que buscar. David les sugirió unos detectives que habían colaborado con él en varios de sus casos y que eran prudentes y eficientes. Acordaron poner el plan en marcha. Estimaron los costes iniciales, que pagaría el abogado con dinero que los otros dos tendrían que proporcionarle. Robert y Lex los afrontarían a partes iguales.

-Tendré que vender ya mi participación en Grandtel -comentó Lex-. Creo que ahora no es mal momento.

-Tú nos dirás cuánto ahora, David.

-No os preocupéis. Pasado mañana os lo diré. Esta noche discutiré con quien os he sugerido para acordar las condiciones y empezar cuanto antes. Son de fiar y no creo que me exijan dinero por adelantado.

-Bien, de acuerdo. Y ahora, ¿qué hago yo? -preguntó Lex mientras celebraban con champán la idea de David y la aceptación final de Robert.

-¿Te puedes tomar unas vacaciones?

–Sí. Necesito que me las aprueben, pero sí podría.

–Si queréis arriesgaros (y yo nunca os he sugerido nada de esto, claro; lo negaré todo) –dijo David, guiñándoles un ojo con complicidad–, puedes aprovechar tus vacaciones para trabajar con la empresa de Robert en la fabricación de esa cosa. Naturalmente en el más estricto secreto. Así ganáis tiempo hasta conocer el resultado de la investigación que hagamos a ese tipo.

Jueves, 11 de mayo de 1995

LA mañana del jueves la dedicaron Lex y Robert a profundizar en el diseño técnico, definir el equipo necesario y revisar la planificación.

–Bueno, ahora empiezo a creer que lo que me vendes puede funcionar.

–Lo dudabas, ¿eh?

–Reconozco que sí. Y estoy de acuerdo en que puede ser un bombazo.

–Pues mano a la obra. La planificación es la siguiente.

Le pasó el informe de Emilio con el diagrama de Gantt que mostraba cada una de las fases y las fechas de comienzo y fin de cada una.

–Ésta es la planificación que hemos preparado. Me gustaría que le echaras un vistazo y que tus técnicos la revisaran y la modificaran si lo creen oportuno. A mí me gustaría adelantarla un poco y tener los primeros PANDORA fabricados en el primer trimestre del 97. Barreríamos cualquier otra alternativa. Tendrás que ver las posibilidades de tu planta de producción.

Antes de despedirse hablaron de las condiciones económicas y Robert trazó un plan de urgencia para presentarlo en la empresa.

–No todo depende de mí en KP, como sabes, aunque tengo mucha mano. El lunes espero tener respuesta a todo lo que planteará mañana en el comité de dirección especial que ya he convocado. Si es así, cuenta con vernos de nuevo el martes. Tú me dirás dónde.

–Si es el martes, podemos vernos aquí mismo. Este lugar parece seguro. Te esperaré. Vendrá Victoria para seguir trabajando y probablemente se nos una Clara también.

VICTORIA llegó en el último vuelo de la tarde.

–Una vez tomada la decisión de seguirte, ¿por qué no me cuentas la situación real, Lex? –le preguntó Victoria nada más verlo.

–Por supuesto, Victoria. Pero antes de nada quiero agradecerte tu valentía y la confianza que has puesto en mí. Como ya te dije, no te arrepentirás. Sin ti, esta operación habría sido mucho más difícil. Grandtel habría podido fabricar el PANDORA casi inmediatamente. Ahora lo pueden hacer también, pero les costará descubrir el error en la interfaz y tardarán un tiempo en diseñarla para que funcione.

Lex le puso al corriente de todo, sin ocultarle siquiera el plan para hacerle chantaje a Bill.

–Como ves, no hay otra solución. Si lo dejamos solo en manos de la justicia, puede que llegue el año 2000 y sigamos esperando. Ahora todo depende de que encontremos algo. Si no, todavía nos queda localizar a quienes han intentado matarme y nos han seguido. Tendríamos que conseguir de ellos que "cantaran" y utilizarlos contra Bill.

–¿Y qué decimos en Grandtel? No he hablado con nadie, tal como me pediste, pero supongo que estarán preguntándose qué pasa.

–A los de Cádiz les dije que tú estabas de vacaciones, que lo habías decidido a última hora del lunes, y que yo me iba a Madrid. Hoy es posible que ya sepan que no estoy en la oficina y estarán preocupados, como Daniel..., si es que él no está en el ajo.

–No lo creo, Daniel no parece un canalla.

–No, no lo parece, aunque su actitud no me gustó demasiado los últimos días. Si está intranquilo, que se aguante. Que hable con Bill y se preocupe. A lo mejor le saca algo a ese hijo de... –se interrumpió, pensando que, quizás, podía utilizar a Daniel para obtener alguna información.

Esos días trabajaron intensamente en el PANDORA, revisando todo lo hecho una y otra vez con el máximo cuidado. Terminaron los últimos detalles y dieron por bueno el diseño completo.

Lex habló con Julia, cuya recuperación iba progresando y ya se encontraba en casa, aunque muy asustada todavía. El inspector Molinero le había puesto escolta policial "hasta que el asunto quede claro", le había dicho.

–Julia, cuánto lo siento. Es una barbaridad lo que te han hecho y no sé cómo puedo...

–No es tu culpa, sino de esos salvajes.

–Sí, pero...

–Vale. Dejémoslo ya. No quiero volver otra vez sobre el tema. ¡Quiero olvidarlo! ¿Lo entiendes?

–Sí, claro. Perdona. Pronto volveré a Cádiz y todo volverá a ser como antes, ya verás.

Sábado, 13 de mayo de 1995

EL sábado llegó Clara. Estaría con él hasta el martes, aprovechando la fiesta local de Madrid.

−Hice lo que me dijiste y creo que no me han seguido. ¡Me he metido en un cine matinal, recorrido medio Madrid cambiando cuatro veces de taxi, he estado un rato en casa de mi hermana y, por fin, he llegado al aeropuerto! Me he bajado en las salidas nacionales y he ido andando hasta la otra terminal. Por más que he mirado atrás no he visto a nadie con aspecto de seguirme.

−Muy bien, Clara, lo has hecho muy bien.

−Por cierto, tu jefe me ha llamado lo menos siete veces desde que te lo dije la primera vez. Mi respuesta ha sido siempre la misma, que habías tenido que hacer un viaje imprevisto por causa de tu familia y que no podía localizarte. Estaba muy nervioso. También llamó Andrés, muy preocupado. Le dije lo mismo, pero tengo la impresión de que ninguno de los dos me ha creído.

−Lo siento por ellos, que no tendrán culpa de nada, por lo menos Andrés, pero no tengo más remedio que ocultarles la realidad. Los llamaré más tarde.

−Bueno, cuéntame. ¿Algo nuevo?

−No, lo que ya te comenté cuando te llamé a casa de tu hermana. Ahora, esperando la respuesta de Robert, pero estoy seguro de que todo irá bien.

POR la noche, tras la cena y ya en la amplia y lujosa habitación del hotel −Lex había elegido el George V, intentando compensar de alguna forma a su mujer−, Clara abordó el tema que la seguía mortificando.

−Lex, ¿quién era aquella mujer que cogió el teléfono la mañana del lunes?

Dudó, intentando de nuevo buscar una explicación que pudiera convencerla. Había pensado mucho en ello y había tratado de construir una historia que lo justificara, pero no se le había ocurrido nada que tuviera trazas de realidad. Supo que había llegado el momento de confesar la existencia de Julia.

–Verás, hay una mujer llamada Julia que...

Ocultándole los detalles más íntimos, Lex hubo de reconocer que se había sentido fuertemente atraído por ella desde que la conoció en la fiesta de Celia, a principios de abril, y le contó que había salido con ella unas cuantas veces.

–No he podido evitarlo, Clara, créeme –continuó Lex, con lágrimas en los ojos–. Ha sido superior a mí. Pero te sigo queriendo y...

–¿Queriendo? ¿Y acostándote con otra mientras tanto? ¡Y en mi casa de Cabo Zambra! No, Lex, no me quieres. Me has engañado. Has roto nuestra relación, que había sido muy feliz hasta ahora. No me lo puedo creer. ¿Me he portado mal contigo? ¿Qué te he hecho yo para que te vayas con otra? ¿Acaso no te he querido como a nadie y te he dado lo mejor de mí? Me has dejado a un lado, Lex, y no sé si algún día podré olvidarlo.¡Eres un canalla, un malnacido!

–Pero, Clara, de verdad, yo...

–No hay peros, Lex. Siento rabia y odio por el desprecio que me has hecho. Jamás pensé que tú me harías esto.

Fueron las últimas palabras que esa noche y los días que siguieron le dirigió Clara. Ella se quedó en París hasta el martes por la mañana, como estaba previsto, pero apenas si estuvo con él. Coincidían en la habitación, a la hora de dormir, y en el desayuno. Lex intentó por todos los medios entablar conversación, pero Clara no lo permitió. Sólo en una ocasión, hablando de los planes del chip, Clara lo escuchó y se mostró interesada. Lex sabía que su mujer necesitaba tiempo para superar las discusiones o perdonarle alguna cosa, aunque esto era, obviamente, lo más grave que le había hecho. Quizás por ello, su actitud no era similar a ocasiones anteriores. No era enfado lo que mostraba, sino indiferencia, desprecio incluso. Si intentaba besarla le ponía la mejilla, sin hacer el más mínimo gesto; si empezaba a hablar, ella lo miraba fijamente durante unos segundos y luego se concentraba en la lectura o la televisión, o se levantaba y se iba, dejándolo con la palabra en la boca. Lo intentó todo sin éxito alguno.

Hubo un momento en el que pensó que la reconciliación se aproximaba. Fue después de que Clara tomara una ducha y se sentara, envuelta en un albornoz, a ver las noticias en la televisión. Lex, de pie tras el sillón, inició unos masajes en la cabeza y el cuello. Cuando deslizó sus manos hacia la espalda, ella se echó un poco hacia adelante, lo que le permitió recorrer con sus pulgares el músculo que rodea la columna vertebral. Sabía que esos movimientos le gustaban y la relajaban. Lex podía contemplar, reflejada en un espejo del salón, la imagen de su mujer que insinuaba sus senos por entre los pliegues del albornoz semiabierto. "Es bella", pensaba, "muy bella". Intentó con cierto disimulo acercar sus manos al pecho de ella, pero Clara entonces se levantó sin decir palabra, se vistió y salió de la habitación.

Lunes, 15 de mayo de 1995

LEX la siguió cuando Clara se fue a recorrer la ciudad el lunes por la mañana. El día era espléndido, soleado aunque algo fresco, con un alto índice de humedad procedente del Sena que a Lex le recordaba la sensación que sentía en las noches de viento de poniente en Cabo Zambra. Ella lo vio cuando entraba en las galerías Lafayette y lo dejó seguirla sin que él lo notara. Se esforzó en mostrarse especialmente alegre y despreocupada, ora haciendo compras, abundantes y caras, ora en el restaurante, donde coqueteó con un hombre que se sentaba junto a ella. Como es costumbre en París, las mesas del restaurante estaban prácticamente pegadas y le fue fácil establecer conversación con su vecino de mesa en su más que discreto francés.

Lex la observaba desde un extremo de la barra del restaurante, creyendo que no había sido descubierto. Le molestó la facilidad con que entablaba conversación con aquel hombre y a punto estuvo de acercarse, comido por los celos. Se contuvo e intentó analizar sus sentimientos. Se reconoció impotente para decidir. Si pensaba en Julia se decía que no podía dejarla después de lo ocurrido. Si pensaba en Clara sentía un arrepentimiento real y decidía romper con Julia. Instantes después volvía a pensar que no quería renunciar al placer que Julia le proporcionaba, pero Clara se le interponía y entonces decidía por su mujer. Recordó Zambra, aquellos ratos maravillosos con Julia, llenos de lujuria y de pasión. Aquellas escenas se le reproducían vívidas en su cerebro y entonces cambiaba su determinación, "irracionalmente", reconocía.

De repente, notó que algo se rompía en lo más profundo de su ser: fue consciente de golpe que había destrozado el embrujo que Clara sentía por aquella casa. La miró y se dijo que no podía perderla, que la amaba realmente, que el sexo lo había traicionado, que... ¿conseguiría recuperarla alguna vez? ¿Volverían a

Cabo Zambra, felices de nuevo? "¿Será sincero mi arrepentimiento?", dijo en voz alta, provocando que uno de los camareros lo mirara con sorpresa.

El resto del día fue un calvario para Lex. Siguió a Clara por medio París. Tuvo que hacer auténticos malabares para evitar que lo descubriera en el Louvre, y la esperó al pie de la Torre Eiffel cuando ella subió en los ascensores hasta arriba. La perdió cerca de Notre Dame debido a la cantidad de gente que por allí paseaba. Cuando Clara se dio cuenta, volvió sobre sus pasos buscándolo, pero no lo encontró. Fueron cerca de dos horas de búsqueda infructuosa de uno por el otro para encontrarse finalmente en el hotel, a donde Lex llegó primero.

–¿Dónde estuviste? Me estaba empezando a preocupar.

"Qué falso eres", pensó Clara para sus adentros.

–De compras, de museos... un día espléndido. ¿Y tú?

–¿Yo? Eh... bueno, por aquí en el hotel. Con Victoria –mintió, consciente de que Clara sabía que Victoria había salido también a recorrer París.

Martes, 16 de mayo de 1995

FUERON juntos al aeropuerto. Robert llegaba en el primer vuelo de Boston y Clara partía una hora más tarde para Madrid. La presencia de su amigo rompió el silencio que habían mantenido hasta entonces.

–Clara –dijo Robert–, tienes un gran inventor por marido y vamos a hacer grandes cosas juntos: ¡tenemos luz verde para empezar, Lex!

–¡Bien! No sabes cuánto me alegro, aunque no tenía la más mínima duda. ¡No ibais a despreciar una oportunidad así!

–Enhorabuena a los dos –dijo Clara–. Os dejo trabajar, pues supongo que tendréis mucho que hacer. Además, mi avión sale en unos minutos.

–Te acompañamos –dijo Lex.

–No, no es necesario.

–Claro que sí –dijo Robert.

–Vale, muchas gracias.

En el control de seguridad se despidieron. Lex le susurró un perdóname cuando la besó en la mejilla, pero Clara se limitó a devolverle el beso con frialdad, al tiempo que sonreía a Robert. A pesar de sus esfuerzos, Lex no había conseguido el más mínimo cambio en su actitud.

Le costó prestar atención a lo que Robert le contaba camino del hotel.

–Ésta es Victoria –dijo Lex cuando llegaron al hotel–, ya te hablé de la ingeniera que ha colaborado brillantemente en el desarrollo de mi idea. Victoria, Robert Shaw, director de KP. Él fabricará el chip con nuestra ayuda.

Les pidió que trabajaran ellos solos durante la mañana, con la excusa de que no se encontraba del todo bien. Se uniría a ellos por la tarde. Robert y Victoria se miraron sorprendidos, sin saber qué decir. En cualquier caso, Lex no les dio tiempo a reaccionar.

Su mente estaba fija en Clara, cuya imagen desaparecía de pronto y era reemplazada por la de Julia. Luego Clara otra vez. Un dolor profundo le invadía. Era una mezcla de culpabilidad y desesperanza que le producía un desasosiego general. Ni siquiera la confirmación de que KP había dado luz verde al PANDORA lo había conseguido calmar.

Se tumbó en la cama intentando poner en orden sus pensamientos. Cierto era que Julia lo absorbía por completo, hasta el punto de haberle sido casi imposible pensar con serenidad sobre su relación. Había intuido los riesgos, pero había rechazado meditar racionalmente sobre ellos. Julia se presentó en su vida Bruscamente, en un momento dulce de su matrimonio. Se apareció con fuerza, como un vendaval de aire caliente. Sonrió con tristeza al compararla con el viento de levante de su costa de Cabo Zambra, que saltaba de pronto, sin avisar, con un poder incontrolable. "Rompió el suave frescor del viento de poniente, rompió la suave calma de Clara", pensó. "Y ahora ¿quién lo para? Julia ha sufrido por mi causa y no es el momento de dejarla. Pero Clara... Clara no se merece esto."

"Querida Julia –comenzó a escribir–: desde que nuestras miradas se cruzaran, no he tenido más que pensamientos para ti y mi cuerpo ha vibrado con el tuyo hasta cotas que yo creía inalcanzables. Sabes que he contado con ansiedad cada uno de los minutos que me separaban de ti y, durante todo este tiempo, has polarizado mi vida de tal manera que se me hace imposible concebirla sin tu compañía. Sé que tu entrega, aun sin desearla conscientemente, ha sido enorme y los dos hemos disfrutado de ella sin límites. Por mi causa, luego, te han golpeado salvajemente y casi pierdes la vida. No tengo derecho a...".

Se interrumpió.

"Querida Clara: en todos los años que llevamos juntos jamás pasó por mi imaginación sentirme atraído por otra mujer. Tú habías colmado mi vida y no pensaba que alguna vez esto pudiera ocurrir. Sé el daño que te he producido y siento sobre mí tu desprecio y tu rabia, que no puedo reprocharte. No te lo sé explicar, porque tampoco yo, si lo analizo con sensatez, consigo entenderlo. Ha sido algo superior a mí que, créeme, no he sabido evitar. O querido o podido evitar. Ni siquiera ahora soy capaz de discernir si no quise, no pude o no supe. Perdóname. Yo..."

Se interrumpió de nuevo. Intentó continuar la primera carta, después la de Clara. Se sintió estúpido. Rompió las dos y se refugió en sus pensamientos, como regodeándose en ellos, como queriendo sufrir, como deseando que la indecisión se mantuviera, pero queriendo, por otro lado, que algo o alguien decidiera por él; sabía que tenía que reaccionar y tomar una resolución, "sin embargo, soy incapaz", dijo en voz alta; Clara, Julia, el chip, Julia, Clara..., la impotencia de la situación le pesaba y no sabía cómo romper ese círculo vicioso. Estuvo horas así. Cogió de nuevo papel y lápiz y comenzó de nuevo una carta a cada una, que terminó rompiendo como la primera vez. La situación lo angustiaba. Si decidía dejar a Julia comprendía inmediatamente que en esas circunstancias sería una canallada. Si, por el contrario, se inclinaba por mantener la relación con ella, sentía el dolor de Clara como suyo propio y se veía a sí mismo como un canalla. Estaba en un callejón sin salida.

Hasta que una nueva sensación, que le pareció algo familiar, comenzó a invadirlo. La lucha interior que estaba librando cesó como por ensalmo y su mente vio claro por primera vez en las últimas horas. "Tú disfruta, Lex. Ya decidirán ellas. Y ocúpate del PANDORA". Le recordó ligeramente a aquella noche de hotel en Boston cuando se acostó con las dos mujeres que conoció en el bar...

LLAMÓ a Daniel a Madrid.

–¡Lex!, bendito sea Dios, ¿dónde estás?

–No te lo puedo decir, Daniel, pero déjame que te cuente lo que ha pasado.

Le explicó brevemente lo sucedido en la playa y lo que le ocurrió en Grazalema.

–Estás de broma, Lex, no es posible.

–Daniel, no, no estoy de broma, maldita sea. Pregúntaselo a Bill.

–¿Bill lo sabe? – inquirió Daniel, perplejo.

–¿Si lo sabe? Claro que sí. Es la única explicación que tengo. Una vez conseguida la interfaz, ha dado orden de matarme.

–¿Qué dices? Cómo va a hacer eso Bill, a quien precisamente le has proporcionado... –se calló, recordando las palabras que Bill le dijera en su casa: "Ése Lex es un peligro. Le puse vigilancia".

–Estoy seguro. No tengo pruebas aún, pero las tendré.

–¿Y qué vas a hacer? –preguntó Daniel, tras unos segundos que necesitó para recuperar la calma.

–Digamos que me voy a tomar unas vacaciones. Y Victoria también. Está conmigo en esto. Comunícalo, por favor, a todos, incluido Bill. Aunque me temo que él no necesita que le digas nada. Estará buscándome como loco.

–Sí, así es. No te puedes imaginar el revuelo que se ha armado. Bill está absolutamente intratable y quiere culparme a mí de lo que ocurre. Y tu gente de Cádiz está muy preocupada. No saben qué pasa, pues te suponían en Madrid conmigo, y tampoco entienden que Victoria se fuera de vacaciones precisamente ahora. Llámalos.

–Ya lo hice, Daniel, aunque no conocen la gravedad del asunto. Clara les dijo que estoy con mis padres desde final de la semana pasada. Aunque probablemente no le creyeron.

–Eso me parece, porque no han dejado de llamar a diario. Por cierto, Bill ha puesto a sus técnicos a trabajar sobre el chip y ha dado orden de localizar a Victoria donde quiera que esté y de que el resto del equipo, Andrés, Emilio y Maite se trasladen ya a Estados Unidos.

–¿Y qué habéis hecho?

–Nada todavía. Ellos se niegan en redondo hasta no saber de ti. Bill los quiere expedientar y despedir. En ello estoy. Un cisco, como ves.

–No puedo ayudarte, Daniel. Al menos de momento, tendré que seguir escondido. He puesto una denuncia y estoy esperando que la policía descubra algo. En cambio, tú sí puedes hacer algo por mí.

–¿Qué, Lex?

–Averiguar lo que puedas.

–Difícil, si es que Bill ha hecho algo.

–Lo ha hecho, créeme. Te llamaré pronto. Adiós.

–Perdonad mi ausencia –dijo, al reunirse con Robert y Victoria–, pero la tensión de estos días me había agotado. ¿Cómo va todo?

–Han sido unas horas de intenso trabajo –fue Robert quien habló, adoptando un aspecto serio–, que nos conducen a una clara y contundente conclusión: ¡el chip es inviable!

Hasta que Lex, todavía aturdido por su crisis interior, fue consciente de la broma, creyó que el mundo se le derrumbaba allí mismo, de golpe, con un tremendo estruendo. El mismo que produjeron los tres al unísono cuando rompieron en carcajadas.

–¡Genial, Lex, tu invento es genial! Según vamos profundizando en los aspectos técnicos, más me gusta. Esta colaboradora tuya–le dirigió una mirada de admiración a Victoria– es realmente buena. Ahora entiendo tu insistencia en que se uniera a la operación..., bueno, además de que estoy seguro de que, sin ella, tú estarías todavía pensando cómo diseñar la mitad del procesador...

–Por eso está aquí con nosotros, qué te crees –respondió Lex riendo y guiñándole un ojo.

–Estás contratada, Victoria. ¿Qué sueldo quieres? –y los tres se rieron de nuevo.

DAVID los llamó por la noche.

–Esto va bien –les dijo–. Hemos descubierto la relación de Bill con un tal Kirpatrick, que parece relacionado con un montón de negocios turbios. De momento no sabemos mucho más, pero puede que este hilo nos conduzca al ovillo... Ese pájaro tiene una agencia de detectives en Boston y la estamos investigando.

–¿Qué nos sugieres, David? Estábamos discutiendo la posibilidad de irnos a las oficinas que tiene KP en Dallas. Allí podemos estar unos días trabajando con Robert y sus técnicos en esa cosa, como tú la llamas, hasta que consigas algo. Será más seguro que volver a Cádiz.

–Es buena idea. Supongo que te estarán buscando como locos.

–Sí, creo que Bill está hecho un basilisco. Espero que averigües algo importante pronto y acabemos de una vez.

–En ello estoy, como ves. Hablaremos en breve. Un abrazo a los dos.

Miércoles, 17 de mayo de 1995

BILL había presionado a Frank hasta el límite y este se reunió en Cádiz con Estanislao. Tras unos días de pesquisas, supieron que Lex y Victoria habían ido a París y decidieron ir tras ellos. Llegaron el miércoles en el primer vuelo de Madrid y se dirigieron directamente al hotel donde supuestamente estaban. Allí averiguaron que habían partido hacia el aeropuerto dos horas antes. Sobornando a uno de los conserjes, consiguieron saber que la mujer de Lex estuvo allí el fin de semana, que un tal Robert Shaw, que había llegado el día anterior, estaba con ellos y que su destino era Dallas.

Bill conocía de nombre a Robert y entendió rápidamente la situación. Lex había acudido a él y era KP la receptora del diseño del chip. KP tenía capacidad más que suficiente para fabricarlo y, con la presencia de sus dos empleados, probablemente en menos tiempo que ellos. La empresa había sufrido una fuerte crisis, que estaba comenzando a superar de la mano de Robert Shaw y un invento como aquel podía definitivamente lanzarla a los primeros puestos de las compañías del sector.

–¡No puede ser! –le decía a Frank, con un tono de voz que expresaba auténtica desesperación–. ¡Tenemos que impedirlo, maldita sea! Ahora veré con mis abogados cómo puedo denunciarlos, pero es absolutamente necesario que cojáis a Voltoya. Esta vez lo quiero vivo, he de llegar a un acuerdo con él... por la fuerza, naturalmente.

Martes, 23 de mayo de 1995

LOS seis días que llevaban en Dallas habían transcurrido sin ningún sobresalto. Tanto Victoria como Lex hicieron vida casi monacal, de la oficina al hotel y del hotel a la oficina, por miedo a ser descubiertos por los detectives de ese tal Kirpatrick. Robert les había puesto un servicio de seguridad que los acompañaba en el hotel y les había recomendado que, de momento, no salieran. Nadie en España sabía dónde estaban realmente. La familia de Victoria creía que ella estaba de vacaciones en Hispanoamérica. A Clara y a Julia, Lex les había dicho que estaban en los Estados Unidos, pero ningún dato más.

Lex había conseguido, además de la escolta de Julia, que Molinero accediera a gestionar escolta también para Clara. Afortunadamente, esta vez no les había ocurrido nada, pero Lex estaba seguro de que podían actuar de nuevo. Habló con las dos en repetidas ocasiones. Con Clara las conversaciones fueron frías y distantes. A Julia la encontró más animada cada día, pero presintió que algo se había roto entre ellos y ya no era como antes. "Ahora, ni una ni otra, gilipollas", se dijo.

Frank Kirpatrick, personalmente, había organizado la vigilancia, pero sin conseguir todavía su objetivo. Era imposible secuestrarlos en las oficinas de KP, ni en el hotel. La única posibilidad era cuando se desplazaban de uno a otro sitio. Prepararon la estrategia esperando que algún día lo hicieran a una hora en que las carreteras estuvieran vacías y pudieran llevarlo a cabo sin mayores riesgos. La distancia entre los dos edificios era de unas quince millas y gran parte de ella se recorría por autopista, excepto el tramo más cercano a la oficina, de unas seis millas, que discurría por una carretera sinuosa de segundo orden. El sábado anterior, casi de madrugada, estuvieron a punto de intentarlo, cancelándolo en el último minuto por la presencia de varios compañeros de trabajo que salían de la oficina al mismo tiempo.

Pero el martes, Lex y Victoria trabajaron de nuevo hasta muy entrada la noche. Querían dar los últimos retoques al informe que habían elaborado con los técnicos de KP sobre la revisión que habían hecho de los diseños, y querían presentar las conclusiones al día siguiente. A última hora, se quedaron los dos solos para una lectura final, insistiendo a los demás que se fueran.

La gente de Kirpatrick los vio salir en un coche conducido por el guarda de seguridad, Brock, que siempre los acompañaba. No vieron ningún otro vehículo y aquella zona de oficinas estaba absolutamente desierta a esas horas. No perdieron la ocasión. Se les adelantaron y cruzaron su coche en la carretera, a medio camino hacia la autopista, inmediatamente detrás de una curva, protegida por una pequeña loma, que impedía la visión desde el otro lado y, empuñando sus armas, esperaron a que el vehículo se aproximara.

Brock conducía a velocidad moderada, charlando animadamente con sus pasajeros, cuando, al terminar de pasar aquella curva, se encontró de golpe con el coche atravesado. Frenó en seco y aceleró a tope después de poner la marcha atrás y advertir con un grito a sus pasajeros que se agacharan. Los disparos de los dos hombres alcanzaron los faros y uno de los neumáticos delanteros, haciendo perder a Brock el control del vehículo, que se salió de la calzada y cayó por el ligero terraplén que la bordeaba por ese lado.

–¡Corred campo adentro, rápido! Yo los detendré –dijo Brock cuando se detuvieron, desenfundando su pistola.

Su posición, parapetado tras el vehículo, le daba una pequeña ventaja al permitirle ver cómo sus perseguidores bajaban hacia él. La oscuridad de la noche obligó a los otros a encender las linternas, lo que les convirtió en blanco fácil para Brock. Los disparos sorprendieron a los dos hombres que no tuvieron más remedio que tirarse al suelo, apagando las luces y respondiendo con sus armas. Acordaron que uno de ellos daría un rodeo para acercarse por detrás, mientras el otro continuaría disparando. La orden de su jefe había sido capturarlos sin causarles daño, por lo que no intentaba darles, sino solo mantenerlos detrás del coche a la espera de que su compañero los atrapara por retaguardia.

Victoria y Lex corrieron al límite de sus fuerzas, tropezando y cayendo a cada momento por las irregularidades del terreno. Se dirigían hacia las únicas luces que se divisaban a lo lejos, hasta que llegaron a una arboleda donde decidieron parar y recuperar el aliento. Habían oído algunos disparos más, pero les era imposible ver lo que ocurría a esa distancia y con tan poca luz.

Brock estaba cargando de nuevo su arma cuando alguien le gritó detrás de él que levantara las manos. Lo amenazaron entre golpes con matarlo si no les decía hacia dónde habían huido sus dos acompañantes. Resistió cuanto pudo para ganar unos minutos más y terminó indicando una dirección distinta a la que creía que habían tomado Lex y Victoria. Oyó a uno de ellos hablar por teléfono e indicar la zona donde se encontraban. Supuso que vendrían más para batir la zona, pero poco podía hacer él. Le dejaron esposado a una de las puertas traseras y rompieron su teléfono móvil antes de partir.

Tras unos minutos, Lex y Victoria emprendieron la marcha, corriendo por el pequeño bosque y luego campo a través. Las luces que habían visto a lo lejos estaban ahora más cerca y pudieron ver que se trataba de un edificio singular, al parecer de oficinas.

—Ojalá que tengan vigilancia —comentó Victoria cuando se aproximaron.

Pero el edificio estaba totalmente apagado por dentro y no parecía haber nadie por allí.

–Seguramente tengan alarma –dijo Lex–. Si entramos por la fuerza es posible que acuda la policía o alguna empresa de seguridad. Y si no, encontraremos un teléfono al menos.

–¿Y si la alarma suena fuera? Probablemente estén ya muy cerca y les daríamos una pista formidable. ¿Tú qué crees?

–No lo sé, Victoria. Es posible que tengas razón, aunque desde aquí no veo ninguna caja exterior de las clásicas de alarma. Podemos seguir esta carretera y ver a dónde llegamos, pero corremos el riesgo de que nos pillen.

Recorrieron la valla que rodeaba la construcción y decidieron finalmente arriesgarse. Saltaron dentro, superando la alambrada de casi dos metros y medio de altura, ayudándose de unas piedras que amontonaron para alcanzar el borde superior. Utilizaron una de ellas para romper el cristal de una ventana en la zona opuesta a por donde habían llegado. No oyeron nada. Entraron y, con la escasa iluminación exterior, sin atreverse a encender luz alguna, consiguieron localizar un teléfono.

Despertó a Robert en su casa de Boston, quien inmediatamente contactó con la empresa que había contratado para escoltarlos y los movilizó contándole lo ocurrido.

Miércoles, 24 de mayo de 1995

–LEX, ¿estáis bien? –preguntó Robert cuando Lex descolgó.

–Sí, afortunadamente llegaron pronto y los otros no aparecieron. Ahora estamos bien protegidos en el hotel.

–Si quieres los denunciamos a la policía, pero probablemente habría que explicar muchas cosas que creo que, de momento, no nos interesa. ¿Tú que opinas?

–Estoy de acuerdo, pero algo tenemos que hacer. ¿Te ha llamado David?

–He hablado con él esta mañana para contarle lo sucedido. No hay novedades, aunque cree que pronto tendrá algo. Sugiere que os vayáis de Dallas y os escondáis en algún sitio hasta entonces.

–¿Dónde?

–No lo sé. En nuestras oficinas aquí seríais vigilados también, muy probablemente.

–Prefiero volver a España. Si nos vamos sin que se enteren, podemos ganar unos días y trabajar en tus instalaciones de Cádiz. ¿Nos puedes organizar tú el viaje?

–Sí. Hablaré con la empresa de seguridad y a ver si conseguimos que los despistéis.

Domingo, 28 de mayo de 1995

EL viaje fue largo e incómodo. Volaron a cinco ciudades antes de llegar a Madrid. Nada parecía indicar que los hubieran descubierto.

Lex pasó el resto del día con Clara en un hotel de las afueras de la ciudad. Se aseguraron de que ella despistara antes a sus supuestos perseguidores, conducida por el escolta que le había puesto la policía. La actitud de Clara no había cambiado y, por más que Lex intentó derivar la conversación hacia su relación personal, se limitaron a hablar de lo sucedido en Estados Unidos y de la situación del chip. Ella se mostró preocupada por lo que pudiera pasarles, pero Lex mantuvo su intención de seguir adelante y la tranquilizó con la estrategia que habían planeado.

–Descubriremos algo sobre Bill que nos permita negociar con él lo que queramos.

–¿Y si no?

–No te preocupes. Seguro que sí. Estamos a punto.

Viernes, 2 de junio de 1995

HABÍAN optado por permanecer las 24 horas del día en las oficinas de KP, en el parque empresarial cercano a la capital de Cádiz, donde también estaba instalada Grandtel. El edificio tenía las comodidades necesarias, pero Lex echaba de menos su casa de Cabo Zambra y sus playas. Trabajaron duro en el proyecto durante toda la semana. "Con suerte, estaremos listos para comenzar el diseño físico en cuatro o cinco días, quizás antes –le había dicho Lex a Robert–. Yo creo que debes venirte para acá".

El viernes quedó con Julia, a la que no había visto desde su llegada, aunque habían hablado por teléfono casi a diario. Se encontraron en casa de una amiga de ella en el Puerto de Santa María. Julia se lo había comentado al inspector Molinero y acordaron que no necesitaría escolta hasta que volviera a su casa.

Desde que estuvieron juntos en Cabo Zambra, habían pasado casi cuatro semanas, durante las cuales Julia había tenido tiempo de analizar su relación con Lex y lo que le habían hecho por su causa aquellos hombres. En los primeros días había tomado la decisión de dejarlo y las veces que hablaron por teléfono había estado a punto de decírselo. Pero, según se fue recuperando físicamente, empezó a echarlo de menos y el deseo de tenerlo con ella otra vez triunfó sobre lo que su raciocinio le dictaba.

Cuando Lex llegó a la casa, Julia lo estaba ya esperando.

–Estás preciosa, *greeneyes.*

Se miraron durante un largo rato, en silencio, sintiendo cómo las dudas que ambos habían tenido se iban disipando con rapidez.

El brazo lo apoyaba aún en un pañuelo colgado del cuello, una vez que le quitaron el yeso. En la cara todavía tenía las manchas amarillentas en que se habían tornado los moretones causados por los golpes recibidos. Vestía aquel traje camisero negro que tanto le había gustado a él.

–Estamos solos –dijo, llevándolo de una mano hacia uno de los dormitorios.

Sin dejar de mirarla, Lex comenzó a desabrochar uno a uno, desde arriba, cada botón del vestido que, al abrirse, fue dejando al descubierto sus senos, su vientre, sus muslos tan bien conformados... La tumbó sobre la cama y, dominando su enorme deseo de poseerla, acarició lenta y suavemente, solo con las yemas de sus dedos, todo su cuerpo. Julia sentía cómo el ligero vello de su piel se erizaba al paso de sus manos. Cerró los ojos y se concentró en la agradable sensación que experimentaba, jugando a adivinar por dónde la rozarían a continuación los dedos de Lex. Cuando la palma de sus manos rozaba su pecho se desencadenaba en ella esa pasión tan largamente deseada. Intentó atraerlo hacia sí, pero Lex se apartaba y le decía que esperara, que quería sentir cómo sus cuerpos se encendían hasta el delirio. Se acercaba de nuevo, saboreando con su lengua cada centímetro de su piel. Ella se estremecía de gozo y arqueaba su cuerpo cuando la besaba en el vientre. Lex se arrodilló ente las piernas de Julia y, sujetándola por las caderas, la elevó lo suficiente para que la penetración fuera profunda. Se mantuvo quieto, controlando su pasión encendida mientras ella se retorcía sobre sus hombros y se entregaba completamente. Con lentitud, Lex fue apoyando su cuerpo sobre el de Julia hasta que sus labios se encontraron, besándose hasta el paroxismo.

–Cuéntame, Julia, lo de aquella noche –le dijo cuando se sentaron a cenar.

–No quiero hablar de ello, Lex. Fue muy duro.

–¿Te... violaron?

–Casi. ¡Pero quiero olvidarlo! ¿No me entiendes? –el tono elevado de su voz denotaba angustia–. He estado a punto de dejarte, estoy pasando un miedo horrible y tengo pesadillas. Y tú insistes en ello. ¡Déjalo ya!

–Perdona. ¡No sabes cuánto lo siento!

–¿Lo sientes? ¿Perdona? Mira, Lex, seamos claros: de mí te gusta el sexo, que yo también disfruto...

–No es solo... –la interrumpió Lex.

–Llegará un día –continuó ella, ignorando lo que Lex trataba de decirle– en que tanto sexo te cansará y me dejarás tirada, o te dejaré yo, no lo sé. Lo que ocurrió me ha trastornado y quisiera borrarlo de mi mente. Tengo que mirar al futuro y así no puedo... no me presiones.

–Pero, Julia, yo no pude imaginar en ningún momento lo que te iban a hacer. Yo...

–¡Déjalo ya!, ¿quieres?

Permanecieron callados el resto de la noche. Julia tomó unas pastillas para dormir y Lex, a su lado, no pudo conciliar el sueño. Presintió que nada con ella iba a ser igual desde entonces. No sabía qué pensar. Cierto que era la atracción sexual lo que había primado en su relación y que todo lo demás, si lo había, quedaba oculto por el placer. "Probablemente ella tenga razón y algún día lo dejaremos. Pero no quiero imaginarlo, la necesito... ¿Y Clara?" Tuvo que esforzarse para no pensar en Clara. Sintió de nuevo ese profundo desasosiego que ya conocía y que le producía una tremenda sensación de culpa. Otra vez los remordimientos, otra vez la lucha, otra vez el despecho y, al final, el triunfo de su egoísmo.

Intentó dormir, recordando algunos de los momentos más excitantes de sus encuentros. Sintió el cuerpo desnudo de Julia a su lado y se pegó a ella. Sus manos comenzaron a acariciarla, suave primero, con fuerza después.

Sábado, 3 de junio de 1995

AUNQUE era intención de Lex quedarse en la casa para no correr riesgos, decidió finalmente hacer una escapada. Echaba de menos el aire libre y la mar. Necesitaba respirar el olor a sal y correr sobre la arena. Consideró muy improbable que pudieran seguirles el rastro, pero, para más seguridad, alquilaron un coche con el que se desplazaron a Zahara de los Atunes. Próximo ya el verano, la temperatura era alta y hacía bochorno, provocado por nubes bajas procedentes del Atlántico que empujaban un ligero viento del suroeste.

Anduvieron un rato por la playa hasta llegar a su extremo sur, allí donde la inclinada ladera, cubierta de la cuidada grama de los chalés, iba dejando paso, metro a metro, al acantilado que penetraba hacia la mar deshaciéndose en trozos de roca cuya altura iba disminuyendo hasta perderse bajo el agua. Quisieron continuar para disfrutar de la soledad de la cala que estaba a continuación, pero la marea alta se lo impedía. Desde allí podía contemplarse la playa en toda su extensión, con esa arena blanca y esa mar de color azul verde, formando las dos ensenadas que conducían al pueblo de Zahara.

Un tímido sol comenzó a despuntar entre las nubes y sus rayos fueron dejando sentir ese agradable calor sobre los cuerpos de la pareja, tumbada sobre la arena. El sol los animó a darse un baño. El frescor de las aguas hizo temblar ligeramente a Julia, que se abrazó a Lex esperando que su contacto atenuara su frío. Él se escabulló como pudo, dejando que ella se acercara entre risas y cariñosos improperios. Salió y se dejó perseguir por la arena hasta que Julia lo alcanzó. Entonces la cogió en brazos y la llevó de nuevo al agua, la tiró contra las olas y esperó a que se acercara. Cuando intentó cogerlo, saltó sobre ella y, buceando en aquellas aguas transparentes, se situó a su espalda. Ella emitió un grito al verse sujetada por la cintura y elevada por los aires hasta caer otra vez al agua.

-¡Tonto! Me has hecho daño en el hombro. Aún no lo tengo bien del todo -dijo al sacar la cabeza entre la blanca espuma de las olas.

-Mucho cuento es lo que tienes. No sé para qué llevas todavía ese pañuelo.

-Me han dicho que una semana más, aunque ya apenas me duele.

-A ver si es verdad. Si me coges te daré un beso.

-No quiero tus besos.

-Pues un abrazo.

-Tampoco lo quiero.

-Pues te invito a cenar, entonces.

-Eso me gusta más- y nadó en su busca moviendo solo el brazo derecho.

Lex se alejó de la orilla superando la zona donde las olas rompían y la esperó. Julia lo alcanzó, no sin esfuerzo, y se agarró a su cuello con el brazo bueno. Lex se volvió y, sumergiéndose, la abrazó por su cintura hundiendo su cabeza en el vientre de ella y mordisqueándolo hasta que le faltó la respiración. Flexionando sus pies sobre el fondo de arena saltó con fuerza hacia arriba elevándose juntos hasta sacar fuera medio cuerpo. Al caer se abrazaron bajo el agua y se besaron con pasión. Con una mano Lex desabrochó con destreza el bikini de Julia mientras con la otra se quitaba su bañador y desnudaba a Julia del todo. El contacto de sus cuerpos bajo el agua salada les proporcionaba un placer especial que disfrutaron durante largo rato, olvidando los largos días de separación y las brutalidades que Julia había sufrido. Saltaron sobre las olas y se dejaron arrastrar por ellas hasta la orilla, volviendo hacia adentro y abandonándose de nuevo para llegar otra vez a la arena.

Cuando, agotados, salieron del agua, un banco de espesa niebla se aproximó a ellos desde la mar, reduciendo la visibilidad paulatinamente hasta unos dos metros escasos. Un silencio absoluto les rodeó, ocultando incluso el ruido de las olas que parecían haber detenido su ritmo sin fin. Tuvieron de pronto la sensación de estar solos en el universo, sin más visión que la del otro y la arena que cubría sus pies. Los minutos pasaban y la niebla caía aún más espesa.

–Lex, esto es increíble. Nunca había experimentado nada igual. Es como si el resto del mundo hubiera desaparecido, dejándonos solos.

–Sí, algo así siento yo también, ¿no es maravilloso? –y la abrazó.

Fue primero un beso suave en los labios, saboreando la sal del agua de mar que les caía por los rostros. Fue luego el rozar de sus cuerpos, fundidos en un fuerte abrazo. Fueron las caricias en la espalda del otro, ella con las uñas de una mano, él con la fuerza de sus dedos, estremeciéndose al unísono. Lex se tumbó de espaldas sobre la arena dejando que ella reposara sobre su cuerpo, hasta que Julia, enderezándose, le ayudó mientras él ponía las manos sobre su pecho presionando sus senos con fuerza. Julia sintió la pasión en lo más profundo de su ser, moviéndose con ritmo cada vez mayor, apretando con sus piernas la cintura de él y apoyando sus rodillas sobre la arena.

Lunes, 5 de junio de 1995

A las 8 de la mañana, hora de Boston, Bill recibió la llamada de Frank. Ese lunes, como todos los días desde hacía casi dos semanas, volvía a comunicarle que no encontraban a Voltoya.

–¡Se los ha tragado la tierra! No hay la más mínima pista, Bill.

–¡Haz lo que sea! Soborna a alguno de KP. Además de Robert Shaw alguien más debe saber adónde han ido. ¡Necesito encontrarlo pronto o todo se me va al garete!

Llamó a John Quigley a su despacho.

–¿Habéis avanzado? –preguntó en tono normal, controlando su impaciencia.

–No mucho. Sabemos que el diseño de la interfaz que me diste es falso. El que estamos elaborando podría funcionar para el procesador con el que hemos trabajado, pero aún nos queda tiempo para ello. Además, no sabemos cómo estandarizarlo. Voltoya, Lex –pasó a citarlo por su nombre, como si el hecho de conocer mejor el diseño le hubiera proporcionado mayor familiaridad con él– nos dijo que su idea era un núcleo común y que la interfaz sería muy fácil de adaptar a cada tipo de procesador, pero no damos con ello. Y tengo a los mejores ingenieros trabajando en el proyecto.

–¿Crees que nos engañaba?

–Es posible, pero parecía muy seguro de sí mismo. Y he de reconocer, por mal que me pese, que el diseño del chip es ingenioso, perfecto, diría yo. Los errores que encontramos son de poca monta y fáciles de corregir. He de suponer que él y Victoria tienen la clave para hacer la interfaz. Por cierto, ¿qué sabes de ellos?

–Nada, por el momento.

–¿Has puesto ya la denuncia? Ese invento es de nuestra propiedad.

–Aún no. Quisiera resolverlo por las buenas, pero antes he de encontrarlos. Y todavía no me consta que hayan entregado el PANDORA a nadie.

–Tú me dijiste que era posible que lo tuviera KP. Por lo visto Voltoya es muy amigo de Shaw.

–Sí, pero es solo una conjetura. Supimos que se reunió con él en París y que estuvo unos días en sus oficinas de Dallas. Pero todavía no hemos podido demostrar nada. Si un juez se pone a investigar, el tema puede ir para largo y no descubrir nada.

–Lo que no acierto a entender es por qué han desaparecido los dos... –siguió hablando, bajando la voz y con cierta timidez-. Somos socios, Bill, llevamos trabajando juntos muchos años y nunca me has ocultado nada. Esta vez, en cambio, tengo la sensación de que no me has contado todo. Sabes que no estuve de acuerdo con las condiciones que le ofreciste, que me parecieron demasiado cuantiosas. La empresa es tuya y tú mandas, pero me preocupa tu mutismo y la causa de que Lex no aparezca.

–Lo resolveré, John. Ahora lo importante es encontrar la clave de esa maldita interfaz. ¡No puedo creer que ese par de españoles os superen!

John tampoco podía creerlo, pero reconocía que estaba a punto de aceptarlo. Siempre que hablaba de Lex y de sus éxitos recordaba lo que un día le dijo un español, compañero de universidad: "los norteamericanos tenéis gran capacidad de organización, os especializáis en temas muy concretos y con profundidad y disponéis de recursos casi ilimitados. Pero os falta imaginación. Si nosotros tuviéramos vuestros medios y vuestra disciplina, otro gallo cantaría".

Reunió a los ingenieros que participaban en el proyecto y les pidió un mayor esfuerzo:

–Vamos a cambiar de táctica. Durante los próximos días trabajaréis juntos, aportando y discutiendo cualquier idea que se os ocurra, por tonta que parezca o que, efectivamente, lo sea. No quiero que hagáis otra cosa hasta que encontremos algo. Os quiero ver activos, con iniciativa. Quiero que os estrujéis esos cerebros hasta que salten chispas. Y que dediquéis las horas necesarias. Os aseguro que si encontráis la solución seréis ampliamente recompensados. Yo participaré con vosotros todos los días a partir de las diez de la mañana, una vez que haya liquidado los asuntos diarios más urgentes. No estoy dispuesto a aceptar el fracaso.

Unas horas antes, en las oficinas de Key Processors en Cádiz, Lex y Victoria se reunían con Robert y sus cuatro técnicos, dos españoles y dos norteamericanos, con los que habían trabajado desde que, secretamente, se habían incorporado a la empresa.

–Bien –dijo Lex–, este es el nacimiento real del chip PANDORA. Sobre el papel, el diseño está terminado y las pruebas teóricas que hemos realizado con el simulador son positivas. Ahora puedo asegurar, sin lugar a dudas, que el PANDORA es viable y que puede ser fabricado. ¿Robert?

–¡Enhorabuena a todos! Y muy especialmente, como es lógico, a Lex y Victoria, que son los artífices de este invento. Sabéis todos lo delicado de la situación, que lo es hasta el punto de que todavía hemos de resolver algunos aspectos legales para poder fabricarlo y comercializarlo. Estamos en ello –Robert se sonrojó al pensar en los procedimientos que estaban empleando– y espero tener luz verde en breve. Comenzaremos mañana mismo la siguiente fase. Ni qué decir tiene que el secreto debe ser absoluto. Sólo nosotros siete, aquí, conocemos la existencia del PANDORA y pocos más en la sede de Boston. Oficialmente estáis dedicados al proyecto Antígona.

–¿Y el champán? –preguntó Edwin, uno de los técnicos americanos.

–Será el cava –respondió Victoria–, pero champán o cava, aún es muy temprano, ¿no?

–Bueno, el éxito lo merece. ¡Brindemos! –dijo Robert, levantándose a buscar las botellas.

Cuando volvió, descorchó una y, tras servir el vino espumoso, gritó:

–¡Por el triunfo del PANDORA... y de su creador, Alejandro Voltoya!

–¡Por el PANDORA! –corearon los demás, levantando sus copas.

–El resto del día, vacaciones. Os invito a comer lo mejor del marisco y pescado de esta tierra maravillosa, rociados de buen vino. Luego..., una siesta andaluza para recuperar fuerzas –dijo Robert entre las risas de todos.

ERAN casi las seis de la tarde cuando terminaban de comer. Hacía calor.

–¿Es este el famoso viento de levante? –preguntó Rick, el otro ingeniero norteamericano.

–Sí. Está en su plenitud, "enfadado", como decimos aquí –respondió Lex–. Este viento es la sal de la provincia. Y nunca mejor dicho, porque las salinas existieron por su causa y fue una de las producciones de mayor importancia en los pueblos de esta zona durante largo tiempo. Es un viento incómodo y extraño para quien no lo conoce. Pero, viviendo aquí, hay que aprender a convivir con él; a amarlo, incluso. Si lo odias, estás perdido; te desespera, te enerva y te vuelve loco cuando sopla día tras día sin que parezca que vaya a cesar alguna vez.

–Además es seco, caluroso, molesto, pesado, sucio, estúpido, exasperante y odioso –dijo Victoria que, a pesar de vivir tantos años en Cádiz, no terminaba de acostumbrarse.

-¿Veis? A Victoria no le gusta, no ha aprendido a quererlo. Para mí tiene sus ventajas: por ejemplo, gracias a él las costas de Cádiz han permanecido casi vírgenes para el turismo hasta hace muy poco. El foráneo que viene de vacaciones y se encuentra con este vendaval en la ciudad huye despavorido y no vuelve. Y en las playas, el viento levanta la arena con tal fuerza que tienes la sensación de que se te clavan miles de alfileres al mismo tiempo.

-Sí, ya lo creo. Y te baja la tensión, te produce dolor de cabeza, te deja "espachurrá" (Lex tuvo que explicar en inglés, no sin esfuerzo, lo que significaba la última palabra pronunciada por Victoria).

-Yo tampoco lo soporto -intervino Rafael, uno de los técnicos españoles-, sobre todo cuando dura días y días. Y no te puedes esconder en ningún sitio.

-Bueno, no es para tanto -dijo Salvador, el cuarto técnico del equipo-. A mí solo me molesta cuando hace subir demasiado la temperatura. Odio el calor, aunque termino acostumbrándome, excepto por las noches. En casa, en plena ciudad, no refresca un ápice y no hay manera de dormir. Es lo que peor llevo.

-Pero es un viento simpático. Es sonoro, ¿habéis oído cómo silba?; es irregular, no hay manera de protegerse contra él porque es "redondo", ¿habéis intentado encender un pitillo en la calle, vosotros que fumáis? -dijo Lex dirigiéndose a los tres americanos-. Y otra ventaja: seca muy rápido el ambiente húmedo que deja el viento de poniente y, gracias a él, se seca la ropa.

-¿La ropa? -preguntó Victoria-. Y el alma. ¡Seca hasta el alma!

Se echaron a reír.

Continuaron paseando y charlando animadamente sobre el mismo tema.

-Observad. Ahora se ha calmado, disfrutemos de este rato. ¿No hace una temperatura espléndida? ¿No es una calma maravillosa? Ya no tenemos que hablar a gritos, nos oímos perfectamente.

–Sí, pero no os fiéis, que está cogiendo fuerzas. Ya veréis.

ESTANISLAO había aparcado su coche cerca del restaurante donde el grupo había comido. Supo por Frank que Robert venía hacia Cádiz y lo siguió desde que llegó al aeropuerto.

–¡Están aquí! –dijo hablando por teléfono–. ¿Qué hago, Franky? –los días que habían pasado juntos le proporcionaron esa confianza y utilizó el apelativo–. Son siete: ese tal Robert, el Voltoya, la chica y otros cuatro, dos de los cuales parecen americanos.

–Esta vez no se puede escapar. Hay que cogerlo.

Llamó a Antonio Carmona para que lo ayudara y se bajó del coche para seguirlos. Una hora más tarde vio cómo Victoria y Lex volvían a las oficinas de KP, y se quedó a comprobar que no salieran de allí en toda la noche.

Martes, 6 de junio de 1995

–FRANKY, éstos llevan más de 24 horas ahí dentro.

–Hazlos salir.

–¿Cómo?

–Hazle una visita a su amante. Quizás ella pueda hacer algo.

–Es arriesgado, Franky. Tiene escolta.

–Es tu problema.

Estanislao se quedó mirando el teléfono una vez que su jefe colgó.

–¡Joder! Maldita historia.

A LAS tres y media de la tarde tomaba una copa en la barra del restaurante donde Julia terminaba de comer. Supuso que un hombre de mediana edad que bebía una cerveza en el otro extremo era el escolta. "Tiene pinta de poli. Desde luego, lo que haga tendrá que ser sin que este me vea –pensó–, a ver cómo me las apaño." Comprobó que, efectivamente, ese hombre la seguía cuando ella salió tras hacerle una seña casi imperceptible. Fue tras ellos.

Pronto adivinó que se dirigían a la casa de Julia. Se les adelantó y consiguió entrar en el edificio antes que ella. Esperó un piso más abajo hasta oír el ascensor que subía. Se enfundó el pasamontaña y subió las escaleras escondiéndose en el último tramo para comprobar si Julia iba sola. "No tengo suerte –se dijo–. Ese hijo de puta la acompaña." Julia y el policía entraron en la casa y Estanislao decidió esperar a que ella se quedara sola. "Lo lógico –pensó– es que el madero revise la vivienda y se vaya pronto." Pero dos horas más tarde seguía allí dentro. "¿Se quedará a dormir este capullo?" Optó por irse y probar suerte en otro momento.

Fue a la oficina de KP a relevar a Carmona, que ya llevaba doce horas de vigilancia.

–Sin novedad, jefe. No ha salido ninguno de los dos.

–Pues o salen o vamos a tener más problemas. El americano me está presionando al máximo. Hay que hacer algo.

–Tú dirás, Están. ¡A ver cómo los hacemos salir de ahí!

–Ni puta idea. He intentado coger de nuevo a su querida, pero el poli entró con ella y no salió en toda la tarde.

–¿Y si lo intentamos en Madrid con su mujer? Allí está Adolfo, el sudamericano que ha enviado tu jefe, que para eso es muy fino. Seguro que lo consigue.

–Sí, no es mala idea. Aunque, por lo que sabemos, también tiene escolta.

–Era una idea, jefe.

–Ya. ¡Un momento! ¿No es ese Voltoya?

–¡Joder, sí!

–¡Venga, sube al coche!

Lex iba solo, paseando sin rumbo fijo. Lo siguieron desde lejos sin perderlo de vista. Tras pasar el último edificio de la zona, en el extremo opuesto al centro de I+D de Grandtel, Lex tomó un camino de tierra que conducía al pinar situado en el borde del parque empresarial. Estanislao aceleró y, derrapando, entró como una exhalación en el carril, frenando en seco a la altura de Lex que, sorprendido, no tuvo tiempo de reaccionar. Carmona abrió la puerta, bajó y, encañonándolo con una pistola, lo hizo subir al automóvil. Unos metros más adelante, dentro ya del pinar, le ataron las manos a la espalda, lo amordazaron y lo introdujeron en el maletero. No cambiaron una sola palabra con él, que gritó y se resistió cuanto pudo hasta convencerse de lo inútil del esfuerzo.

Apenas si entraba un hilo de luz por el respaldo de los asientos que incomunicaban el maletero con el resto del vehículo. Lex consiguió encontrar una postura menos incómoda, apoyándose de costado, doblando las rodillas hacia atrás y reposando la cabeza en lo que supuso era la rueda de recambio, que debía estar pinchada o muy baja de presión. Los oyó hablar entre ellos y luego por teléfono, pero no consiguió entender ni una palabra. Al cabo de un rato notó que el coche cogía velocidad y cesaban las paradas y las curvas, como si estuvieran en la autopista. Hasta entonces, la ansiedad y el miedo le habían impedido pensar con claridad y se había limitado a escuchar lo que decían y a intentar soltarse la atadura de las muñecas, ambas acciones sin el menor resultado. Mientras, solo una idea ocupaba su mente: "tengo que escapar o éstos me matan".

Perdió la noción del tiempo y no fue capaz de averiguar hacia dónde lo llevaban.

"Espero que no sea muy lejos, esta posición no jay quien la soporte –se dijo–. Claro que, por otra parte, si van a matarme, cuanto más dure esto mejor. Aunque, si de verdad piensan acabar conmigo, quizá sea mejor cuanto antes... ¿Me irán a matar? ¿Y qué va a ser de Clara? Ya sé que está enfadada conmigo, pero es mi mujer, la quiero. Intenté que me perdonara, pero no lo ha hecho. Lo hará. Yo sé que me quiere. ¿Y Julia? Me echará de menos. Lo dijo el otro día: nuestra relación es solo sexo. Sí, tiene razón, pero qué sexo. El mejor fue... ¡joder, Lex, que estos cabrones te van a matar...! El PANDORA, ¿qué pasará? KP ya puede fabricarlo, aunque me necesitan a mí para las pruebas. Bueno, Victoria ha entendido perfectamente todo y ella podrá... ¡El dinero! Voy a ganar un montón, como nunca imaginé... iba a ganarlo, ¡joder...! El mejor fue en la playa, el sábado, con la niebla. No, no, ese es el último, el mejor fue en su casa... Lex, te van a matar y solo piensas en lo mismo... la casa de Cabo Zambra, mis playas... Bill. Bill, ¡eres un hijo de puta! Me las vas a pagar. DDD, muévete rápido, píllalo matando a su mujer, jodiendo con el vecino o vendiendo droga o... David, date prisa, encuentra algo. ¡Oh, Dios mío...!"

El miedo le atenazó la mente de nuevo y notó que los esfínteres estaban a punto de abrirse. Lo dominó como pudo.

"Vamos, Lex, tienes que pensar. Piensa qué les vas a decir. Probablemente quieran la interfaz que esos estúpidos americanos han sido incapaces de resolver. Si prometo dársela, a lo mejor me dejan libre. Mis padres, Alicia, Fernandito... hace tiempo que no los llamo, no saben casi nada de esto, solo que estoy en un proyecto importante que puede tener mucho éxito y quizás me dé mucho dinero... si se la doy, puedo pactar con Grandtel. ¡Eso! Pido negociar con Bill directamente y, si no, ¡no hay interfaz que valga! ¡Quiero verle la cara a ese cabrón! ¿Dónde me llevan? Por lo menos llevo aquí una hora. Y no hemos parado. No vamos por la autopista, porque habríamos tenido que pagar en los dos peajes. Y hay mucho tráfico... vamos por la carretera general... hacia Sevilla, el levante parece que está más flojo... y hace calor... fue en la cala del Zéjel, en la orilla, rodando por la arena y bañados de agua salada... les daré el diseño... y luego ¿qué? Me matarán. Si se lo entrega Victoria... Victoria volverá a darles uno falso. Lo tenemos preparado. Querrán comprobarlo antes de matarme. No, no lo necesitan. La tendrán a ella. ¡Joder!"

"Le digo a Victoria que les dé el bueno. ¿Cuál era el acuerdo? 'Dales la interfaz' es para que entregue el malo. Si no digo la palabra interfaz, sino 'el último diseño', es la versión buena. Ambos tienen una contraseña para mostrar la parte más complicada y tendrán que pedírmela. Se la daré a cambio de algo. Luego comprobarán que el diseño es correcto y a mí me matarán. Y Victoria... tiene que darles el bueno, si no, le pueden hacer algo. Tengo que decirle: 'Victoria, entrégales el último diseño'. Así a ella la dejarán en paz... Zambra, Cabo Zambra. Clara, ¡Dios, Clara! –los ojos se le llenaron de lágrimas– qué daño te hice. Te engañé por sexo. Tú no me has hecho nada... y yo te he traicionado... fuimos felices, ¿te acuerdas? Aquellos paseos por la playa, al atardecer, hablando y hablando... disfrutando de nuestra compañía, disfrutando de aquella paz. Yo siempre estuve pendiente de ti y tú de mí. Nos hemos querido un montón. También el sexo nos llenaba, aunque a ti te apetecía menos que a mí. Pero contigo era una delicia... cuando tú querías. Pero no me importa, Clara. Si salgo de esta...”

Se revolvió para cambiar de postura. Empezaba a dolerle todo y notaba que la vejiga comenzaba a hacer una presión insostenible.

“Claro, el miedo se me fija ahí y tengo que mear cada dos por tres. Y ahora, al moverme... aguanta. Llámalos.”

La mordaza le impedía gritar y comenzó a dar patadas al respaldo de los asientos. Nada. Ya lo había intentado cuando lo introdujeron en el coche, sin resultado alguno. Siguió hasta que las piernas le dolieron. La respiración subió de ritmo y el sudor brotó por toda su piel. Se sintió cansado y empezó a entender que no había salida. Una tristeza profunda lo invadió y sintió que el corazón se le encogía.

“Qué me va a pasar... voy a morir... la culpa es mía, por ambicioso. No pensé en Clara, ni en nadie... solo en mí. Y esto se puede acabar... es el fin. ¿Cómo será la muerte? Me torturarán y luego me matarán. No, les daré lo que piden al principio. Así me ahorro sufrir... ¡Cobarde! Tienes que negarlo. No, me rendiré. Si me matan, al menos no sufriré. Y después, ¿qué? ¿Qué hay después? ¿Otra vida? O muero para siempre, dejo de existir. Desaparezco. No hay nada. ¡Joder, qué duro! La nada. No, no es posible. No tiene sentido. Todas las religiones hablan de otra vida. Tiene que ser así... Dios existe. Dios o como se llame. Siempre lo creí, aunque nunca demasiado... ¡no puedo más!”.

Se arrimó todo lo que pudo a uno de los laterales y dejó que la orina fluyera aliviando el dolor que empezaba a sentir. Después volvió a reposar la cabeza en la rueda y estiró las piernas lo que el tamaño del maletero le permitía, para doblarlas luego por las rodillas. Los brazos le dolían porque descansaba sobre ellos el peso del cuerpo y la cuerda que lo ataba comenzaba a clavársele en las muñecas.

"Me van a matar. Todo por un invento que hice. ¡Maldito chip! Y terminarán fabricándolo. Y se forrarán. Y yo estaré en una tumba. O desguazado, si Clara se acuerda de lo que le pedí: 'cuando me toque a mí, me llevas a un hospital, al tuyo, y que aprovechen lo que puedan; lo que sobre lo donas a tu facultad para que jueguen conmigo y aprendan algo... y sepan lo que es un cuerpo perfecto. Así te ahorras el entierro y llevarme flores de vez en cuando... si es que pensabas hacerlo'. Se enfadó mucho, pero creo que lo comprendió. A lo mejor lo hace. ¿Trasplantarán el cerebro alguna vez? ¿Y qué pasará con el alma? ¿O el alma es la inteligencia y muere con el cuerpo? ¿Y termina así la vida? ¿Qué sentido tiene entonces sufrir? No, no puede ser. Hay algo después. Yo lo he creído de joven... y lo creo ahora. ¿Cómo será la otra vida? ¿Veré lo que ocurre en la Tierra? ¿Podré seguir viéndola? ¿Me echarás de menos, Clara? Ahora es el momento, estás enfadada y te costará menos, ya verás. Encontrarás a otro que te hará más feliz que yo. Perdóname. Lo de Julia fue solo sexo, de verdad. No lo pude evitar... en su casa, sí, en el jacuzzi, fueron los mejores; yo no quería y nunca me excité tanto; ella llevó toda la iniciativa. Fueron tres, dos allí dentro y otro luego en la cama... el récord lo tengo en cinco, con la filipina y su amiga... le prometí el tercero a la otra, ¿cómo se llamaba?, pero me quedé dormido... Dormido. Debería dormir un rato. Yo creo que han pasado ya dos horas, o tres. Apenas si entra luz por esa rendija, ya debe estar anocheciendo; deben ser las nueve o nueve y algo. ¿Dónde me llevan? En tres horas habríamos pasado Córdoba y estaríamos llegando a Andújar; tres horas más y en Madrid; me llevan a Madrid. Claro, es más grande y será más fácil esconderme. ¡Cabrones! ¡Qué vais a hacerme!"

Las lágrimas le cayeron de nuevo por el rostro de forma incontrolada y comenzó a sollozar.

"¡No quiero morir! ¡Nooo...!"

Lloró hasta que las lágrimas se le agotaron. El llanto pareció relajarlo y lo dejó como vacío por dentro.

"Debo dormir un poco. Tengo que esforzarme, luego puedo necesitar mis fuerzas. Me resistiré. No dejaré que me maten. Y no entregaré el PANDORA. ¡Que se jodan! Esos americanos no han sido capaces de descubrir lo que inventé. ¡No saben resolver lo de la interfaz! Seguro que han diseñado una, pero para el procesador más sencillo y no será válida para todos; mi diseño, sí. Bueno, con la ayuda de Victoria, pero la idea es mía. Es una única interfaz que, definiéndole los parámetros propios de cada procesador, se adapta automáticamente. ¡Es brillante! No se las daré. Que me torturen, que me maten, que hagan lo que quieran; pero no cederé. Les queda Victoria, pero después de esto se protegerá bien. Robert la defenderá. Tendré que dejar alguna pista para que cojan a éstos. Pero ¿cómo? Si encontrara algo con lo que escribir, quizás pueda...".

Se movió tentando con sus manos el fondo del maletero, por si encontraba alguna herramienta.

"Por aquí nada; por aquí tampoco... ¡aquí! –cogió un clavo de unos cuatro centímetros–. Ahora, a escribir."

Sentado, con los hombros y cuello tocando el techo del habitáculo, comenzó a grabar en el suelo su nombre, con la esperanza de hacer saltar la pintura y que lo que quedara fuera legible. Primero escribió Alejandro Voltoya. Luego, en varios sitios más, únicamente Lex.

"Lex, Lex, Lex. Eso se leerá más fácil, si es que consigo grabar algo –pasó la yema de los dedos por el suelo–. Sí, algo queda, espero que se lea."

Luego escribió la fecha, la palabra "secuestrado" y la frase "fue Bill, de Grandtel". Descansaba a ratos y seguía escribiendo. Hacerlo lo relajó un tanto y olvidó por casi una hora su angustiosa situación.

"Ya está bien. Si se lee, es suficiente. Y si no, estoy perdiendo el tiempo. ¿Dónde estaba? Con Clara, sí; si salgo de esta, pequeña... ¿pequeña? Hacía mucho tiempo que no te llamaba así, ¿te acuerdas? Fue de novios y durante los primeros años de casados. A ti te gustaba. Bueno, te lo sigo llamando, pero hemos estado muy poco tiempo juntos últimamente y me suena muy lejano. Te decía que, si salgo de esta, terminaré con Julia, de verdad. Y tú me perdonarás, ¿a que sí? ¿Me querrás otra vez? Si todo sale bien volveremos a Cabo Zambra, esta vez juntos. Si voy a ganar tanto dinero no hace falta que esperes a que te salga trabajo en Cádiz. Puedes abrir tu propia consulta. Y podemos estar juntos más tiempo. Y disfrutar de Zambra, de sus playas, su soledad, su belleza, ¡hasta del levante! Sé que a ti ese viento no te gusta, pero recuerda que, a veces, lo has echado de menos, sobre todo cuando la brisa de poniente era demasiado fresca y no podías ir a la playa".

Volvió a pensar en su situación y la angustia le atenazó el corazón de nuevo. Hizo verdaderos esfuerzos para superarlo y se propuso dormir. Intentó aplicar los métodos de relajación que alguna vez había practicado, rechazando cualquier intento de su mente por volver a la realidad.

Se despertó sobresaltado y sin noción alguna de donde estaba. El dolor que sentía en las muñecas y la boca, por las ataduras y la mordaza, le devolvieron pronto la conciencia, recordando al instante que hacía unas horas le habían puesto una pistola en el pecho, lo habían atado y amordazado y lo habían metido allí.

"Debemos estar llegando, si es que vamos a Madrid. Tengo sed y hambre... ¿Qué me irán a hacer? ¿Cómo empezarán? ¿Me meterán la cabeza en agua sin dejarme respirar? ¡Horrible! –un nudo le oprimió la garganta–. ¿O me golpearán brutalmente? A lo mejor me conectan dos cables a los huevos y me los electrocutan, lo he leído en alguna novela, y me dejan impotente. ¡Joder! ¿Y si me clavan palillos entre las uñas y los dedos? Creo que es tremendo. ¿O me romperán un brazo primero, como hicieron a la pobre Julia, y luego el otro, y las manos, y las piernas...? Julia... ¿te volveré a ver? Le he prometido a Clara que... pero no puedo renunciar a estar contigo. Me atraes con una fuerza irresistible. Sólo pensar en ti me hace sentir fuego en... ¡Joder, Lex, que te van a matar! Ya llegamos, están frenando, no, aceleran, pero van más despacio, ¿será Madrid? Frenan, han parado... arrancan otra vez, será un semáforo. La próxima vez daré golpes con las piernas, a ver si alguien me oye. Si vamos por el centro funcionará. Paran otra vez. ¡Ahora!"

Pateó la chapa del maletero con todas sus fuerzas y tantas veces como pudo, pero el coche arrancó de nuevo sin ningún incidente. Esperó hasta la siguiente parada y repitió los golpes. Esta vez el respaldo del asiento trasero del vehículo se abrió y una voz le gritó: "¡O te estás quieto o te mato ahora mismo!". Lex apenas pudo verle la cara, pues la luz amarillenta de las farolas de la calle lo dejaban en penumbra.

Esperó. No tenía alternativa y eran capaces de matarlo. Al rato sintió cómo el coche disminuía su velocidad y bajaba por una pequeña rampa. "Un garaje", supuso. Lo sacaron entre dos hombres, uno de los cuales le pareció que era el de antes. Eran tres. Los miró y trató de grabar los rostros en su mente sin olvidar detalle.

–¡Vamos! –dijo Estanislao, empujándolo por la espalda.

Lo metieron en la habitación que comunicaba con el garaje, en la que había una mesa grande de madera y unas sillas. Una bombilla desnuda alumbraba desde el techo el habitáculo sin ventanas.

–Tumbadlo sobre la mesa y atadlo.

Le quitaron la mordaza y las cuerdas de las muñecas.

–Necesito ir al cuarto de baño.

–Acompáñalo, Adolfo. Entra con él.

Adolfo permitió que se mojara las manos y bebiera agua abundante, refrescándose las muñecas y la cara.

–Bien, señor Voltoya –dijo Estanislao, una vez que se cumplieron sus órdenes–. Tengo las siguientes instrucciones de quien me paga: hay una cosa a lo que llaman *interfás* o algo parecido, cuya copia tiene usted que facilitarme. Si se niega, le haremos el daño necesario hasta que nos la dé. Y si en 24 horas no la hemos conseguido o nos proporciona una copia falsa, entonces lo matamos. Sencillo, ¿verdad?

"Y si se la doy, me matarán igualmente –dijo Lex para sus adentros–. No hablaré, no diré nada."

–¿Me ha entendido?

Lex no respondió.

–¿Quiere que empecemos ya?

Silencio.

–¿Quién coño se ha creído que es? ¿Es que quiere cabrearme antes de empezar?

Lex cerró los ojos. Sabía que los estaba provocando y que probablemente eso no haría más que precipitar las cosas.

–¿De empezar a qué? ¿A torturarme?

–Sí señor. Es lo que haremos si no nos ayuda.

–¿Y qué quieren? –Lex trataba de ganar tiempo.

–Ya se lo he dicho. La *interfás* o como quiera que se llame esa cosa.

–No la tengo aquí.

–¿Y dónde está?

–En lugar seguro. No podrán cogerla.

–¿En la empresa KP?

–Yo no he dicho eso.

–Pero está allí, ¿no? Usted y esa chica estaban allí dentro. Llevan unos días sin salir del edificio.

–Allí no está. La tiene la policía.

–¿La policía? ¿Cree que soy tonto? Por lo que sé están trabajando en ella.

–Sí, efectivamente. Pero cada día le damos una copia a la policía después de terminar –mintió Lex–. Si quieren, los llamo y les digo que unos mafiosos me la quieren robar.

Antonio Carmona le cruzó la cara con el dorso de la mano.

–No juegue conmigo. Puedo perder la paciencia mucho antes de lo que espera.

–Bien, imaginemos que se la doy. Luego me matan, ¿no?

–No son esas las órdenes, pero le juro que, si me toma el pelo, lo mataré, me dé o no esa maldita cosa.

–Le propongo un trato.

–¡No está en condiciones de hacer ningún trato!

–Pues máteme ya.

–Adolfo, empieza.

Adolfo sacó unos alicates de una caja de herramientas que tenía sobre una de las sillas, se puso unos guantes de goma y lo agarró por la garganta.

–Verás, esto es muy divertido: tú abres la boca, yo miro dentro y selecciono una muela. Luego la atenazo con esto y giro hasta oír un chasquido, tiro y te la enseño. Si no quieres colaborar, vuelvo a repetir la operación. Primero dos muelas, luego un diente, y otro diente, y otra muela. Así hasta que cantes.

–Quiero hablar con Bill. ¡Llámenlo! –la voz de Lex sonó autoritaria.

–¡Eh, eh! Aquí mando yo, ¿me oye?

–Si hablo con Bill llegaremos a un acuerdo.

–¿Quién es ese Bill? Yo no lo conozco.

–El que le paga.

–A mí me paga otro.

–Pues hable con él. Dígale que, si quiere la interfaz, tengo que hablar primero con Bill.

–¡No!

–Pues no hay interfaz.

–¿Adolfo?

"Aguanta, Lex, una muela se puede reemplazar." Apretó los puños y se dispuso a resistirlo. Estaba acostumbrado a pasar por el dentista con frecuencia y no creía que el dolor fuera a ser insoportable.

Se equivocó. Los alicates le habían trincado dos muelas al mismo tiempo, partiéndoselas en varios trozos. Tuvo que girar la cabeza para no tragarse los que se quedaron dentro de la boca después de que aquel bestia sacara los alicates. El grito que emitió fue desgarrador y el dolor le recorrió toda la mandíbula superior hasta la sien. La sangre le brotaba a borbotones y sintió un profundo mareo que casi le hizo perder el sentido. Se tocó los restos con la lengua, notando las aristas de los trozos que le quedaban. Un sudor frío cubrió todo su cuerpo, que comenzó a temblar de forma incontrolada.

–¿Quieres más, o vas a decirnos ahora cómo conseguir lo que buscamos?

–Tengo... tengo que hablar con Cádiz. Les diré que se la entreguen.

–Bien. Eso está mucho mejor. Llame a la chica. ¿Victoria se llama?

–Sí, Victoria.

–Le va a decir lo siguiente: tiene que ir sola a este lugar de Cádiz –le mostró un papel con una dirección escrita–. Y no puede decírselo a nadie ni avisar a la policía, claro. Cuando llegue tiene que esperar, alguien saldrá a su encuentro. Dígale que, si no va sola o le pasa algo a la persona que vaya a buscarla, lo mataremos.

–Me van a matar de igual forma.

–Ésas no son mis instrucciones, ya se lo he dicho.

Lo dejaron incorporarse, soltándole las correas que lo sujetaban a la mesa por el pecho y le permitieron ir al cuarto de baño a enjuagarse. Mientras tanto, Lex pensaba en la decisión a tomar: ¿el diseño bueno o el malo? "Lo comprobarán, en cualquier caso. Pero si les doy el bueno, me matarán cuando lo confirmen. Si les doy el que no funciona, el que no tiene resuelto lo más importante, tendrán que volver a empezar y, por lo menos, gano tiempo".

–¿Victoria?

–¡Lex! ¿Dónde estás? Te estamos buscando desde hace horas. Dijiste que ibas a dar un paseo.

–No importa. Escucha atentamente y haz lo que te digo: copia la interfaz en una cinta, vas a esta dirección –se la leyó– y esperas a que alguien te la pida. Tienes que ir sola y no decir nada a nadie.

–¿Qué pasa, Lex? ¿Te han cogido?

–No puedo hablar, Victoria. Haz lo que te digo, dales la interfaz –Lex remarcó la frase, pronunciándola con lentitud.

–Ya está bien –Estanislao le quitó el teléfono y habló–. Señorita, ¿ha oído bien? Tiene media hora para llegar. Si se retrasa o le dice algo a alguien, su amigo morirá.

Colgó. Victoria llamó inmediatamente a Robert y le contó lo que pasaba.

–¿Qué copia te pidió?

–La mala. Lo repitió dos veces, no hay duda.

–Bien, vamos. Yo iré detrás y te vigilaré desde lejos.

–¿Y si llamamos al inspector?

-Es un riesgo. Entregándoles la versión trucada ganamos tiempo. A Lex no le pasará nada hasta que no se den cuenta de que les engañamos.

-¿Y si lo matan cuando se den cuenta?

-No lo creo. Necesitan la buena y, para entonces, ya habremos decidido qué hacer.

LUCÍA Merino, sentada a una mesa en una de las terrazas de la plaza de San Juan de Dios, esperó tomando un café hasta comprobar que nadie iba con ella. Victoria paseaba nerviosa arriba y abajo delante de la cafetería que, a pesar de la hora, estaba llena de gente, quizá buscando refrescarse en aquella noche de levante rabioso. Notó cómo alguien la cogía del brazo desde atrás y dio un respingo.

-Sigue paseando, como si fuéramos amigas -le dijo Lucía, presionándola con fuerza y llevándola hacia donde había un numeroso grupo de personas-. Ahora dame eso y te quedas aquí pidiendo algo en la barra de ese bar.

Lucía metió en su bolso la cinta que Victoria le daba y se dirigió hacia una de las calles que daban a la plaza, en frente del puerto que quedaba a sus espaldas. Anduvo a paso ligero, mirando continuamente hacia atrás para ver si alguien la seguía. Se metió en un portal, se quitó las gafas y la peluca de largo pelo rubio que llevaba, dejando al descubierto su cabello natural, moreno y muy corto, y se cambió de ropa con una velocidad asombrosa. Antes de salir comprobó que nadie la estuviera esperando y se dirigió a su coche, aparcado no lejos de allí.

-Ya la tengo, jefe. Salgo ahora mismo para Madrid.

-Bien. Ven con cuidado -respondió Estanislao-. Ahora, señor Voltoya, lo vamos a dejar solo. No intente escapar porque le estaremos vigilando. Puede chillar cuanto quiera, que nadie le oirá. Antonio, acompáñalo tú al cuarto de baño.

–Franky –se atrevió a utilizar el apelativo, se lo había ganado–, ya la tenemos. Viene camino de Madrid. En unas seis horas la entregaremos en las oficinas a nombre de John Quigley, como me pediste. ¿Cuándo llega él?

–Casi al mismo tiempo. La hora prevista es a las ocho y veinte de la mañana en Barajas. ¡Buen trabajo!

–¿Cuánto tiempo tendremos que esperar?

–Quizás hasta dos días. Quieren estar seguros de que lo que hemos conseguido es la copia correcta. No se fían, ya los engañaron una vez.

–Vale. Espero tus noticias.

A LEX la boca le estallaba de dolor. Les había pedido un almohadón para elevar un poco la cabeza y evitar que la hemorragia aumentara, pero se lo habían negado. Tampoco aceptaron soltarle las correas, ni siquiera las manos, ni proporcionarle un calmante.

“¿Cuánto tiempo tardarán en darse cuenta? Con la copia que hemos preparado yo creo que necesitarán por lo menos dos días... ¡Dos días aquí, en este potro de tormento! ¡Joder! Y eso suponiendo que no tengan que llevarla a Boston. Si son listos habrán venido a Madrid... y aquí la examinarán. Puede que tarden menos en darse cuenta... ¡no pienses en ello, coño!, debes dormirte y descansar, domina el dolor, relájate...”.

–DAVID, soy Robert. Han secuestrado a Lex y nos han obligado a entregarles el diseño, aunque les hemos dado el malo por indicación de Lex. Tenemos que actuar rápido. Tardarán poco en descubrirlo. ¿Has avanzado algo en tu investigación?

–Algo más. Sospechamos que Kirpatrick está metido en asuntos de drogas, tenemos alguna pista, pero de momento no lo ligamos con Bill.

–Tenemos que actuar, David. Lex está secuestrado y peligra su vida.

–Sí, pero no tengo nada que pueda utilizar.

–¡Pues invéntalo! ¡Lo pueden matar!

–Vamos a ver... inventarlo... Hombre, puedo hablar con él y decirle que lo sabemos todo y que tenemos pruebas, aunque no sea así. Quizás consiga hacérselo creer y se descubra él mismo.

–¿Y si no lo cree?

–Tendremos que hacerlo bien.

Discutieron el plan durante casi dos horas. Era arriesgado, pero creían que podía resultar. David iría al día siguiente a casa de William Attemborough.

Miércoles, 7 de junio de 1995

JOHN Quigley saludaba a Daniel unos minutos después de llegar a las oficinas de Grandtel en Madrid, cuando le llamaron de recepción para comunicarle que un taxista había dejado un paquete para él.

–¿Qué es ese paquete, John?

–Nada importante, luego te cuento. Tengo prisa.

–Oye, algo me ocultas. Aún no me has dicho qué estás haciendo aquí con Ben y Elisabeth, dos de tus mejores técnicos, y ahora recibes un paquete que requiere toda tu atención. ¿Acaso es la interfaz? ¿Cómo la has conseguido? ¿Qué sabes de Lex?

–Ya te he dicho, luego te cuento –y abandonó el despacho sin más explicaciones.

Se encerraron los tres en un despacho en torno al equipo portátil que se habían traído de Westwood y que contenía los diseños que Lex les diera y el *software* necesario para leerlos, dispuestos a comprobar si la copia de la interfaz era lo que estaban esperando.

Después de casi tres horas de trabajo ininterrumpido parecían satisfechos, pues todo apuntaba a que esta vez la interfaz era más completa que la primera que tenían y, aparentemente, todo parecía correcto.

–Aunque me cueste decirlo, reconozco que ese tío es listo. O ella, quien quiera que haya diseñado esto –dijo John.

–Sí, es cierto –respondió Ben–. Pero no cantes victoria todavía. Nos queda la parte más delicada. Ahora lo veremos.

–¡Hijo de puta! –exclamó Ben cuando leyó en la pantalla:

"I'm sorry. You need a password to see our design... ENTER PASSWORD AND PRESS ENTER".

John palideció y salió del despacho.

Sacó a Bill de la cama.

-Soy John. Siento llamarte a estas horas, Bill, pero Voltoya ha vuelto a engañarnos. Necesitamos una contraseña para continuar analizando el diseño.

-¿Qué?

-Lo que oyes, que necesitamos una palabra clave para seguir. Sin ella no podemos avanzar.

-Te llamo ahora.

Marcó el teléfono de Frank.

-Franky, ese maldito Voltoya te ha vuelto a engañar. Ahora necesitamos una contraseña. Y la quiero ya. Dile que si nos la juega otra vez lo matarás.

-Sí. Ahora mismo los llamo.

-¡Maldito estúpido! -gritó Estanislao fuera de sí, al tiempo que le propinaba un puñetazo en la mandíbula-. Dame inmediatamente la contraseña o te juro que te mato ahora mismo.

-No lo harás. Me necesitas.

-Eso te crees tú. Tenemos también a la chica -mintió Estanislao.

Lex sintió que el corazón se le encogía. ¡Habían secuestrado también a Victoria cuando les entregó el diseño!

-Sois unos hijos de puta. ¡Soltadla! Esa clave solo la sé yo y no os la diré hasta que no me conste que está libre y hable con ella.

-Te mataré.

-¡Hazlo y te juro que jamás conseguiréis la interfaz! Díselo a Bill.

-No sé quién es Bill, ya te lo he dicho. ¡Adolfo! Tienes cinco minutos, no más, para que este gilipollas hable -y salió de la habitación.

Lex necesitaba ganar tiempo. No podía darles la contraseña tan pronto, pero tampoco podía permitir que torturaran a Victoria. "¿La habrán cogido de verdad? Es raro, si fuera así me lo habrían dicho ayer, para acojonarme aún más. Me están mintiendo."

Adolfo agarró de nuevo los alicates y se dirigió a él con cara de satisfacción.

–¿Qué te parece si seguimos por un diente? Te dejo elegir: de arriba o de abajo.

Lex no contestó. Pensaba rápidamente cómo evitarlo. El solo hecho de verlo acercándose con aquella sonrisa y esos alicates en la mano le producía escalofríos. "No podré soportar el dolor. Piensa rápido."

–Un momento. Te la diré.

–¡Están! Trae papel y lápiz.

–Venga, canta.

–A minúscula, zeta mayúscula, tres, siete, be mayúscula...

–¡Eh! no tan de prisa.

–¿Por dónde iba?

–Be minúscula.

–No, es be mayúscula.

–Be mayúscula –rectificó Estanislao–. Más.

–Cuatro, eñe mayúscula y jota minúscula.

–Más.

–Ya he terminado.

–Las leo, a ver si están bien: letra a en mayúscula, zeta en mayúscula, número tres, número siete, be en mayúscula, número 4, eñe mayúscula, i ¿en mayúscula o minúscula?

–¿Qué i?

–¡Joder! Me has dicho i. ¿Grande o pequeña?

–Yo no he dicho ninguna i.

–¡Sí la ha dicho! La tengo aquí apuntada.

–Pues no hay ninguna i.

–¡Cojones! Empiece otra vez.

–A minúscula, zeta mayúscula, tres, siete, be minúscula...

–¡Eh! antes me dijo be mayúscula.

–No, le dije be minúscula.

-Oiga, no me tome el pelo.

-No se lo tomo. Le he dicho lo que es.

-¡Joder, antes me lo dictó al revés! ¡Y también me dijo i!

-Yo no dije i.

-Está acabando con mi paciencia. Empecemos de nuevo -y rompió el papel donde estaba apuntando.

-A minúscula, zeta mayúscula, tres, siete, be minúscula, cuatro, eñe mayúscula y jota mayúscula...

-¿Y la i?

-Es i griega, conjunción copulativa, para indicar la última letra.

-Entonces ¿no hay i?

-No.

-Pero antes la dijo.

-Sí, pero como conjunción.

-Tenía yo razón.

-No. No hay i.

-¡Basta ya, joder! ¿Y la última, detrás de la i?

-No hay i. La última es jota minúscula.

-Antes dijo jota mayúscula. ¿Está seguro de que es minúscula?

-¿Antes dije mayúscula?

-Sí, creo que sí.

-Pues... ahora no sé. Puede que sí.

-Que sí qué.

-Que sea mayúscula.

-Pero ha dicho minúscula.

-Me ha confundido. Déjeme ver.

Estanislao le enseñó el papel que ponía exactamente lo siguiente:

"A en minúscula Z en mallúsculas 3 7 b ~~mallúse~~ *pequeña cuatro eñe grande j grande"*

-Tiene que haber dos minúsculas.

-Me ha dictado solo una. ¿Cuál es la otra?

–Ahora no me acuerdo.

–¡Adolfo! Mátalo.

–¿Seguro, jefe? ¿Y si no tiene la contraseña esa?

–A ver...suéltale el brazo. ¡Escríbala usted mismo! –le dijo dándole papel y lápiz.

Lex escribió: "aZ37b4ÑJ" y "aZ37b4Ñj" y dijo:

–No sé cuál es la buena. Una de las dos, seguro. Probablemente la segunda, pero me ha confundido y me he hecho un lío.

–¡Traiga! –y le arrancó el papel de las manos. Salió de la habitación y cogió el teléfono para llamar a Frank.

–Antonio, ¿cómo se dice mayúscula y minúscula en inglés?

–¡Y yo qué sé!

–Pues verás qué número.

–¿Frank? Ya la tengo. Toma nota.

Les costó mucho ponerse de acuerdo. Al final utilizó las palabras inglesas *big* y *little* para significar mayúscula y minúscula.

–...eñe *big*.

–*What?*

–*One moment.* Antonio, ¿cómo se dice eñe en inglés?

–Y yo qué sé –respondió, encogiéndose de hombros–. Dile eñe de coño, a lo mejor lo entiende...

No le fue fácil explicar lo de la ñ, pero finalmente lo consiguió. Tras revisarla varias veces, concluyeron que se habían entendido.

Frank se la transmitió a Bill y este a llamó a John.

–Ésta es la maldita clave –se la dictó–. Prueba las dos, con la última mayúscula y minúscula.

–Tenemos un problema, Bill. La letra eñe no está soportada en nuestro teclado. Tendré que definir el alfabeto español y tardaré un rato. Este tío es un cabrón.

–Eso ya lo sé. Date prisa.

–Te llamo en cuanto esté.

DANIEL llamó a Bill para pedirle explicaciones sobre la presencia de John en sus oficinas.

–Bill, creo que teníais que haberme avisado. Esta mañana ha recibido un paquete, pero se ha negado a decir nada y se han encerrado en un despacho. ¿Dónde está Lex?

–Ya lo sé, Daniel –prefirió ignorar la pregunta–. Han ido de manera precipitada y no pudimos avisarte. Su intención es ir a Cádiz para revisar todo lo que hayan podido dejar Voltoya y Victoria. No sabía que hubieran decidido quedarse en Madrid. Quizás el paquete viene de Cádiz y están trabajando con su contenido.

–Es raro, habitualmente los envíos del centro llegan por valija. Lo averiguaré.

–No le des tanta importancia y déjalos trabajar. Están haciendo sus mejores esfuerzos para continuar con el chip a partir de los diseños que tenemos y están encontrando ciertas dificultades. Empiezan a creer que el PANDORA es un bluf y que Voltoya nos ha engañado. Quizás por eso ha desaparecido.

–Según me dijiste, la semana pasada estabais ya muy cerca.

–Sí, eso parecía. Pero la interfaz no les funciona tal como creíamos. Nos estamos jugando mucho en este invento y a mí se me está agotando la paciencia.

–¿Qué sabes de Lex?

–Nada.

–¿Seguro?

–Seguro, no te iba a engañar.

"No, qué va" estuvo a punto de decirle, pero se contuvo.

TARDARON un par de horas en configurar de nuevo el teclado y hacer compatible el producto que utilizaban para el diseño de procesadores con el nuevo alfabeto.

-En general -explicaba Ben -, introducir cualquier carácter no contemplado en el alfabeto correspondiente no es difícil, pero este producto no soporta caracteres especiales. He tenido que instalar la versión en castellano, pero era anterior a la nuestra y hemos tenido problemas de compatibilidad. Ahora ya podemos seguir.

Una vez introducida la contraseña (valió la segunda, con jota minúscula), analizaron el código de la interfaz hasta bien entrada la noche. Ben parecía convencido de que, por fin, tenían lo que necesitaban, aunque Elisabeth era más escéptica.

-Mira, John -le decía Benjamin a su jefe-, esto funciona. Dos de los problemas que tuvimos, y que no llegamos a solucionar, están aquí resueltos y de una forma sencilla e inteligente. No eran las pegas mayores, pero estábamos atascados en ese punto y no podíamos seguir. Creo que esta vez no nos han engañado.

-Espera, Ben, no cantes victoria -dijo Elisabeth-. Nos queda ver cómo continúa. Aún no hemos llegado a la parte más complicada.

-No, es cierto. Sin embargo, intuyo que estará también resuelta. Ya nos queda poco.

-¿A QUIÉN va a visitar? -preguntó el guardia de seguridad a la entrada de la urbanización Wellesley.

-Al señor Attemborough.

-¿Le espera?

-Sí, claro -mintió David D. Douglas.

Eran las 9 de la noche, hora de Boston, cuando llegaba a casa de Bill. Sabiendo que estaban ocupados examinando la copia de la interfaz, prefirió dedicar el día a obtener más datos en su investigación, encontrando algo que podía utilizar. Llamó al timbre en la verja de entrada y observó cómo una minicámara de televisión lo enfocaba.

-¿Qué desea?

-Venía a ver al Sr. William Attemborough.

-¿Tenía cita?

-No.

-¿A quién anuncio?

-A David Douglas.

-Un momento, por favor.

Transcurrieron unos minutos antes de que la misma voz dijera:

-No puede atenderlo. Le ruega que llame mañana a la oficina para concertar la visita.

-Dígale que es urgente que nos veamos ahora. Coméntele que vengo a hablarle del Sr. Voltoya.

Casi al instante la verja se abrió y David entró con su coche en la finca. Bill lo estaba esperando en la puerta de la casa.

-¿Señor Douglas? He oído hablar mucho de usted.

-Igual le digo, señor Attemborough.

-Pase, por favor -dijo después de que se estrecharan las manos.

El despacho de Bill en la planta baja de la casa era amplio y lujoso. Una mesa de caoba hacía juego con la librería, cuajada de libros, que cubría dos de las cuatro paredes, tres sillas también de caoba con unos grandes almohadones, un tresillo negro de piel y un mueble bar componían el mobiliario. La mesa estaba situada a la izquierda de un gran ventanal orientado al sur, por el que se podía contemplar gran parte de aquella urbanización.

-Bien, usted dirá -dijo Bill sentándose en un extremo del sofá e indicando a David uno de los sillones.

-Lex ha desaparecido.

-¿Voltoya?

-Sí, Alejandro Voltoya. Aunque sería más correcto decir que ha sido secuestrado.

–¡Vaya! No tenía idea –respondió Bill intentando mostrar sorpresa–, es tremendo. ¿Sabe quién lo ha hecho?

–Sí. Y usted también.

–¿Yo?

–Usted ha dado la orden.

–¿Qué dice usted? ¿Está loco?

–Mire, no se haga de nuevas conmigo porque no le servirá de nada. Tenemos pruebas suficientes de que ha ordenado el secuestro y de que, incluso, mandó matarlo hace algunas semanas.

–No puede demostrarlo.

–¿Acepta, entonces que dio las órdenes oportunas y que cree que no puedo demostrarlo?

–Por supuesto que no. Yo no lo hice.

–Su primera respuesta le traiciona. Si me dice que no puedo demostrarlo, está aceptando implícitamente que participó, pero niega que pueda tener pruebas contra usted.

–Quiero decir que todas esas patrañas son falsas.

–Pero antes no lo dijo.

–Si dije que no puede demostrarlo... –Bill empezó a ponerse nervioso, intentando reaccionar con rapidez– es porque es imposible demostrar algo que no ha ocurrido.

–¿Quiere decir que no intentaron matar a Lex y que tampoco lo tienen secuestrado?

–Quiero decir que yo no sé nada de eso.

–Bien, si insiste... –David dejó la frase en suspenso para ver la reacción de Bill. Notó alivio en su cara y observó que hacía ademán de levantarse.

–Si insiste –continuó el abogado–, tendré que contarle todo lo que sabemos de usted.

Bill se sentó en el borde del sofá sin poder evitar ponerse pálido. No obstante, reaccionó con agilidad:

-No estoy interesado en absoluto en lo que puedan o no saber de mí. Así que, si es tan amable, váyase ahora. Tengo cosas que hacer.

-Perdone, pero no me ha entendido. Sabemos mucho de usted y no precisamente bueno. Ahora tengo dos opciones: ir a denunciarlo a la policía u ofrecerle un trato. Si he decidido, de momento, darle una oportunidad, es porque quiero que suelte inmediatamente a Lex. Después seguiremos hablando.

-No hay trato posible. Yo no sé dónde está.

-Usted sí lo sabe. Pero si se niega a escucharme iré directamente a poner una denuncia por intento de asesinato y otra por secuestro.

Bill se calló. Veía al otro muy seguro de sí mismo y si ponía una denuncia estaba perdido. Quizá tuviera pruebas suficientes, en cuyo caso era mejor pactar, por mucho que le doliera.

-En primer lugar, sabemos de su larga amistad con el señor Kirpatrick, su vecino. Y de él hemos averiguado a qué se dedica: tiene una agencia de detectives cuyos principales clientes son personajes de dudosa reputación, entre ellos usted -hizo una pausa, mirándole fijamente a los ojos, pero Bill no se inmutó-. Dirige, además, una red de blanqueo de dinero de la que tenemos cierta información.

-¿Y qué tiene que ver eso conmigo?

-Usted aparece en la relación de personas que la han utilizado.

-No es posible. Dígame qué cantidades y cuándo.

-¿Cantidades? Creíamos que solo fue una vez. Tengo el monto y la fecha. Investigaremos el resto.

-No tiene ningún dato.

-Arriésguese.

-¡Bien, dígame! -las palabras las pronunció como dándole una orden.

–En su cuenta corriente del First Cambridge Bank hay un cargo por un talón, en abril del año pasado, ingresado en una cuenta de Frank S. Kirpatrick en una sucursal del Newbank en Nueva York. La cantidad es considerable, ¿quiere que se la recuerde?

–Fue... fue por las obras de la casa –comenzaron a sudarle las manos y la palidez de la cara iba en aumento–, ya sabe, una reforma importante que hice en el 94.

–Sí, lo sabemos, pero las obras las comenzó en agosto. ¿Le pagó con cuatro meses de antelación? Por cierto, ¿también se dedica su vecino a la construcción? No lo sabía –dijo irónicamente–, lo anotaré en su currículum.

Silencio de nuevo. David trató de repasar en unos segundos la estrategia que había preparado. Ahora debía dar el aldabonazo final.

–¿Quiere más? –calló por unos instantes–. Sabemos también que su amigo participa como socio en una agencia de detectives que opera, fundamentalmente, en la provincia de Cádiz. Qué casualidad, ¿verdad? La policía española ha identificado –lanzó el farol con la mayor naturalidad– a una de las personas que estuvo con la señorita Julia Adeva, amiga del señor Voltoya, una tarde del pasado mes de mayo... cuando la maltrataron... Y resulta que esa persona, o ese salvaje, ha colaborado en múltiples ocasiones con la agencia de su amigo.

–Y qué, yo no tuve nada que ver con eso – pronunció la frase apenas con un hilo de voz.

–Bill, perdona, tienes una llamada urgente –interrumpió su mujer, que los dejó después de saludar atentamente a David.

–Perdone unos instantes –dijo, descolgando el teléfono–. ¿Sí? ¡Vaya! ¡Cabr...! Os llamo en seguida. Lo siento, señor Douglas – dijo dirigiéndose a él–, he de hacer una llamada urgente y confidencial. Le ruego que me disculpe, podemos seguir mañana.

–No, es necesario que continuemos ahora. Si quiere salgo del despacho y lo espero fuera.

–Esto me llevará tiempo. Prefiero que nos veamos mañana.

–De ninguna manera –David no podía dejarlo escapar–. Además, supongo que la llamada tiene que ver con Lex, ¿verdad? –la cara de Bill enrojeció de rabia–. Le esperaré.

Sin más palabras, Bill le abrió la puerta de la terraza y le invitó con gestos a que saliera. Una vez a solas llamó a Frank.

–¡Frank, estás fracasando de nuevo! ¡Ese cabrón nos ha entregado una copia falsa! ¡Y escucha bien lo que te digo: si esta vez vuelves a fracasar la voy a armar muy gorda! Sabes que puedo.

–Sí, Bill –respondió sin acertar a decir otras palabras.

Cuando Estanislao recibió la segunda llamada de Frank tuvo que apartarse un tanto del auricular para no dañarse el tímpano, tales eran las voces de su jefe. Sólo consiguió entenderle que necesitaban una nueva copia y que tenía que obtenerla inmediatamente. Del resto no entendió nada, pero se lo imaginó.

–¡Maldito mamón, hijo de puta! Te voy a matar –le gritó, olvidándose del Ud., e inclinándose sobre él comenzó a golpearle la cara con los puños cerrados–. ¡No me vuelvas a engañar que te mato con mis propias manos!

A Lex le brotaba la sangre de la boca, la nariz, las cejas y los pómulos y sentía un dolor aún más profundo cada vez que los puños de Estanislao impactaban en su cara. Tenía que girar la cabeza para que la sangre y los dientes que le había roto no lo ahogaran, pero los golpes continuos se lo impedían.

–Están, déjalo ya que lo vas a matar –intervino Antonio.

–Uno más –y le descargó el golpe con toda su fuerza en la boca del estómago. Luego otro, brutal, en el costado izquierdo.

Antonio le soltó las correas y lo levantó para que pudiera respirar. Tenía cerrados los ojos, que comenzaban a hinchárseles, y la cara tan llena de golpes que no se lo reconocía. Tardó unos segundos en poder aspirar un poco de aire, el tiempo que tardó en recuperarse de los puñetazos en el costado y el estómago.

–¡Ahora mismo llamas a la zorra de tu amiga y le dices que nos entregue la copia buena de esa maldita cosa! ¡Y me escribes la jodida clave en este papel!

Lex estaba aturdido y apenas lo oyó. Los oídos le zumbaban y el dolor era insoportable.

–¡Te he dicho que llames ahora! –chilló Estanislao, fuera de sí y acercándose con el puño en alto.

–¡Basta ya! –intercedió de nuevo Antonio–. Así no va a poder hablar.

Lex siguió sin responder. Temía más por los golpes que todavía pudiera darle que por su vida, pero a pesar de todo le era absolutamente imposible reaccionar. Tardó unos minutos en controlarse, ayudado por el agua fresca que Antonio vertió sobre su cara.

–Hay que esperar a mañana –dijo haciendo un tremendo esfuerzo–. Victoria no está ahora en la oficina y no puede entregársela.

–¿Cómo lo sabes, maldita sea?

–Me lo dijo anoche. Hoy se tomaba el día libre y no vuelve hasta mañana.

–¿Y dónde está? –Estanislao estaba a punto de sufrir una apoplejía, a juzgar por su aspecto.

–No lo sé.

–¡Llama ahora mismo y averigua adónde ha ido!

–No. No creo que lo sepa nadie. Además, no quiero hacerlo. Dígale a su jefe que quiero hablar con Bill. Si no hablo con él pueden matarme, pero no les voy a dar nada.

Estanislao le encajó otro puñetazo en el torso, haciéndole caer al suelo. Allí le cogió el brazo izquierdo doblándoselo hacia atrás y dispuesto a partírselo. Esta vez fue Adolfo quien lo detuvo.

–Déjame a mí, Están. Tú vete fuera y cálmate un poco.

–Bien, hombre, con que esas tenemos, ¿eh? Mira, te voy a enseñar de lo que soy capaz. Puedo seguir y vas a añorar el dolor que has sentido hasta ahora. ¿Qué decides?

–Quiero hablar con Bill –respondió Lex entre dientes.

–¿Qué?

–Que quiero hablar con Bill.

–Bájale los pantalones, Antonio. Este va a saber lo que es bueno.

Sacó una pequeña navaja del bolsillo y se aproximó. Entre los dos lo subieron a la mesa y le desabrocharon también la camisa.

–Mira, esta hoja es tan fina que puede partir un pelo así, ¿ves? –se lo demostró cortándole unos vellos del pecho –¿Quieres sentir cómo entra en tu cuerpo? ¿Por dónde empezamos?

Lex no respondió y apretó los puños, dispuesto a soportar el dolor que le venía. "No será peor que arrancarme un diente con aquellos alicates", pensó. Gritos desgarradores llenaron la habitación.

BILL tardó un rato en dejar entrar a David. Por momentos iba viendo cómo la situación se le iba de las manos. Tenía que decidir qué hacer. "Este maldito abogado me está jodiendo. No creo que tenga ninguna prueba contra mí y está jugando a la desesperada, pero... ¿y si es verdad que tiene algo? Sería el fin. Tengo que deshacerme de él."

Llamó a Frank otra vez.

–Estás en casa, ¿no?

–Sí. ¿Qué ocurre?

Bill le contó rápidamente lo que pasaba y lo que había decidido.

–No veo otra solución.

–Estás loco, Bill. Mucha gente puede saber que está contigo. Así no podemos hacerlo. Haz una cosa: síguele la corriente y llega a un trato con él. Lo que sea. Veré cómo puedo hacerlo cuando se vaya.

–No me falles, Frank. Esta vez no.

Colgó sin esperar respuesta e hizo pasar a David.

"Su aspecto es mejor ahora –dijo para sí mismo–, parece más sereno, como si se hubiera quitado un peso de encima. ¿Con quién habrá hablado?"

–Estoy cansado y todavía tengo trabajo que hacer. Le ruego que me diga lo que sea y se vaya.

–Bien, señor Attemborough, permítame resumir y me iré pronto... si su respuesta es satisfactoria, claro.

–Lo será.

–De acuerdo. Hay tres hechos fundamentales: primero, usted quiere fabricar el chip PANDORA porque está convencido de que va a ganar muchísimo dinero y lanzar a su compañía a los primeros puestos del mercado, pero le falta una parte del diseño que sus técnicos son incapaces de desarrollar; segundo, Lex Voltoya, su inventor, está secuestrado en estos precisos momentos, después de que tuviera que huir por haber sufrido un intento de asesinato; y, tercero, nosotros tenemos datos más que suficientes que demuestran que es usted quien dio la orden de matar a mi cliente y quien ha ordenado secuestrarlo ayer mismo. Además, tenemos datos sobre usted como los que le estaba contando.

–Yo... –interrumpió Bill.

–¡Déjeme seguir! Existen dos posibilidades. Una, yo salgo de aquí y presento la denuncia contra usted, perfectamente documentada. ¡Ah! Y le advierto que, si no llego a casa esta noche, un compañero lo hará por mí. Dos, llegamos a un trato cuya primera consecuencia es que libere al señor Voltoya inmediatamente. Entonces no presentaremos la denuncia, pero su empresa renuncia a fabricar el procesador.

–¡Eso no es posible!

–¿Qué no es posible?

–Que no fabriquemos el chip.

–Bien, no es...

–Tienes otra llamada, Bill –era su mujer de nuevo.

–¿Sí? –preguntó, cogiendo el teléfono.

–Voltoya quiere hablar contigo. Si no lo hace, está dispuesto a morir... y parece que va en serio. Lo han torturado brutalmente y no cede.

–¡Joder!... ¿me disculpa? –le dijo a David, echándolo prácticamente del despacho–. Las cosas van de mal en peor. Voy a llegar a un trato con este picapleitos, de manera que crea que liberamos a Voltoya. Haremos lo siguiente: simularemos que lo soltamos, obligándole a decir que está libre cuando hable con él. Al abogado lo sigues cuando salga de aquí. Dice que un amigo tiene la información que me implica y que si no llega esta noche a su casa presentará la denuncia. Tienes que conseguir esos papeles o lo que sea y conseguir que su amigo sepa que llega a casa.

–No será fácil, pero lo haremos, no te preocupes.

–Dame el número de Madrid.

Bill lo anotó y colgó el aparato. Sabía que estaba entrando en una espiral muy peligrosa, pero tenía que arriesgarse, no le quedaba más remedio.

–Quiero hablar con ese tipo. Llamo en nombre del señor Kirpatrick.

–¡Eh, Están! – gritó Antonio, tapando el auricular con una mano– parece que llama por fin ese Bill.

–Dígame.

–Páseme con Voltoya.

–¿Quién es usted?

–Ya he dicho que llamo en nombre de Frank Kirpatrick.

–Está bien. Ahora se lo paso.

David decidió no esperar más. No tenía nada que perder y no iba a dejarle hacer su juego. Entró. Vio a Bill con el teléfono en la mano y, por su actitud, supuso que debía estar esperando hablar con alguien.

–¡Déjeme, por favor! ¿Sí? –alguien le hablo desde el otro extremo del hilo–. Un momento. ¡Salga fuera!

–¡No!

–Sí, qué hay –olvidó la presencia de David y habló en tono seco.

–Soy Lex, Bill –la voz se le oía muy débil–. Sabes que me han secuestrado y torturado y yo sé que lo has ordenado tú. Pero no voy a darte la interfaz hasta que me sueltes. Una vez libre, veré qué hago. ¡Eres un grandísimo hijo de puta y me las vas a pagar!

–Antes tendrás que darme lo que busco.

–¿Es Lex? –preguntó David y le quitó el aparato sin esperar que respondiera.

–¡Lex! Soy David, ¿cómo estás?

–¡David! Hecho polvo, estos salvajes me han medio matado. Apenas si me tengo en pie y sangro por todo el cuerpo.

–Bien, ahora escucha. Vamos a decirles a esos bestias que te suelten. Para confirmar que no nos engañan, tendrás que llamarnos desde una comisaría. Dame el número de teléfono.

Lex lo pidió a sus secuestradores y se lo dictó en inglés.

–Bien, te llamaré en un momento. Voy a hablar con Robert para que localice al inspector que te ayudó y nos dé los datos de una comisaría y el nombre de alguien. Cuando llames desde allí, estaré seguro de que te han soltado. Por cierto, presenta la denuncia y que te lleven a un hospital.

Bill se derrumbó en el sofá y se quedó mirando al suelo, derrotado. Con eso no había contado.

UNA hora más tarde, Lex llamaba desde una comisaría. Bill había llamado a Frank y ordenado soltarlo. Le dijo que olvidara lo demás, que ya no era posible. Frank habló con Estanislao y le dijo lo que tenía que hacer. David habló con Robert y Victoria consiguió el teléfono del inspector Molinero que, a su vez, habló con un colega de Madrid.

–Ahora sí tengo pruebas irrefutables contra usted. Está perdido.

–¿Va a denunciarme? –preguntó Bill.

–Eso depende de Lex, pero sospecho que sí. Lo han dejado medio muerto y usted es el responsable.

–FRANKY, tienes que esconderme –le decía Bill, absolutamente desencajado, una vez que David se fue–. Ahora tienen todas las pruebas contra mí que necesitaban y ese tío no tardará en poner la denuncia.

–Sí, todo ha salido mal, es un desastre. Te sacaré de aquí esta misma noche, haz el equipaje y prepara dinero, lo vas a necesitar.

–Supongo que también te denunciarán a ti, tú verás qué haces.

–Desapareceré una temporada, a mí me es fácil y ya estoy acostumbrado, no te preocupes.

–¿Cuándo salimos?

–Dame un par de horas, he de hacer unas cuantas llamadas. Por cierto, di a tu familia que te vas de viaje a algún sitio que les parezca normal. No es bueno que sepan lo que ha ocurrido. Si les interrogan es mejor que no sepan nada.

–Tendré que hablar también con mis abogados y mi asesor fiscal. Supongo que tendré que vender la empresa para no perjudicarla.

-Probablemente sea lo mejor y debes hacerlo antes de que todo esto se sepa. Para entonces puede que no valga un dólar.

Jueves, 8 de junio de 1995

ROBERT y Victoria estaban con él en el hospital. Le habían cosido la cara por varios sitios y curado las decenas de finas hendiduras que tenía por todo el cuerpo, sobre todo en el vientre y en el escroto, todas superficiales, aunque tuvieron que darle numerosos puntos. Tenía, en cambio, la boca destrozada y dos costillas rotas, una de las cuales le presionaba un pulmón. Debía permanecer en observación en el hospital.

El encuentro con Clara fue emotivo.

–¡Dios mío, Lex, cómo te han dejado! –le besó la frente y las manos, casi los únicos lugares de su cuerpo que estaban libres de heridas. Las lágrimas rodaron por sus mejillas, cayendo sobre la cara de Lex–. ¿Cómo han podido hacerte esto? ¿Quién ha sido?

–No te preocupes, pequeña –respondió Lex lentamente, poniendo todo su cariño en la frase–, ya ha pasado y me recuperaré pronto. Y... hemos ganado –una suave sonrisa se le dibujó en la cara y los ojos le brillaron–. Esos salvajes no volverán a hacernos daño. Hemos desenmascarado a Bill, gracias a Robert, a David y a Victoria. Ahora fabricaremos el chip y seremos famosos...

–Sí, pero has tenido que sufrir mucho. No sé si ha merecido la pena.

–En cualquier caso, ya no tiene remedio y he conseguido mi objetivo.

–¿Cómo te encuentras?

–Como si me hubieran dado una paliza tremenda –dijo con ironía y esbozando de nuevo una sonrisa.

Clara rió y lloró al mismo tiempo, estrechándole las manos entre las suyas.

–Te llevaré a mi hospital. Voy a hablar ahora mismo para organizar el traslado. Allí podré estar más tiempo contigo... y cuidarte –le costó pronunciar la última palabra, al venirle el nombre de Julia a la mente.

–Gracias, Clara. Te quiero.

–Cuéntame con detalle.

Lex le relató desde el momento en que estaba dando un paseo por el parque empresarial hasta que recibió la llamada de Bill y habló con David, omitiendo los detalles más brutales. Le costaba esfuerzo hablar y lo hacía lentamente y en voz baja. Clara le pidió varias veces que se callara, que ya se lo contaría más adelante, pero él insistió en seguir, aduciendo que eso lo animaba y le hacía olvidar el dolor que sentía por todo el cuerpo.

–David me llamó otra vez para darme la dirección de la comisaría que le había facilitado el inspector Molinero, muy amable, por cierto –continuó Lex–. Hasta que alguien no llamó a mis secuestradores no me soltaron. Lógicamente, no me creían ni a mí ni a David. Ni siquiera a Bill. Supongo que sería ese tal Kirpatrick que descubrió David. Me tiraron literalmente del coche a unos trescientos metros de la comisaría, en una callejuela oscura y desierta. Jamás me ha costado tanto recorrer una distancia así. Creí que no llegaría nunca.

–¿Pusiste la denuncia? –preguntó Victoria.

–Sí, pero una vez que me curaron aquí. Cuando vieron mi aspecto me trajeron inmediatamente. Se han portado bien.

–A Bill lo tenemos bien pillado –dijo Robert–. Yo creo que debes denunciarlo, Lex. Es un criminal.

–Sí, lo haré, aunque hemos de hablar antes con David. Según me contaste, el plan era llegar a un trato con él.

–Así era. Realmente fue a verlo sin pruebas suficientes y con esa intención. Pero los hechos se precipitaron y, salvo la paliza que te dieron, lo demás salió a nuestro favor. Me contó que le ofreció no denunciarlo si te soltaba inmediatamente, pero cree que, tal como se desarrollaron los acontecimientos, está libre de cumplir el trato. Le dijo que eras tú quien tenías que decidir.

–Creo que sí lo denunciaré. No ya por mí, que también, claro, sino por su empresa a la que ha causado un daño enorme. Ha perdido, por ambicioso, la mejor oportunidad de su vida.

–Descansa ahora. Que hable Robert con David –intervino Clara–. Mañana, cuando estés mejor, lo llamas tú.

–¿Cuándo os volvéis a Cádiz? –preguntó Lex, dirigiéndose a Robert.

–Si estás de acuerdo, hoy mismo. Tenemos mucho que hacer, ahora que el chip es nuestro, ¿no, Victoria?

–Sí –respondió ella–, llega la hora de la verdad. Vamos a trabajar y dejar que Lex se recupere, pero no por mucho tiempo, ¿eh, jefe? Te necesitamos.

–Venga, salid corriendo. ¡El PANDORA os espera!

Lunes, 19 de junio de 1995

LEX pasó cuatro días en el hospital de Clara, hasta que los médicos comprobaron que ya no corría peligro. Su mujer pasó todo ese tiempo con él, exceptuando las horas de trabajo durante las cuales lo visitaba entre consulta y consulta. Quiso irse a Cádiz nada más salir, pero ella le obligó a quedarse en casa.

El lunes fue Daniel a verlo. Habían hablado varias veces por teléfono, pero, prudentemente, no quiso visitarlo hasta que estuviera en su casa.

–¿Qué sabes de Bill?

–Nada, ha desaparecido, pero traigo novedades. Al parecer ha vendido todas las acciones que tenía en la empresa. Sólo mantiene el cinco por ciento a nombre de su mujer.

–¿Quién es el comprador?

–Hasta donde yo sé, un diez por ciento se lo han quedado entre los vicepresidentes. El resto ha pasado a ser propiedad de la empresa de capital riesgo que ya tenía un quince. Lo que no sé es si será temporal o lo piensan mantener.

–¿Hay ya nuevo presidente?

–Aún no. La lucha está abierta. Por un lado, el socio mayoritario, que ahora es la empresa que te comentaba, está buscando una persona del sector de suficiente prestigio; pero, por otro, los que están dentro quieren que sea uno de ellos y se habla de Brian Browne y de Judith Perkins. A mí la segunda me parece bien. A Brian no lo veo dirigiendo la empresa.

–Judith es buena y siempre ha llevado muy bien su responsabilidad. Además, es sensata y buena negociadora. Me gusta. Será una novedad que una mujer dirija la empresa. Probablemente sea la más idónea. Yo creo que a Brian le falta talla y experiencia. Y tú, ¿qué vas a hacer?

–De momento, esperar a que la elijan y ver si me confirma en mi puesto. Aunque a veces pienso que me encantaría que me despidieran. Podría retirarme con un buen acuerdo.

–Seguro. Por cierto, ¿cómo van las acciones? ¿Han bajado mucho?

–Sólo los dos primeros días desde que se supo que Bill había vendido. Ahora se están recuperando y la tendencia es al alza. ¡Ojalá que se mantenga!

–¿Crees que debo vender?

–Es tu decisión, Lex. ¿Cómo ven en KP que tengas acciones de la competencia?

–No lo hablé con Robert, aunque supongo que no le importa. Ahora no competiremos.

–Siempre que no fabriquemos el chip...

–Tus técnicos no han descubierto aún cómo hacerlo.

–No, es cierto. Y John está en la cuerda floja. Supongo que lo obligarán a dimitir, pues hay ciertas pruebas que lo ligan a Bill en cuanto a tu asunto. Yo tengo alguna, como sabes.

–Ya.

–Si descubriéramos la clave de la interfaz...

–No lo veo fácil. Les falta imaginación a estos americanos.

–Sí, pero son muy buenos técnicos y al final lo conseguirán.

–No lo niego, pero necesitarán más tiempo.

–Además, nos quedan Emilio y Andrés.

–Puede que Andrés ayude, Emilio menos. Y no es la especialidad de ninguno.

–¿Y qué pasará si encontramos la solución y seguimos adelante?

–Hay un problema de propiedad. Yo puedo reclamar que el invento es mío y, dadas las circunstancias, creo que ganaría. Os dejaría sin el chip.

–Bueno, yo no estoy tan seguro. Tú lo inventaste siendo empleado de Grandtel y a la empresa le asiste la legislación sobre la propiedad industrial. De hecho, y esto entre nosotros, aún podríamos presentar una demanda contra KP y contra ti. Creo que lo están contemplando.

–Pues adelante. De entrada, habrá que saber qué país trata la demanda y, sea cual fuere, probablemente la justicia de uno u otro estado tarde mucho en dictaminar. Para cuando dicten sentencia habremos perdido los dos la oportunidad de fabricarlo. No olvides que el PANDORA es temporal, solo sirve antes del año 2000. Si lo fabricamos más tarde, la mayoría de las empresas habrá solucionado el problema y el chip no se venderá.

–Y... –Daniel dudó antes de seguir– ¿tú crees posible un acuerdo?

–¿Qué acuerdo? –preguntó, sorprendido, Lex.

–No lo sé, dependemos de ti. Mira, Lex, voy a serte franco. Grandtel me ha pedido que te plantee esta posibilidad.

–¿A cambio de qué?

–De no presentar ninguna demanda y una cantidad economica, supongo.

–¡Vaya! No os conformáis, ¿eh?

–Yo creo que hay sitio para todos, Lex –dijo Daniel en tono rogatorio.

–No te prometo nada, pero lo pensaré y lo discutiré con Robert –respondió Lex, que ya había comentado con Robert esta posibilidad.

–¿Seguro?

–Seguro. Te responderé en breve. Hoy salgo para Cádiz.

–Otra cosa, Lex, ¿vas a tocar al resto de tu gente en el centro?

–Ya me gustaría, sobre todo Andrés. Pero tengo que hablar antes con él.

PARTIÓ hacia Cádiz en el vuelo de la tarde con destino a Jerez. Tuvo una fuerte discusión con Clara, que quería que estuviera más tiempo allí para recuperarse del todo. Era cierto que aún le dolía casi todo el cuerpo y las múltiples heridas que le habían hecho no habían cicatrizado, pero necesitaba incorporarse de nuevo al trabajo.

–Eso me distraerá y me recuperaré rápidamente, más de lo que parece, ya verás –le había dicho a su mujer, que al final lo consintió.

–Iré a Zambra todos los fines de semana, te lo prometo –le dijo ella.

ROBERT lo esperaba en el aeropuerto.

–Te he reservado habitación en mi hotel. Allí estarás mejor que solo en tu casa de Cabo Zambra. Por lo menos mientras no esté Clara contigo.

–Gracias, Robert. Estás en todo.

Martes, 20 de junio de 1995

La llegada de Lex a las oficinas de KP fue todo un acontecimiento. Ya no tenía que ocultarse su presencia y, si bien seguía siendo un secreto el proyecto en el que trabajaba, sí había transcendido que era algo importante y por lo cual Lex había sido golpeado. Robert tuvo serias dificultades para evitar explicar con detalle lo que había ocurrido y tuvo que hacer finalmente uso de su autoridad como director de la empresa para no responder a más preguntas. El aspecto de Lex, a pesar de su recuperación, era penoso, con la cara llena de moraduras y heridas aún no cerradas, con algunos puntos todavía sin desprenderse.

–¿Tienes ya los planes de fabricación? –preguntó Lex cuando se sentaron en el despacho.

–Un borrador de planificación, sobre el que estamos trabajando. Y la primera conclusión es que no vamos a ser capaces de fabricar todo lo que se supone demandará el mercado.

–¿Y eso?

–¿Conoces los números, Lex?

–No con precisión. Estaba a la espera del estudio que Grandtel empezó a hacer sobre el número de procesadores diferentes y los que hay en uso de cada tipo.

–Yo tengo los números y son una barbaridad. Una sola empresa no puede fabricar todos los chips necesarios. A lo sumo, para el sesenta o setenta por ciento de los que están actualmente en funcionamiento.

–Bueno, me lo temía. Habrá que seleccionar los más importantes, los que resuelvan más problemas relativos al 2000. A bote pronto, se me ocurre que serán las máquinas más antiguas. Quiero decir, las de arquitectura *mainframe*, que son las que soportan las aplicaciones que llevan más tiempo escritas; y luego los tipos de procesadores que soporten los sistemas operativos más viejos en ordenadores medios. Conforme ha pasado el tiempo, las aplicaciones que se han ido desarrollando ya contemplarán la fecha con el año a cuatro dígitos.

–Sí, creo que es la línea a seguir. Debemos concentrarnos en lo que más problemas solucione que, sin duda, son los que dices. Luego están los ordenadores personales, de los que el mercado está inundado.

–Sí. Con ésos habría que conseguir un coste mínimo. Estoy pensando en algo así como no más de diez mil pesetas, por unidad, para grandes volúmenes en empresas; y algo similar, o menos incluso, para un usuario particular. Si no, no venderemos muchos, pues la mayoría de la gente podrá solucionar el problema de las fechas muy fácilmente.

–Hombre, 10.000 por las decenas de millones de pequeños ordenadores que hay en el mercado puede ser un gran negocio. Quizás ahí debamos seleccionar el tipo de procesador más vendido.

–Sin duda. No merece la pena fabricar el PANDORA para todas las marcas.

–Pues manos a la obra. Tendré los datos ordenados por estos criterios en unos días y entonces tomamos la decisión, ¿de acuerdo?

–Tú mandas. Otra cosa, Robert. A la vista de lo que comentamos, estaba pensando... –dudó un instante– estaba pensando en proponerte que permitiéramos a Grandtel fabricar algunos modelos, ¿qué te parece?

Robert tardó unos segundos en responder. Consideró pros y contras y trató de entender por qué, a pesar de lo que le habían hecho, Lex estaba dispuesto a ofrecerles algo.

–¿Y ese cambio de actitud?

Le contó la conversación que había tenido con Daniel y que le había prometido estudiarlo.

–Una vez que Bill ha desaparecido y que parece que John está en entredicho, el resto de la empresa no tiene por qué ser castigada. Al fin y al cabo, ellos tienen parte del mérito y he de reconocer que, quitando esos dos personajes, no se han portado mal... Evidentemente, te lo propongo por las limitaciones de fabricación que estamos encontrando.

–En principio no me parece mal. Lo plantearé la semana próxima y te respondo cuanto antes. ¿Tú crees que querrán presentar una demanda todavía?

–Es posible, pero no probable. Dependerá de quién salga como nuevo hombre fuerte, pero me imagino que intentarán agotar todas las vías antes de denunciarnos. No estaría mal que hablásemos con David, de todas formas.

–Sí, lo veré cuando vuelva a casa.

–Por cierto, dale un abrazo y la enhorabuena por su astucia; y las gracias por salvarme la vida, aunque ya hablé con él. Si no es por su ingenio y valentía... no sé qué habría sido de mí a estas horas.

–Sí, fue hábil. Qué pena que no lo hiciera antes. Te habrías ahorrado ese montón de golpes...

–Bueno, ya pasó.

Lex dedicó el resto de la tarde a revisar con Robert y Victoria el estado del proyecto. Planificó su tiempo para las próximas dos semanas que quiso dedicar, en parte, al control de calidad con uno de los ingenieros americanos, especialista en la materia. Para ello le pidió que tuviera lista al día siguiente una presentación de los procedimientos y controles que KP tenía establecidos. El resto del tiempo lo dedicaría a trabajar con Victoria en la optimización de los diseños. Hasta ahora no habían considerado el rendimiento como algo crítico, dado que lo primero era diseñarlo para que funcionara. Pero había llegado el momento de abordar el tiempo de respuesta del chip que era, evidentemente, un aspecto clave.

YA en el hotel, llamó a Julia y le pidió que viniera a verlo.

–No te asustes por mi aspecto. ¿Recuerdas cómo estabas tú después de la paliza? Pues yo diría que mi cara está aún más desfigurada... –le anunció por teléfono.

–¡Qué barbaridad! –dijo Julia cuando lo vio, buscando un trozo de cara sana donde besarlo–. Efectivamente, te han dejado peor que a mí. ¡Qué atrocidad! ¿Qué más te hicieron?

Lex le mostró el resto del cuerpo mientras le contaba las perrerías que tuvo que sufrir.

–Lo peor de todo ha sido la boca. Mañana empiezo a ir al dentista a ver si me la recompone.

–¡Estás horrible! –le dijo Julia sonriendo–. Pero lo importante es que estás aquí... y estás vivo. Por lo que me has contado, y me detalló Victoria, estuvieron a punto de...

–Matarme –siguió la frase Lex–. Hubo un momento en que creí que no lo contaba. Me había resistido a colaborar y el jefe de esa banda me aporreó con los puños salvajemente. Me arrepentí inmediatamente de mi decisión, pero no tuve opción de decírselo. Si no llega a ser por los otros, creo que habría acabado conmigo. ¡Qué salvaje...!

–Sí, lo son.

–Me acordé de ti –mintió Lex– pensando en lo que tuviste que sufrir...

–¿Era uno de ellos un tipo bajito, moreno, de espaldas muy anchas y musculoso?

–No, ninguno era así. El que me martirizó con los alicates, primero, y luego con la navaja era delgado, tenía gafas y parecía más bien refinado. ¡Era un artista de la tortura, el muy...!

-Lo siento, Lex. Al final te ha costado mucho tu invento, pero has salido adelante. Eso demuestra que tienes una voluntad férrea y que te marcaste...

Lex observaba a Julia mientras hablaba. Iba vestida como a él le gustaba, muy ligera de ropa. Una camiseta de tirantes, de seda, se le ajustaba al pecho dejando traslucir su forma. Una falda de vuelo le cubría casi hasta los pies, pero las aberturas laterales, sentada como estaba, le dejaban al aire hasta más allá de las rodillas, mostrando la perfección de esas piernas que tanto le atraían a Lex. Sin apenas darse cuenta, comenzó a concentrar su atención en el cuerpo de ella y a desear poseerla de nuevo. Ya no la escuchaba.

-... como objetivo seguir adelante sin doblegar tu orgullo, y a pesar de todas las trabas que te pusieron. No te importó nada ni nadie y luchaste poniendo en juego tu vida misma hasta conseguirlo. Tienes mérito y lo que has hecho es loable, pero, si quieres que te diga la verdad, me das cierto miedo. Que quieras conseguir todo, absolutamente todo lo que te propones, tiene un aspecto negativo que me asusta.

Lex no contestó, ensimismado como estaba en contemplarla.

-¿Lex? ¿Me escuchas?

-Sí, sí, claro -y levantó la mirada hacia sus ojos.

-Pues no estoy tan segura. Hace un instante parecía que me desnudabas con la mirada.

-Y eso es lo que quiero -se acercó a ella, sentándose a su lado y pasando el brazo por debajo de sus hombros. Comenzó a acariciarla suavemente.

-No, Lex, hoy no.

-Julia, llevamos mucho tiempo sin vernos y no te puedes imaginar cómo te deseo.

-Yo también, pero hoy no...

Lex le impidió continuar la frase, besándola en los labios e introduciendo la mano bajo su falda. Ella se apartó suavemente sujetando su mano, pero Lex insistió y la atenazó con fuerza, uniendo de nuevo sus labios y tumbándola sobre el sofá. Sintió que algunas de las heridas le ardían, pero se propuso ignorarlo mientras trataba de quitarle la camiseta sin hacer caso a las protestas de ella. Consiguió subirla a la altura del cuello y comenzó a besarle los senos de manera desaforada, al tiempo que sus manos le separaban las piernas.

–¡Lex! –gritó Julia empujándolo con todas sus fuerzas–. ¡Te he dicho que hoy no!

Quedaron mirándose el uno al otro y Julia pudo ver en sus ojos una enorme carga de lascivia. De pronto se asustó.

–Nunca te había visto así, Lex. En tu mirada he encontrado siempre cariño, además de deseo, pero hoy solo vi un apetito brutal por tu parte.

Lex tardó en responder, tratando primero de entender la situación y buscando luego palabras de excusa.

–Perdona, Julia... no sabía lo que hacía. Creo que lo he hecho mal. Pero yo...

–No valen peros ahora. No me ha gustado.

Julia estuvo a punto de marcharse, aunque al final cedió a su insistencia de cenar juntos. Lex intentó excusarse un montón de veces durante la cena, pero Julia le cortó siempre, hablando de temas intranscendentes o simplemente pidiéndole que se callara. Ella había visto claro que aquella relación llegaba a su fin y, conforme iban transcurriendo los minutos, le fue invadiendo una sensación de rabia y tristeza que terminó por inundarla, sumiéndola en un silencio poco acostumbrado. Cuanto más intentaba Lex animarla y quitarle hierro a la situación, más triste se ponía ella, que se esforzaba en no dejar brotar las lágrimas que comenzaban a ahogarla.

–Esto ha terminado, Lex. No volveremos a vernos.

De nada sirvieron los "perdona", "no supe lo que hacía", "lo siento", ni el "no volverá a ocurrir" que Lex pronunciaba en tono cada vez más alto. Ella se levantó de la mesa y se dirigió a la puerta del hotel sin volver la cabeza. Lex la siguió a toda prisa, tras indicar al camarero que cargara la cena en su cuenta, y la sujetó por un brazo cuando llegaba a su coche.

–¡Julia, esto no puede ser! Ya sé que lo hice muy mal, pero te prometo...

–No, Lex. Lo siento. No puedo seguir.

–Piensa en lo bonito que ha sido, en lo bien que lo hemos pasado juntos, lo que hemos disfrutado... yo estaba nervioso, Julia, no sabía lo que hacía...

–He pensado todo eso... y más. Y no puedo... Adiós, Lex –dijo cerrando la puerta de su coche.

Se quedó viendo cómo se alejaba hacia la carretera general, pisando el acelerador casi a fondo. Permaneció allí con la mente en blanco y la mirada fija en el punto donde las luces del coche se perdieron. Ni el fuerte viento de levante, que seguía soplando desde hacía ya quince días, le hizo desviar la mirada. Estuvo así hasta que el dolor que le producían las múltiples heridas se hizo insoportable.

Una ducha suave de agua fría le aplacó el dolor físico, pero su mente se atormentaba saltando de las palabras de Julia al deseo insatisfecho de tenerla, de su ansia incontrolada de complacer su lujuria a la imagen de ella alejándose. A pesar de los somníferos que le habían recetado y que tomó esa noche doblando la medida, no pudo dormir durante horas. Horas durante las que no pudo pensar en otra cosa que en su deseo y la negativa de Julia.

Miércoles, 21 de junio de 1995

–¿HAS hecho antes esta presentación? –preguntó Lex a Rick, después de escucharlo durante media hora.

–No, es... es la primera vez que la hago –respondió, nervioso, el técnico americano.

–Se nota, y además me parece que no dominas el tema –el tono de Lex era serio y habló elevando la voz–. Se supone que eres el experto en calidad, así que tienes 24 horas para prepararte bien los controles y procedimientos que tenéis implantados. ¡Y no consentiré que falles!

Revisó los informes de trabajo que había elaborado el equipo en su ausencia y estudió la planificación. Por la tarde reunió a todos, incluyendo a Robert.

–Bien, como ya celebramos hace unos días, el PANDORA está listo para que se haga el diseño físico. Supuestamente tuvimos que empezar el 6 de junio. Hoy es 21 y no veo que se haya producido el más mínimo avance. ¡A este paso lo terminamos en 2001!

–Sí, Lex, es cierto. Pero tu secuestro, al principio, y ciertas dificultades organizativas, después, lo han impedido. Tuvimos que terminar el prototipo que estaba en curso para disponer de los medios técnicos necesarios. El PANDORA no es nuestro único proyecto.

–Pues mal vamos, entonces, Robert. Tú y yo habíamos acordado prioridad absoluta, una vez que obtuviste todas las bendiciones. No olvides que este invento es perecedero y solo sirve hasta una fecha determinada.

–Sí, ya lo sabemos, pero la compañía tiene que seguir fabricando lo que ya estaba programado.

–No estoy de acuerdo. Si queremos llegar a tiempo no podemos perder un minuto. Y hemos perdido ya quince días, que habrá que recuperar. Por cierto, he estado estudiando la planificación que me diste y tampoco estoy conforme.

–Es solo un borrador, ya te lo dije.

–Sí, pero muy poco ambicioso. ¿Quién la hizo?

–Yo, pero con la ayuda de todos –respondió Rafael, a la defensiva.

–¿Por qué este tiempo de espera entre la prueba del prototipo y el comienzo real de la fabricación?

–Hay dos razones: una, que el prototipo puede fallar y preveo un tiempo para su revisión; otra, que en esas fechas la planta aún no habrá terminado los pedidos estimados por entonces y hay que dejarles un margen para acabar y cambiar la producción.

–Robert, ¿a qué jugamos? –Lex estaba perdiendo la paciencia y no lo disimuló–. Esto no es lo que habíamos pactado.

Robert lo miró, algo sorprendido, y levantó las manos levemente sobre la mesa con las palmas hacia arriba, encogiéndose de hombros.

–Muy bien, no me expliques nada. Pero a partir de ahora no valen excusas de ningún tipo. Rafael, quiero una nueva planificación para mañana. Sin retrasos, sin tiempos muertos, sin suposiciones de que esto o aquello no funcionará.

–Perdona –respondió Rafael–, pero no creo que pueda tenerla lista tan pronto. El borrador nos costó varios días hacerlo. Tengo que involucrar a varias personas más y no sé cuándo podrán dedicarme tiempo.

–¡Te lo dedicarán en cuanto lo necesites! ¿Robert?

–Sí, daré las órdenes.

–Tengo un problema –dijo Rafael, bajando el tono de voz–. Con ellos no puedo hablar claro porque todavía el proyecto es confidencial y, con los datos que les proporciono, me dan una respuesta vaga y con cierto margen de error. ¿Qué hago?

–¡Pues...! –comenzó a decir Lex, gritando.

–Yo lo arreglaré –dijo Robert, interrumpiéndolo.

–¿Te basta con dos días? –siguió Lex.

–Creo que sí.

–Empieza ya –y le indicó la puerta de la sala–. Y me interrumpes siempre que lo necesites.

–Sí, jefe.

–Bien. A partir de que aprobemos la planificación, no quiero retrasos, por muy justificados que estén. ¡Rafael, quédate! –le gritó cuando ya estaba saliendo.

–Creí que dijiste que me fuera...

–Si hay que trabajar 24 horas al día –continuó Lex, sin hacerle caso– se trabajarán. Si hemos de renunciar a los fines de semana o a las vacaciones, ya los recuperaremos el siglo que viene. Robert, da instrucciones de que nos den prioridad absoluta en todo lo que podamos necesitar.

–De acuerdo, Lex.

–Salvo Victoria, ninguno de vosotros me conocéis trabajando, pero quiero dejarlo muy claro: al primer fallo salís del equipo. Me ha costado mucho llegar hasta aquí y me he jugado mucho también, como todos sabéis. No estoy dispuesto a desviarme un ápice de mi objetivo, cueste lo que cueste –miró a Robert, pero este desvió la mirada, prefiriendo no darse por aludido–. Ahora, a trabajar. Victoria, quédate.

–¿Qué te pasa, jefe? –le preguntó cuando se quedaron solos–. Hacía mucho tiempo que no te veía así, ni siquiera cuando la situación en Grandtel era crítica.

–¿Qué has hecho en estos días, Victoria?

–Bueno, seguir depurando los diseños, eso no se acaba nunca. Ya he revisado el rendimiento teórico y no parece malo. Pero tenemos que dedicarle más tiempo, tú lo sabes.

–Sí, lo haré contigo. Un tiempo superior al número de nanosegundos que fijamos como respuesta máxima, por instrucción a analizar, puede dar al traste con el chip. Junto con la planificación, es la parte que más me preocupa ahora. Por cierto, como habrás visto, no estoy dispuesto a consentir que esto no funcione como yo quiero.

–Lex, ¿qué te pasa?

–Nada –respondió, mirándola con rostro serio–. ¿Y a ti?

Victoria desistió. No podía creer la actitud de su jefe. En los años que llevaban trabajando juntos solo en una ocasión le había visto así y fue como consecuencia de un serio encontronazo con John, a quien no se le ocurrió otra cosa que dudar de su eficacia como responsable de un proyecto. Pero, ni siquiera entonces, el trato hacia sus colaboradores había sido tan seco ni tan distante como ahora. "Será –pensó– por la paliza que ha recibido y la tensión de esos días. Aunque algo más ha tenido que sucederle. Espero que se le pase pronto".

Lunes, 24 de julio de 1995

LOS días que siguieron fueron una pesadilla para todo el equipo. Lex se concentró en el trabajo, al que dedicaba entre doce y dieciséis horas diarias, soportando con analgésicos el dolor que aún sufría y tomando somníferos para poder dormir unas pocas horas. Controlaba con vehemencia la labor de cada técnico, interrumpiéndolos frecuentemente en su trabajo y tratándolos casi como si fueran inútiles. La tensión llegó a su límite cuando descubrió un fallo en el diseño físico. Reunió a todos y los abroncó sin ninguna consideración. El ambiente de trabajo estuvo esos días impregnado de una tirantez y nerviosismo fuera de lo común. Cuando Robert, en uno de sus viajes semanales, llegó a la oficina, se encontró con la dimisión de Rick. Se tuvo que emplear a fondo para que aceptara seguir, prometiéndole que hablaría con Lex y solucionaría la situación.

–Lex, esto no puede seguir así.

–Si no funciona, Robert.

–No es eso. Me refiero a tu actitud. Tienes a la gente quemada y tu mal humor trasciende ya a toda la empresa. Todos entendemos la importancia del proyecto, qué duda cabe, pero así no se puede trabajar.

–Les meto presión, no hay más remedio.

–Sí lo hay. Tienes que cambiar tu actitud y ser más amable con todos. Se están partiendo el pecho y dedicándoles a tu proyecto lo mejor que tienen. Pero hasta Victoria está asombrada por tu comportamiento, que me asegura no había sido nunca así. De hecho, no recuerdo haberte visto actuar de esta manera cuando trabajábamos juntos.

–Sí, es cierto –dijo Lex, reflexionando–, pero...

–¿Qué te pasa, Lex? ¿Es por la paliza que te dieron? ¿Por la tensión y el miedo que sufriste? ¿Hay algo que yo no sepa?

–Bueno, yo...no, nada especial. Lo siento.

–¿Por qué no te tomas unas vacaciones?

–Ahora no puedo.

–Sí puedes. Yo te sustituiré. Me quedaré aquí más tiempo y controlaré el proyecto.

–Tengo que seguir, Robert. Estamos en un momento crítico.

–Yo creo que debes descansar y recuperarte. Necesitas cambiar de aires y reflexionar sobre lo que te está pasando. Fíate de mí, yo te sustituiré por unos días, o semanas, lo que necesites.

A regañadientes, Lex terminó aceptando la propuesta de Robert. Revisó con él todos los pormenores del proyecto y le pidió que se disculpara en su nombre con cada uno de sus colaboradores.

Martes, 1 de agosto de 1995

EL levante que saltara el día anterior a su secuestro había durado cuatro semanas, hasta final de junio, dejando al viento de poniente alternar con el procedente del sur durante casi todo julio. El uno de agosto, la absoluta ausencia de viento y la desaparición de las nubes, que habían cubierto Zambra en los últimos días, le brindaron un tiempo único para disfrutar de nuevo de su casa y de las playas que tanto le gustaban. Por primera vez desde que habían intentado matarlo, salió a correr a primera hora de la mañana. Se lo tomó con calma, estaba comenzando sus vacaciones y estaba solo, ya que Clara no cogía las suyas hasta el viernes siguiente.

Las mareas vivas de los últimos días de julio dejaban, en la bajamar, una franja de arena por la que se podía pasar de una a otra cala. Esa era la situación cuando Lex llegó aquella mañana. Se fue hasta la cala Mansa desde la que se divisaba hacia el sur la playa de Nadir que se perdía a lo lejos, dada su extensión, dejando más o menos en su mitad el pueblo del mismo nombre. Desde allí se dirigió hacia el norte, recorriendo cada una de las calas hasta llegar a la amplia playa de Zambra. Aunque aún era temprano, el sol dejaba sentir sus rayos sobre la piel, proporcionando un calor agradable. La mañana era diáfana, con una atmósfera absolutamente limpia de nubes y bruma, y la visibilidad permitía ver, hacia el norte, el islote de Sancti Petri, sobre el que se divisaba el castillo del mismo nombre y, hacia el sur, la costa de África. Pocas veces había disfrutado Lex de un aire tan transparente y una calma tan pronunciada en esa zona, habitualmente azotada por uno u otro viento.

Volvió sobre sus pasos y recorrió de nuevo toda la costa de sur a norte. Se detuvo en la cala Dulce, observando con tristeza la sequedad del río Zambra que casi no vertía ya agua a la mar. Los años de sequía habían transformado la desembocadura que antaño dividía la cala en dos, por donde el brazo de agua dulce penetraba, horadando la arena, en el agua salada. Lo que en otro tiempo fuera una ribera frondosa y verde, que podía contemplarse mirando hacia el cauce del río, era entonces un erial, salvado solo por los pinos que crecían a ambos lados unas decenas de metros más arriba.

Anduvo despacio por la orilla de la cala de la Zubia, contemplando un grupo de gaviotas que se elevaron al sentir que él se acercaba. Se paró, mirando la elegancia de su vuelo con las alas extendidas, que movían de forma casi imperceptible. Unas planearon sobre la mar, rozando casi con sus cuerpos el agua salada; otras penetraban en el agua como proyectiles, buscando comida; alguna se posó sobre las olas, meciéndose suavemente; otras muchas se alejaron, siguiendo la línea de la costa hasta que se perdieron de vista; solo una permaneció sobre la arena con sus alas plegadas hasta que Lex comenzó a caminar, momento en el cual levantó el vuelo para posarse en uno de los peñascos tras los que se ocultaba la cala del Zéjel. Allí permaneció, sorprendentemente, como si estuviera observándolo mientras cruzaba por entre las rocas. Luego saltó y, batiendo sus alas no más de un par de veces, se posó a mitad de la pequeña ensenada. Lex se le acercó lentamente, con la curiosidad de saber si podría llegar a tocarla, y se tumbó sobre la arena a escasos metros, deslizándose muy despacio hacia donde la gaviota permanecía inmóvil. Observó su cabeza grande unida al cuerpo por un cuello ancho y corto; sus ojos pardos inquietos; su frente deprimida que terminaba en un pico largo y recto de color ligeramente encarnado; su pecho sobresaliente y su blanco plumaje con suaves tonos gris perla. Cuando se acercó más, la gaviota desplegó sus alas puntiagudas para emprender el vuelo y entonces pudo comprobar su gran envergadura y la forma cuadrada de su cola, que movía a modo de timón horizontal para elevarse en el aire. Lex siguió con la vista su vuelo majestuoso, hasta que se perdió tras el acantilado.

Cruzó la rada de Mi Abuelo de Zahara, la que más le gustaba para correr, sin apenas darse cuenta, pensando en que, por primera vez desde la paliza que había recibido, no sentía dolor alguno en su cuerpo. Respiró profundamente y notó con satisfacción que podía henchir de aire sus pulmones sin molestia ninguna. Cogió carrerilla y se introdujo en el agua saltando sobre las olas de poca altura que ese día, de calma casi absoluta y marea baja, llegaban espaciadas y mansas hasta la arena. Se dejó arrastrar por ellas, disfrutando del frescor que experimentaba en su cuerpo por contraste con el calor que los rayos del sol producían ya a esas horas. Nadó hasta llegar a la cala de la Zarca, saliendo del agua y tumbándose en la arena.

Fue como si, de pronto, saltara un resorte en su mente que abriera de golpe sus recuerdos: la imagen de Julia haciéndole el amor en la orilla, entremezclada con la de aquel individuo que quiso matarlo allí mismo. Se le aceleró el corazón reviviendo las escenas de uno y otro acontecimiento. La brutalidad del hombre que lo agredió y la dulzura de Julia; el dolor que aquel salvaje le produjo y el placer que Julia le proporcionó; la rudeza del asesino y la suavidad de su amante; la furia del agresor y la entrega de Julia. Le invadió una suerte de tristeza de la que no supo distinguir claramente el origen: si la pérdida de Julia o todo por lo que había tenido que pasar desde que intentaron asesinarlo. Sí, echaba de menos a Julia. Lo demás era relativamente fácil de superar, pero a Julia no la olvidaba. ¿Lo haría alguna vez? Había intentado, en más de una ocasión, verla de nuevo desde que lo abandonara y siempre recibió la misma respuesta: "No, Lex, lo nuestro ha terminado". Se quedó largo rato pensando en ello y, por primera vez desde entonces, atisbó una posibilidad de sobreponerse. "Sé que he estado de un humor de perros este tiempo atrás y he hecho sufrir a todos mis colaboradores, actuando duramente con ellos como nunca lo había hecho antes. Clara me ha ignorado, preocupándose solo por mi dolor físico y despreciándome por lo de Julia, pero tampoco yo estuve amable ni intenté en serio que me perdonara. Creo que no debo mantener esta situación. Mis compañeros no tienen por qué aguantarme, ellos no tienen la culpa y he podido poner el proyecto en peligro. Y a Clara he de conquistarla de nuevo. Ella ha sido la víctima injusta de mi aventura y no se lo merece. Además... además la quiero. Siempre la he querido. Con Julia me perdió el sexo, solo el sexo. Pero Clara es más, mucho más..." Por primera vez pudo experimentar la voluntad de superarlo, cosa que, hasta entonces, se había negado a contemplar. Luego se preguntaría si había sido la paz que allí se respiraba, la belleza de la mar en calma, la sensación de ese placer indescriptible que siempre sentía cuando bajaba a sus playas preferidas... o si se impuso, por fin, la razón.

En la cala de la Gaviota comenzó a correr. Primero suave, notando todavía un ligero dolor en algunas partes del cuerpo, más tarde a buen ritmo, comprobando con satisfacción que el dolor desaparecía. No aguantó mucho, sin embargo. Tardaría todavía unos días en recuperar su forma de siempre. Llevaba casi dos meses sin hacer ejercicio y sus pulmones no aguantaban, ni los músculos le respondían como hubiera deseado. Se tuvo que conformar con apenas veinte minutos de carrera, para luego tumbarse en la arena a recuperar el resuello, dejando que su piel comenzara a tostarse al sol.

No volvió tarde de la playa, por temor a quemarse la piel en su primer día. Dedicó el resto de la mañana a ordenar un poco la casa y regar el jardín. Después de comer unas conservas y un poco de queso acompañados de un buen vino de Rioja, se echó la siesta en el coy que colgaba de dos pinos entre sol y sombra. El adagio de Espartaco y Frigia, de Katchaturian, que sonaba desde el equipo de música del salón de la casa, acompañado del trino de los pájaros sobre los árboles, lo arrullaron hasta que se quedó dormido.

–LEX, ¿cómo estás? –dijo Robert cuando Lex descolgó el teléfono–. Siento interrumpir tus vacaciones.

–No, no importa, dime.

–Tienes que estar conmigo en la reunión con Grandtel el próximo jueves. Ya están de acuerdo los abogados y firmamos el contrato con ellos. ¿Puedes venirte mañana para acá?

–Sí, por supuesto. Pero el fin de semana he de estar de nuevo aquí, viene Clara.

–De sobra. Podrás volver el mismo jueves por la tarde, ¿te va bien?

–Sí.

Jueves, 3 de agosto de 1995

LA reunión tuvo lugar en las oficinas de KP en Boston y a ella asistieron, además de Lex y Robert, Judith Perkins, flamante presidenta de Grandtel, Faye Mcintyre, nueva directora técnica, Daniel Castaños, director de la empresa en Madrid, y los abogados de ambas partes.

–Señores –comenzó diciendo Robert–, creo que hoy es un gran día para nuestras empresas. El acuerdo que vamos a firmar supone que ambas podemos lanzar al mercado un chip revolucionario, que va a dar solución a uno de los retos que jamás ha tenido que afrontar tecnología alguna. Al menos, por la envergadura del problema y el corto período de tiempo de que se va a disponer para solucionarlo. Como saben, comienzan a hacerse previsiones, pero todas hablan de que, hasta finales del 97 o mediados de 1998, la mayoría de las compañías no empezarán realmente a abordar las modificaciones masivas a sus programas de ordenador. Los analistas que más han estudiado el problema estiman un coste total de entre trescientos mil y seiscientos mil millones de dólares para adaptar a las fechas del año 2000 y siguientes todos los sistemas informáticos en funcionamiento. Nuestro chip, en la hipótesis de que fuera adquirido para todos los ordenadores que sufren este problema, supondrá un gasto de no más de cincuenta mil millones que... –hizo una pausa, queriendo resaltar sus próximas palabras– que serían nuestros ingresos. Para nuestro tamaño actual, la cifra de negocio que el chip nos va a proporcionar es impresionante.

"Saben también –continuó– que hechos desgraciados hicieron que su inventor, D. Alejandro Voltoya –lo miró con cara de satisfacción–, acudiera a Key Processors a ofrecernos su diseño final y su fabricación, privándoles a ustedes –se dirigió a la presidenta de Grandtel– de esa posibilidad. No obstante, la inteligente mediación de su director en Madrid y la desaparición de su empresa del autor de aquellos desmanes, unida a la destitución de su director técnico, nos ha movido a estudiar su petición y a aceptar finalmente que Grandtel fabrique parte de los procesadores que demandará el mercado, según la relación del anexo primero del acuerdo. Las condiciones de este han sido discutidas y pactadas por ambas partes, con renuncia expresa de su compañía a plantear ninguna demanda ante los tribunales. Lex, personalmente, entregará a Faye el anexo segundo, que les descubre cómo fabricar la famosa interfaz. Si necesitan alguna explicación, estoy seguro que él se las dará encantado..."

–Hemos de reconocer –intervino Faye– que no hemos sido capaces de encontrar la solución o, por lo menos, la mejor solución.

–Es que tiene su truco –dijo Lex, orgulloso y con una sonrisa en los labios–. ¡Estuve realmente inspirado aquel día...!

TRAS la comida, le tocó el turno a Judith:

–Levantemos nuestras copas por el éxito de vuestro PANDORA y nuestro *Theke*, que así lo denominaremos.

–¿Qué significa? –preguntó Lex.

–*Theke* es una palabra griega cuyo significado es "caja" –respondió Brian–. Así, podremos abrir la *theke* de Pandora...

–Esperemos que esta vez –interrumpió Robert– no se dispersen todos los males por el mundo, sino los bienes... para nosotros, al menos.

–Sí –intervino Daniel–, pero los males les llegarán a nuestra competencia y a todas las empresas de servicios que esperan hacer su agosto con el año 2000. Nuestro invento –le dio una suave palmada a Lex en el hombro– les va a dejar con dos palmos de narices...

–Bueno –dijo Lex–, eso es cierto. Pero el saldo final será positivo. Pensad que todo ese dinero que se iba a dedicar a modificar cientos de millones de programas, sin prácticamente añadir nada nuevo, se podrá emplear en adquirir más tecnología y eso potenciará a todas las empresas del sector. Nuestros chips contribuirán a que la tecnología no se estanque como consecuencia de concentrar casi todos los recursos en unas modificaciones que, analizadas en detalle, son un tanto estúpidas. Pronostico, por tanto, un nuevo *boom* de progreso de la Informática en los años finales de este siglo. ¡Brindemos por ello!

Viernes, 4 de agosto de 1995

CON el equipaje de Clara en el coche, la recogió a la salida del hospital y partieron hacia Cádiz. Lex no había dormido demasiado en el vuelo desde Boston, pero echó una cabezada en casa y se encontraba más descansado. Estaba ya de mejor humor y se mostró dicharachero y alegre, comportándose como si nada hubiera ocurrido y tratando de conquistar de nuevo a su mujer, con la técnica que tantas veces le había dado sus frutos. Era consciente de que su encanto personal, cuando se lo proponía, era irresistible y le constaba que Clara había caído rendida en situaciones semejantes. Pero ella descubrió pronto su treta y se propuso no ceder tan pronto. "Tiempo habrá en vacaciones y no se lo voy a poner tan fácil", se dijo. Y percibió que, al pensarlo de esa manera, ya había recorrido un buen trecho hacia una reconciliación que comenzaba a desear, "aunque lo que realmente deseo es que aquello no hubiera ocurrido nunca".

Llegaron a Cabo Zambra cuando atardecía.

–¿Adónde vas, Lex? Por aquí no se va a casa.

–Quiero que veas algo que hace tiempo no disfrutamos juntos.

Se dirigió hacia la cala *Sinnombre*. Una vez allí, la hizo bajar del coche y se acercaron al borde del acantilado, desde donde pudieron contemplar la puesta de sol. El cielo estaba totalmente despejado de nubes y el océano en calma absoluta; a lo lejos, en el horizonte, observaron atentos cómo el sol se iba ocultando lentamente, como si fuera la mar quien se lo tragara en un rito silencioso, lleno de armonía; el reflejo sobre el agua iba acortándose conforme bajaba el sol. Su luz, de un anaranjado más intenso a cada instante, quedó reducida a un punto sobre la línea ligeramente curvada que se dibujaba en lontananza, en el extremo del océano. Lex pasó su brazo por la cintura de Clara y la miró de reojo, deleitándose con la imagen de su cara, a la que los suaves rayos del sol le proporcionaban un color tostado y resaltaban el rubio de sus cabellos. La atrajo hacia sí y dirigió de nuevo la mirada hacia el horizonte para admirar el maravilloso espectáculo que le brindaba la naturaleza. Fueron unos minutos de paz intensa que los dos vivieron de forma especial. Clara sintió, por primera vez en mucho tiempo, la cercanía de su marido y agradeció el contacto de su cuerpo, admitiendo en lo más profundo de su ser que lo había echado de menos. Lex experimentó una sensación de sosiego que lo trasladó a unos meses atrás, antes de conocer a Julia, y advirtió un arrepentimiento sincero en su corazón y el deseo urgente de que su mujer lo perdonara, de olvidar todo lo ocurrido, de que ella superara el daño que le había causado.

Lunes, 7 de agosto de 1995

–¿QUÉ... qué es esto? –preguntó Lex, al volver de la playa, señalando una cosa negra y viva que se movía entre sus pies.

–Se llama *Kái.* Lo acabo de comprar. ¿Te gusta?

–¡Estás loca! Sabes que nunca me han gustado los perros. ¡Podías habérmelo consultado!

–¿Acaso me has consultado tú otras cosas...?

–Bueno, no... –respondió Lex dubitativo– ¡no tiene nada que ver!

–Me es igual, lo he decidido y basta –y se acercó a quitárselo de encima.

Kái era un cachorro de *cocker spaniel,* de pelo negro como el azabache, que se dejó coger por Clara y se acurrucó en seguida entre sus brazos apoyando la cabeza sobre su hombro.

–¿No es precioso?

–Sí, bueno, pero, ¿qué vamos a hacer con él? Cuando vayas a Madrid, cuando yo esté de viaje... ¡es un problema!

–Lo tengo todo pensado, no te preocupes. No será ningún problema y nos apañaremos, ya verás.

Lex se aproximó a ella y pasó su mano por el lomo del perro como con precaución, sorprendiéndose de lo suave de su pelo y de la reacción del bicho que, girando la cabeza, comenzó a lamerle la mano.

–¡Quieto! –Lex se apartó inmediatamente, pero se quedó observando cómo lo miraba con aquellos ojos tristes que a la luz del día eran de color castaño, lo único exterior de su cuerpo que, con el fondo blanco de sus ojos, no era negro.

–¡*Kái,* ve con el jefe! –y se lo echó a los pies.

Lex comenzó a correr por el césped perseguido por *Kái,* que interpretaba aquello como un juego.

–¡Quítamelo de encima, me va a morder!

-¡Muérdelo, *Kái*! ¡Duro con él! -le incitó Clara entre grandes carcajadas.

Lex llegó a las oficinas de Grandtel a la una de la tarde. Había accedido por fin a acudir de nuevo a su anterior empresa y reunirse con su antiguo equipo. Aunque había hablado en varias ocasiones con sus colaboradores más cercanos, siempre se había resistido a verlos, quizás por cierto remordimiento de conciencia al no haber contado con ellos en su nueva andadura. Victoria se le unió. La recepcionista, tras saludarlos efusivamente -más de lo que Lex hubiera deseado, pues siempre le cayó mal- los condujo a la sala de reuniones de la primera planta. Ninguno de los dos podía sospechar en lo más mínimo lo que encontrarían allí. El lugar, pese a ser amplio, estaba absolutamente abarrotado de gente y los fuertes aplausos acallaban los vivas que todos los presentes gritaron cuando los invitados abrieron la puerta.

-Alejandro Voltoya, Victoria Armengol -fue Andrés quien tomó la palabra cuando todos hubieron callado-, antiguos jefe y compañera: es un honor y un placer especial veros pisar de nuevo el suelo de lo que fue, durante tiempo, vuestro centro de investigación y desarrollo y en el que disteis a luz una idea que puede cambiar la trayectoria de esta compañía y la empresa en la que ahora trabajáis. La mayoría de nosotros no sabe en qué consiste el invento, pero es un secreto a voces que tiene una importancia fuera de lo común. Y es de todos conocido, aunque igualmente secreto, que la ambición desmedida de un hombre, el anterior presidente de esta casa, puso en peligro no solo el proyecto, sino incluso la vida de Lex. Afortunadamente, y gracias a su habilidad, todo hay que decirlo, los intentos de William Attemborough fracasaron y podemos decir que aquellos actos criminales quedan solo para el recuerdo, mal recuerdo, por cierto. Como bien sabéis, los empleados de Grandtel no tuvimos nada que ver con aquello y, por eso, queremos hoy hacer patente dos cosas: una, nuestra alegría por el triunfo de Lex; otra, nuestro agradecimiento por haber permitido que Grandtel también desarrolle el invento que Lex hizo un día entre estas paredes y al que tanto contribuyó Victoria con su habitual ingenio y buen hacer. Sirvan estas breves palabras como homenaje.

–Gracias, muchas gracias –Lex se vio obligado a responder–. Como dice Andrés, lo malo queda solo para el recuerdo, aunque quiero deciros que en mi recuerdo están también, y de una forma muy especial, los años pasados en este centro, que ha formado parte de mi vida de una manera intensa. Circunstancias ajenas a vosotros y, evidentemente, no queridas por mí, han provocado este desenlace que, finalmente, y gracias a vuestro director, Daniel, será bueno para todos. Las dos empresas participaremos del desarrollo de ese invento, cuyo secreto hay que seguir manteniendo por un tiempo todavía. Pero no falta ya mucho para que se desvele y entonces entenderéis el porqué de tanto revuelo. Muchas gracias y un abrazo a todos.

Después del acto se reunieron a comer con Daniel, Emilio, Andrés y Maite. Lex les contó los detalles que aún no conocían de toda la historia pasada, obteniendo su admiración, por un lado, y la repulsa hacia Bill, por otro.

–Nunca pude imaginar nada así –dijo Daniel–. Cierto es que Bill me hizo alguna insinuación sobre Lex en los primeros tiempos y llegó a confesarme que le había puesto vigilancia. Como podréis comprender –se dirigió a Lex y Victoria– me vi obligado, muy a mi pesar, a mantener el secreto, de lo que ahora me arrepiento. Espero, Lex, que sepas perdonarme.

–Sí, por supuesto. Está ya olvidado –respondió Lex.

–De todas formas, jefe –intervino Andrés–, bueno, ex jefe, pudiste mantenernos al corriente. Pasamos unos días de auténtica incertidumbre y muy preocupados. Victoria nos contaba algo, pero siempre hablaba entre líneas, nunca quiso ser muy explícita.

–No podía. Pero bastante os conté, a pesar de todo.

–Sí, es cierto –dijo Emilio–, pero lo pasamos mal. Y eso que no supimos toda la verdad hasta más tarde; ni el secuestro ni el intento de asesinato. Afortunadamente, nos enteramos a toro pasado.

–Bueno, brindemos ahora por el futuro. Como sabéis (estáis trabajando en ello, ¿no?), Daniel consiguió el acuerdo con KP para fabricar el chip *Tekhel*. A él tenéis que agradecérselo. Emilio, por cierto, ¿cuál es la planificación?

–Pues, verás, los planes son...

–¡Chsss! –le interrumpió Daniel, poniendo el dedo índice sobre los labios–. Eso es confidencial. Estamos obligados por contrato a anunciar el chip después que ellos, pero nada nos obliga a fabricarlo y entregarlo antes...

–Vaya, esa es la estrategia, ¿eh? Tomo nota... –dijo Lex y todos se echaron a reír.

–Sabéis que podéis contar conmigo, y con Victoria, para lo que necesitéis. Ya os dimos las claves de la interfaz y no debéis tener problemas. ¿Quién lleva directamente el desarrollo?

–Faye dirige los trabajos y se ha involucrado a fondo. Viene al centro con frecuencia. Aceptó que el prototipo lo construyéramos aquí, y probablemente se fabrique aquí también. ¡Nos vamos a ahorrar irnos a los Estados Unidos!

–Me alegro –dijo Victoria.

–Sí, la verdad es que no nos apetecía mucho, como sabéis –respondió Maite.

Jueves, 10 de agosto de 1995

–¿QUÉ hora es? –preguntó Clara cuando notó que Lex se levantaba sigiloso, tratando de no despertarla.

–Las ocho y media. Me voy a la playa a correr. Tú duerme, ¿vale?

–Espera, voy contigo –*Kái* saltó de la cama con ella.

–¿Tan temprano? –se sorprendió Lex–. Hace tiempo que no me acompañas, ¡qué bien! Y no sabes lo que te has perdido...

–Por eso. Me apetece disfrutar otra vez de las calitas solitarias a estas horas... Prepárame un café y dame cinco minutos.

Metió el bikini en una bolsa y se vistió con una amplia camisola que ajustó a su cintura con un cinturón rojo, resaltando su talle. Apenas si se abrochó algunos botones, dejando que las aberturas de la camisa mostraran parte de su cuerpo.

Lex no dejaba de admirar su belleza y se preguntaba si, por fin, llegaría la reconciliación. Los días transcurridos en Cabo Zambra habían sido como un bálsamo para las crisis sufridas en los últimos meses y Lex soñaba con recuperar pronto los momentos de intimidad con Clara. Lentamente se habían ido aproximando y la convivencia durante las veinticuatro horas del día, sin otra compañía que la del otro, y los largos paseos de animada charla por la playa, bajo el calor del sol, por los pinares al anochecer y, de noche, por las tranquilas calles de la urbanización, habían comenzado a resquebrajar ese muro levantado entre los dos por los acontecimientos pasados.

–¿A qué cala nos llevas?

–¿Nos...?

–A *Kái* y a mí.

–Iremos a la de la Gaviota. Estará solitaria y ya dará el sol sobre la arena en su parte más próxima a la cala de la Roca.

Efectivamente, en la playita no había nadie. La arena, uniforme y limpia, como si nunca nadie antes la hubiera hollado, por efecto de la marea al bajar, invitaba a pisar sobre ella con los pies descalzos y dejar las huellas a lo largo de toda su extensión. Una vez abajo, Lex observó, sorprendido, cómo Clara se desprendía de la camisa, quedándose desnuda. Le extendió la toalla paralela a la orilla de forma que, al tumbarse, su cuerpo quedara orientado al sol, produciendo la menor sombra posible. Nada deseaba más que quedarse a su lado contemplando su cuerpo y disfrutando de esas caricias que tanto anhelaba. Pero, temiendo una negativa y no queriendo alterar el encanto de aquellos momentos, decidió contenerse. "Ya queda menos", pensó y emprendió su carrera cotidiana, acelerando el paso desde el principio y comprobando que empezaba a recuperar su forma habitual. El perro lo seguía, cruzándose continuamente por delante y haciendo que Lex tuviera que saltar en más de una ocasión para no pisarlo.

–¡*Kár*! ¡Déjame correr, vete con tu dueña!

"Tendrás que conquistarme de nuevo, Lex, pero vas por buen camino", se dijo Clara al comprobar que se alejaba corriendo. Con los ojos semicerrados veía que él no le quitaba ojo de encima cada vez que pasaba junto a ella, experimentando cierto goce al sentirse mirada de esa forma. Comenzó a notar, poco a poco, los rayos del sol que caían sobre su cuerpo, proporcionándole un calor placentero, y cómo sus poros empezaban a transpirar suavemente. "He de reconocer que la playa a estas horas es una delicia. Entiendo que a Lex le entusiasme y no se la pierda un solo día... ¿por qué me hiciste aquello, Lex? Seguro que estuviste aquí con ella y disfrutasteis de estas calas, que son solo nuestras... Con esta soledad, con este silencio, solo roto por el graznido de alguna gaviota, con el rumor de las olas de fondo, con esta temperatura tan suave y la arena aún fresca de la noche, con el sol rozando nuestros cuerpos... Echo de menos tus caricias, Lex, pero no puedo soportar que hayas acariciado a otra. Quiero olvidarlo, pero es superior a mis fuerzas. Te quiero... pero me cuesta mucho perdonarte, yo no merecía esto. ¿Hicisteis el amor aquí? ¿En qué calita? Y en casa, ¿dónde?, ¿en mi cama, en mi jardín...? Te deseo y sé que tú me deseas mucho también, pero necesito tiempo..., no es fácil superarlo..., yo estuve a punto, pero fue por despecho, por rabia, no lo deseaba y no lo hice...". Con estos pensamientos se fue adormilando hasta sumirse en un sueño profundo que Lex interrumpió, casi media hora más tarde, al dejar caer sobre ella unas gotas de agua después de tomar un baño.

–¡Me has despertado, tonto! –le gritó cariñosamente, incorporándose y dándole con la mano en una pierna.

–Bueno, ya era hora, hay que disfrutar de este día tan espléndido. El agua está como nunca, templada y transparente... ¿te bañas conmigo...? –hizo la pregunta en voz baja, como temiendo la respuesta.

Kái los miraba con atención, moviendo la cabeza hacia uno y otro lado, según quién hablaba, y agitando el rabo a una velocidad frenética.

–¿Seguro que no está fría?

–Está templada.

–¿No me engañas?

–¡Te lo juro!

–Pues... primero me das crema, ¿vale? –y se tumbó de espaldas.

–Por delante también –dijo él.

–Ya veremos –respondió Clara.

Lex echó en sus manos una buena cantidad del líquido lechoso y comenzó a extenderlo por las piernas de Clara, por las nalgas y por la espalda, dándole suaves masajes hasta que la crema desaparecía bajo su piel.

–¡*Kái*, no seas pesado! –decía Clara una y otra vez apartándolo con una mano cuando el perro empezaba a lamerle un brazo o una pierna, atraído por el olor de la crema.

–Date la vuelta.

Clara se resistió durante un rato, haciéndole repetir los masajes en su espalda, hasta que, por último, cedió, girando sobre sí misma. La acarició con suavidad, deslizando por su piel las manos que resbalaban por efecto del ungüento y contemplando la belleza de su cuerpo.

–Estás preciosa...

–Vamos al agua –le dijo Clara cuando consideró que empezaba a entusiasmarse demasiado.

Efectivamente, la temperatura del agua era ideal. Y estaba anormalmente transparente, viéndose las rocas con claridad desde la superficie. Bajo ella y con los ojos abiertos se podía ver hasta más allá de cuatro o cinco metros, lo que no era frecuente cerca de la orilla. Con viento en calma y olas muy suaves, la arena, habitualmente revuelta, se depositaba en el fondo nada más pasar la línea donde rompían las olas, lo que proporcionaba al agua esa transparencia tan poco usual.

Lex nadó cerca de Clara, aproximándose de vez en cuando con la intención de abrazarla. Pero ella no se dejó.

–¡Esto es vida! –exclamó Lex cuando llegaron a la casa.

–¡Vaya! Hacía tiempo que no te oía gritar tu lema de Cabo Zambra... –respondió Clara sonriendo.

–Sí, es cierto. Será que ya estoy otra vez de buen humor... –e intentó abrazarla, pero Clara se escabulló de entre sus brazos.

–Déjame ducharme. Estoy llena de sal y de arena...

–Tanto mejor, más sabrosa... –y lo intentó de nuevo, sin éxito.

Miércoles, 16 de agosto de 1995

Lex fue casi a diario a la oficina, "a dar una vuelta" como él decía, permaneciendo allí no más de un par de horas. Despachaba con cada uno de los técnicos y revisaba la marcha del proyecto. Ya parecía ir todo a su gusto, bajo control, y el miércoles 16 de agosto los invitó a comer a todos.

–Por fin estos chicos van a conocer al Lex de siempre –le comentó Victoria–. Se nota que te has relajado, vuelves a ser el de antes.

–Sí, la verdad es que necesitaba unas vacaciones. ¿Crees que debo pedirte disculpas?

–No las necesito, pero gracias de todas formas.

–¿Y a los demás?

–No lo creo. Y hasta puede ser bueno que te hayan conocido así. Pensarán que te enfadas de vez en cuando y te impones cuando lo crees conveniente... Eso no es malo.

–Bueno, quizá tengas razón, lo dejaré así. Además, supongo que Robert se disculpó en mi nombre. ¿Qué os dijo?

–Te lo puedes imaginar; que habías pasado por momentos muy duros, temiendo incluso por tu vida; que tú no eras así, que eres un buen chico; que te preocupaba el proyecto y no querías ningún retraso; ya sabes.

–Sí, lo supongo.

–Y, de verdad, Lex, ¿qué pasó?

–Hombre, algo de todo eso hubo. Pero lo que me afectó fue lo de Julia. Lo dejamos.

–Me alegro.

–¿Por qué?

–Lex, estás casado. Además, me gusta mucho más Clara. Julia... –dudó unos instantes–, Julia era... bueno, la verdad es que no me gustó cuando la conocí.

–¿Por qué?

–No lo sé. Sabes que las mujeres tenemos un sexto sentido para esas cosas y Julia no me gustó. Parecía buena chica, pero...

–¿Pero qué?

–Bueno, déjalo. No me gustó y punto.

–Pues lo siento. A mí me atrajo mucho... En fin, ya acabó.

La comida fue distendida y agradable. Salvo en un par de ocasiones, no hablaron de trabajo. En una de ellas, Lex les recordó que el lunes 29 tenían una reunión de seguimiento con Robert y quería para entonces un informe completo de la situación y, por fin, una planificación detallada y fiable. La otra fue para comentar la cesión a Grandtel de la fabricación del chip para unos modelos determinados.

–Son buena gente, los malos ya no están... –dijo riendo Lex–. Seguro que lo hacen bien, una vez que les hemos explicado el truco... Lo que no me gustaría es que ellos lancen el invento antes que nosotros. Aunque existe una cláusula en el contrato que les obliga a no anunciarlo antes que KP, sí pueden ser los primeros en ponerlo en el mercado. Así que hay que correr. ¿De acuerdo?

–¡De acuerdo! –respondieron todos al unísono.

El ambiente entre los técnicos que participaban en el PANDORA era ahora bueno y todos derrochaban entusiasmo y horas de trabajo. De hecho, todos habían renunciado a sus vacaciones hasta que la fabricación del prototipo estuviera totalmente en marcha. Luego ya se turnarían. Sabían que los incentivos que iban a recibir, si todo se desarrollaba según las previsiones, serían suculentos.

Jueves, 17 de agosto de 1995

—HACE demasiado calor —dijo Clara levantándose de la hamaca—. Me voy a mojar un poco.

El área de relax de la casa, que Lex no se había atrevido a utilizar nunca con Julia, estaba en la parte trasera del chalé y la habían organizado a su manera, con todo lujo de detalles: las saunas seca y de vapor, un jacuzzi de agua caliente y una pequeña piscina de agua fría; junto a esta había tres duchas con diferentes tipos de salida de agua: una de chorro y otras dos de agua difusa, una más fina que la otra. Enfrente, dos coys colgaban a la sombra de tres grandes pinos que crecían en esa zona.

—Voy contigo —respondió Lex—. Realmente hace un calor agobiante.

Se introdujeron juntos, desnudos como estaban, en la pequeña piscina cubierta. Lex se situó frente a Clara y la miró fijamente a los ojos, en silencio. Ella mantuvo la mirada unos instantes y luego los cerró, esbozando una dulce sonrisa. No había otra cosa que deseara Lex más que acercarse a ella y disfrutar del contacto de sus cuerpos, pero se contuvo. Era consciente de que el primer paso debía darlo Clara y forzarlo solo podía conducir a posponerlo aún más.

—¿Está el jacuzzi caliente?

—Sí, creo que sí. ¿Ya te has refrescado?

—Ahora tengo frío, mira la piel de gallina que se me ha puesto —respondió Clara, mostrándole los brazos y saliendo de la piscina.

Se introdujo en el agua caliente y activó el motor del jacuzzi. Él la siguió con la vista y se unió a ella unos minutos más tarde. Como antes en la piscina de agua fría, se colocó enfrente, pero el espacio allí era menor e inevitablemente sus piernas se rozaban. Clara, en esta ocasión, no solamente no evitó el roce, sino que empezó a jugar con sus pies deslizándolos por el cuerpo de Lex, que la dejó seguir por un rato hasta que se aproximó a ella besándola con suavidad en los labios. Fue un beso largo, profundo, de reconciliación. Lentamente sus cuerpos se fueron uniendo hasta fundirse en un abrazo íntimo y placentero.

Repitieron luego sobre el césped. Más tarde, se subieron juntos en uno de los coys, donde lo intentaron de nuevo. Clara se tumbó de espaldas y, cuando Lex se puso sobre ella, el peso de su cuerpo sobre uno de los codos hizo girar el coy y cayeron sobre la hierba. Idéntico resultado en otro intento.

–Lex, nos vamos a matar, ¿no es más cómodo en la hamaca?

–No, ya verás. Sube.

Lo abordaron esta vez en la posición contraria, ella sobre él, pero el coy se balanceaba y Clara perdió el equilibrio, rodando de nuevo por tierra. En un cuarto intento, él se sentó a horcajadas y le pidió a ella que se colocara sobre él, dándole la espalda; se mantuvieron estables durante un rato, tiempo que Lex aprovechó para, acariciándola, encender de nuevo su pasión que, con tanta caída, se había desinflado. Cuando Clara trató de ayudarlo, tuvo que empujarlo ligeramente hacia atrás, por lo imposible de la postura, y el movimiento desequilibró otra vez el coy. Lex se sujetó a la lona, entrelazando las dos piernas por debajo, con una mano se agarró al borde del coy y con la otra ayudó a Clara a mantenerse quieta y a elevar levemente su cuerpo para hacer posible lo que pretendían. Cuando, por fin, parecía que todo estaba controlado, el perro, probablemente preguntándose qué estaban haciendo sus amos, se puso a dos patas sobre una pierna de ella, haciéndola caer y arrastrando a Lex en un nuevo batacazo.

–¡Ven a la hamaca! Ya te lo dije, es mucho más seguro –dijo ella entre risas, deseando sentir dentro de sí a su marido por tercera vez aquella tarde.

Miércoles, 8 de enero de 1997

LEX se reunió en las oficinas de Boston con Robert y los directores financiero y de marketing para revisar la campaña de publicidad, que iba a ser lanzada de forma masiva un mes antes del anuncio oficial del PANDORA. Habían fijado el 13 de marzo de 1997 como el gran día. El 14 de febrero comenzarían a anunciar el acontecimiento. Lo harían en toda la prensa especializada de los países industrializados, pasando luego a los periódicos económicos y a la prensa diaria una semana antes del acontecimiento. Un eslogan diferente cada día iría creando el ambiente, pero ninguno de ellos iba a dar pistas suficientes al lector para averiguar de qué se trataba. El diseño era común para todos los anuncios que iban a publicar: sobre un fondo de estrellas en el que aparecían varios cometas simultáneos, todos en la misma dirección, se perfilaba un conjunto de edificios que aparecerían apagados el primer día, para ir encendiendo cada uno de ellos, hasta 28, cada día que restaba hasta el 13 de marzo. Al pie se podrían leer las diferentes frases que, después de discutirlas y ordenarlas, decidieron eran las más oportunas. Entre ellas estaban:

"¿Será catastrófico el fin de milenio?"
"¿Acabará el siglo con una catástrofe tecnológica?"
"¿Sabe que sus sistemas informáticos pueden fallar el último año de este milenio?"
"¿Está su empresa preparada para el año 2000?
¿Ha calculado el coste que le supondrá?"
"El camino para el año 2000 se despejará pronto."
"Disfrute de las uvas el primer día del último año del milenio."

(Esta frase aparecería en España; en otros países se adaptaría a las costumbres propias del fin de año.)

"¿Fue por ahorrar... o un fallo humano?
Ya poco importa.
El próximo día 13 sabrá por qué."

"El día 13, el año 2000 parecerá más seguro."

"El día 13 demostraremos cómo la tecnología corrige
errores que cometió el hombre."

"No se pierda el acontecimiento del siglo:
el día 13 el fin de milenio parecerá un juego de niños."

"Como responsable de los Sistemas de Información de su
empresa sabe muy bien que el 1.01.2000 es una fecha fatídica.
No se preocupe, esté atento al día 13."

"El 1 de enero del año 2000 solo será un día más en la vida
de...
sus ordenadores.
Compruébelo el día 13."

"¿Sus ordenadores tratan los años solo con dos dígitos?
¿Qué ocurrirá cuando procesen la fecha 01/01/00?
Nada. Entérese el día 13."

El tamaño de los anuncios iría creciendo día tras día, comenzando por un octavo de página hasta terminar a doble página el 12 de marzo. En todos aparecería el anagrama y el nombre de la empresa: Key Processors.

El presupuesto inicial de la campaña para cubrir toda la prensa salía desorbitado y tuvieron que reducir las pretensiones, seleccionando únicamente las revistas de mayor difusión y limitándose a la prensa general de mayor tirada. Aun así, las cifras superaban cualquier previsión. Confiaron a la habilidad del director financiero la negociación con los agentes de publicidad, que debían utilizar como argumento, entre otros, el gran número de anuncios para reducir los costes.

–Los recuperaremos con creces, pero habrá que ser cuidadosos –dijo Robert.

Revisaron también los discursos que iban a leer tanto Robert como Lex. Este hubiera querido que el acto tuviera lugar en Cádiz, en una multitudinaria rueda de prensa, pero razones económicas y de asistencia aconsejaron que se hiciera finalmente en Washington, con retransmisión vía Internet a todo el mundo. En todos los países donde KP tenía filial o era de suficiente importancia, se haría una rueda de prensa simultánea a la que asistiría personal local de la empresa que, tras ver la presentación oficial por la red, respondería a las preguntas de los asistentes.

Jueves, 13 de marzo de 1997

TODO estaba listo para el lanzamiento. La sala del hotel Sheraton en Washington que habían elegido para la conferencia de prensa, en la que harían el anuncio oficial del chip PANDORA, tenía capacidad para quinientas personas y estaba prácticamente llena. La campaña de *marketing* había surtido efecto y se había creado la expectativa que todos esperaban. Tres cadenas de televisión norteamericanas transmitirían en directo el acontecimiento y un resumen del acto sería incluido en los telediarios de las principales cadenas de cada país. Desde el servidor de Internet de KP se difundirían en directo imagen y sonido e, inmediatamente al terminar, se publicarían las especificaciones técnicas del chip, la relación de procesadores soportados con sus fechas de disponibilidad y la lista de precios de salida. Al mismo tiempo, se daría acceso a una aplicación para ordenar los pedidos.

Lex, aunque eufórico, estaba nervioso. El departamento de marketing había preparado todo hasta en el más mínimo detalle y los discursos habían sido revisados y ensayados hasta la saciedad. Comenzaría Robert Shaw como presidente de KP, luego hablaría Lex y, por último, Victoria contaría el procedimiento de instalación y las baterías de pruebas a realizar para demostrar la sencillez de utilización.

A las cinco en punto de la tarde, las once de la mañana en Europa, Robert comenzó su discurso:

–Señores, es un honor para mí presentar esta tarde...

En su intervención resaltó los problemas con los que la industria informática se había de enfrentar en las postrimerías del siglo XX.

–... en la era de la tecnología, y por causas todavía no suficientemente claras, hemos de abordar la solución a un hecho tan simple como el paso del tiempo. Un segundo después de las 23 horas, 59 minutos y 59 segundos del 31 de diciembre de 1999, es posible que muchos ordenadores dejen de funcionar o, en el mejor de los casos, sigan funcionando situados en el primer día del año 1900. Eso, si no se arregla, puede provocar un auténtico caos en todos los ámbitos de nuestra vida, tan dependiente hoy de los sistemas informáticos. Tarjetas de crédito rechazadas, pedidos que no se sirven, trenes que no salen, transferencias bancarias que no se hacen efectivas, aviones que no pueden despegar, servicios telefónicos que no funcionan, o llamadas telefónicas de un minuto que se facturan como si hubieran durado un siglo; intereses bancarios cobrados o pagados por 100 años en exceso... ¿Y las cadenas de producción controladas por ordenador? ¿Funcionará alguna? ¿Han probado a programar su aparato de vídeo para que grabe una película un día posterior al 31.12.99? Los supermercados rechazarán productos perecederos, porque el ordenador entiende que caducaron hace ya 100 ó 99 años. La aplicación de recursos humanos no me pagará mi salario el 31 de enero del año 2000, al comprobar que he trabajado un mes en negativo o, si ignora el signo, me pagará el trabajo de ¡36.555 días! No está mal. Bien, y muchas más cosas que probablemente ustedes puedan imaginar. ¿Qué soluciones ofrece hoy el mercado? Sólo una, de momento: revisar una a una las líneas de código de los cientos de millones de programas de ordenador, para detectar cuáles se ven afectadas por la fecha. Es lo que se llama análisis de impacto. Y, luego, modificar todas las que están involucradas con la fecha: definición de campos tipo fecha, operaciones con ellos, etc., etc. Aunque ya se anuncian productos de software que automatizarán en mayor o menor grado esta tarea, los analistas más optimistas cifran el coste total en una barbaridad de millones de dólares y estiman una demanda de un número de profesionales especializados muy superior a los que hoy nos dedicamos a esta actividad.

Hizo una pausa para beber unos sorbos de agua.

"Pero todo esto ya no sucederá -continuó Robert-. Porque, me es tremendamente grato anunciarles, Alejandro Voltoya, Lex -hizo un gesto con su mano, señalándolo-, nos ha proporcionado una solución revolucionaria al problema informático del año 2000. Ha inventado algo que... bueno es mejor que él mismo se lo cuente a todos ustedes. Lex."

-Muchas gracias, Robert. Sí, efectivamente. Tuve la fortuna de que cayera en mis manos un artículo de Donovan Consulting sobre el "efecto 2000", allá por el otoño de 1994, en mi casa de Cabo Zambra -miró a Clara, situada en primera fila, que le sonrió-, un lugar paradisíaco en el sur de España. El artículo venía a alertar sobre las consecuencias que el advenimiento del año 2000 iba a tener sobre los ordenadores que funcionaran en el mundo para esa fecha. Y las conclusiones eran muy claras, aun entonces: había que revisar el código y modificarlo. ¡Había que tocar en millones y millones de "sitios", permítanme la palabra para significar cada línea de código escrita que tenía que ser analizada, y modificada en su caso! "Es una barbaridad", me dije, "tiene que haber una solución más sencilla. No es posible que en los años de tecnología punta en que vivimos tengamos que revisar y modificar manualmente tantas líneas de código. Si tocamos en un único punto...", seguí razonando, "ahorraremos un montón de esfuerzo y garantizaremos que los sistemas funcionarán a la perfección".

Paró su discurso unos segundos, observando la atención que todos los presentes le dispensaban. Miró de nuevo a Clara, que le devolvió una mirada llena de admiración y de orgullo.

"Y este es el principio de funcionamiento de nuestro chip PANDORA, que ahora les presentamos."

En ese preciso momento, la pantalla situada tras la mesa de los intervinientes se iluminó, mostrando una gran imagen con el fondo común de los anuncios publicados hasta entonces y los dedos pulgar e índice de una mano sujetando un componente electrónico. La frase

Con el chip *PANDORA*
el efecto 2000 no existirá

en grandes letras, completaba la proyección.

"PANDORA –continuó Lex, una vez que el murmullo provocado por sus palabras fue disminuyendo– es un procesador inteligente, capaz de detectar cuándo una operación del procesador principal de la máquina se realiza con campos tipo fecha. Entonces, y automáticamente, decide si los primeros dos dígitos del año deben ser 19 ó 20 y actúa en consecuencia, eliminando el riesgo de fallo. Es universal, pues hemos desarrollado interfaces para las decenas de diferentes procesadores que actualmente están en funcionamiento. Y toca un solo punto de todo el sistema..."

"Debo decir, para terminar, que me siento orgulloso de mi invento que, probablemente, permitirá que los presupuestos previstos para arreglar el efecto 2000 se dediquen ahora a seguir invirtiendo en la adquisición de nuevas tecnologías, impulsando así la investigación y el progreso. Estoy tremendamente satisfecho del apoyo de Key Processors que, finalmente, hizo posible su fabricación. Y quiero expresar mi profundo agradecimiento a Victoria –se dirigió a ella–. Gracias por tu espléndida aportación para que esto haya sido posible. Muchas gracias a todos. Victoria."

–Como han dicho mi presidente y el autor del invento, que yo califico como uno de los más notables de la década, el chip PANDORA funciona conectándose directamente al procesador principal de cada ordenador. Su instalación no requiere más de una hora en la mayoría de los casos y...

Victoria explicó con detalle la manera de instalarlo y contó a continuación las pruebas elementales que debían realizarse para comprobar su correcto funcionamiento.

Cuando ella hubo terminado, Robert intervino para cerrar el acto:

-En nuestra *web, www.kp.com/pandora.htm*, podrán encontrar los detalles técnicos, la relación de procesadores para los que el PANDORA funciona, con sus fechas respectivas de disponibilidad, la lista de precios y la indicación de cómo realizar el pedido. Muchas gracias a todos.

Sábado, 5 de agosto de 1997

FUE algo más tarde a la playa que de costumbre. Clara estaba de guardia y no volvería hasta el día siguiente, por lo que no tenía ninguna prisa. Estaría allí hasta bien entrada la mañana y ocuparía el resto del día en... no hacer nada. Tenía ganas de descansar y hasta de sentirse aburrido.

Bajó a la cala de la Gaviota que, a pesar de la hora, estaba todavía solitaria. Mientras se desnudaba notó inquieto a *Kái* y oyó unos pasos tras él, pero no se volvió. Terminó de quitarse la ropa y se dispuso a emprender su carrera diaria cuando, al girarse, vio con sorpresa, a escasos metros, a una joven que en ese momento se desprendía de su ropa y quedaba, como él, totalmente desnuda.

–Hola.

–Hola.

Lex hizo los estiramientos de costumbre, puso el cronómetro en marcha y comenzó a correr de un extremo a otro, precedido por *Kái* que le ladraba, como siempre, unos pasos antes de dar la vuelta en cada extremo de la calita. Observó cómo la mujer hacía ejercicios de gimnasia en la orilla y disfrutó de la visión de su cuerpo. Era delgada, de piel tostada por el sol y larga melena de pelo negro que caía sobre su espalda o hacia delante, según el movimiento, cubriendo parcialmente unos senos bien moldeados. Él siguió corriendo y, en una de las vueltas, vio cómo ella comenzaba a caminar con paso rápido. La alcanzó por detrás.

–¿Corres conmigo? –le dijo, acompasando su paso al de ella.

–Me gusta más andar. Correr me cansa mucho.

–Sólo un par de vueltas. ¡No se invita a correr desnuda a una chica todos los días!

Ella se paró y se quedó mirándolo a los ojos. Mantuvieron la mirada, en silencio.

–Lex –dijo él, sin dejar de mirarla.

–Ainhoa –respondió ella, tendiéndole la mano.

Lex se la estrechó, manteniéndosela hasta que le propuso:

–¿Corremos, Ainhoa?

–Sí.

Cabo Roche, viernes, 21 de agosto de 1998.

Índice